Colourful Shanghai

主　编　杨祖坤　执行主编　曾　华

——《大公报》记者写上海

復旦大學 出版社

　　长我两岁的《大公报》，今年刚刚欢庆了百岁华诞，她既伴我一起度过了"烽火连三月"的峥嵘年代，又和我一起走进"家和万事兴"的建设时期。

　　《大公报》为中华民族培养了一大批杰出人才，在他们中间，我最熟悉的是中国第一位访问延安、报道红军长征的记者——范长江。我俩初次见面，是在苏中军区。当时，我任新四军苏中军区军政委员会秘书长，奉命接待旅途中的范长江。那次接触虽仅寥寥数日，但他让我至今记忆犹新。在我的诚情邀请下，范长江先生为我们的军政干部和学员们做了精彩的演讲，畅谈了他在采访中的所见所闻。这些情况，后来多见诸于《大公报》上连载的著名长篇通讯"中国西北角"。

　　回顾我与《大公报》的渊源，略感遗憾的是：在那动荡的战争年代里，由于交通不便等诸多因素，很难读到《大公报》。直到香港回归后，《大公报》上海办事处给我送来了《大公报》这"久别的老友"，使我感到特别亲切！

如今，安坐家中翻阅从香港空运来的当天《大公报》，已成了我每天下午的一堂必修课。现在我手捧《缤纷上海——大公报记者写上海》的样稿，这是近年来发表在《大公报》上的佳作一百余篇，作者多供职于该报。其中，既有来自香港总部的老总、记者，也有来自内地其他省市甚至驻外国的记者，当然，驻沪记者是义不容辞的"主力军"，他们从多种角度描绘了我们中国改革开放的典型——缤纷的上海。

　　"删繁就简三秋树，标新立异二月花。"《缤纷上海》中没有洋洋洒洒的长篇大论，但《大公报》记者用手中的如椽彩笔，描出了上海光辉的昨天、今天和明天。《缤纷上海》中部分作品选自"上海专栏"，这是《大公报》上一个由驻沪记者"垄断"的王牌栏目。难能可贵的是，上至年过半百、下至二十出头的记者们，并没有因为"身在此山中"而"不识庐山真面目"。这些千字左右的小品文，内容既有五彩斑斓的浦江两岸，又没遗忘列强争雄的十里洋场。百年沧桑，千古一瞬，旧貌新颜，不啻霄壤。《大公报》驻沪记者们以敏锐的感悟、独特的视角和清新的笔触，既直观地展示了上海，又给读者带来了几多思考和回味……

　　无论你生活在黄浦江畔抑或千里之外的他乡，无论你对这座东方明珠了如指掌抑或从未踏足，《缤纷上海》都值得细细赏读。

2002 年冬于上海

提起上海，你想到的是什么？

一个繁忙的与香港不遑多让的现代化国际机场？大厦林立、金融服务业迅速崛起的浦东？浪漫温馨、动静皆宜的上海外滩？设计独特、气派万千的上海大剧院？中与西、传统与现代巧妙结合的"新天地"？熙来攘往、不必求签也知道是好去处的城隍庙？酒吧林立、夜游人最喜光顾的衡山路？高耸入云、玻璃通透的金茂大厦？漂亮高挑、装扮入时的上海姑娘？聪明剔透、作风海派的企业主？绝无仅有已成一大特色的和平饭店老人爵士乐队？味道浓郁、丰俭由人的上海家常菜？……

也许，联想还会更多。

早在20世纪四五十年代，一批上海人带了资金、技术来到香港，与港人一起推动香港制造业的发展，为香港的繁荣出了不少力气。三大发钞银行之一的汇丰银行，在港沪都有行址，原名就是"香港上海汇丰银行"。不少港人至今仍保留惯性的"误会"——将所有非广府籍人士，一律概称为"上海人"。

上海人在港人的眼中，是能干精练的，是擅长办大事、做大买卖的。改革开放二十多年来，上海的变化一日千里，很多人都说：三几个月不回上海走走，很可能认不得上海了！

年来，更多了一种"比拼思潮"，将香港与上海作比较，一比之下，港人每每暗地里吃惊：人家快追上来了，"威胁"已是看得到、摸得着了。可以说，港人开始有了"危机感"，感到时不我与，明白到不进则退的道理。

我个人并不认为港沪之间是单纯的"竞争对手"，我确信中国这两个经济最发达的城市，存在着优势互补、共存共荣的双赢关系。上海前市长徐匡迪先生形容上海与香港有如一架飞机的两个引擎，为推动中国的经济向前发展而开足马力。现代的飞机，更多的是四引擎，换言之，沪港双引擎还不够，还要增加更多的动力。扩而大之，以香港为中心的大珠三角经济带，以上海为龙头的长三角经济圈，都可以作为中国这架正在全速飞行的喷射机的引擎，一鼓作气，翱翔万里。

本书辑录的是曾在《大公报》发表过的有关上海的文章，其中不少小品选自《大公报》近年开辟的"上海专栏"。"上海专栏"的作者有上海人，也有非上海人，他们从不同的角度，不同的视野，不同的落墨点去审视剖析上海，展示在读者面前的，是五彩缤纷的沪上风光和人文色彩。我爱读曾华小姐《上海的颜色》这篇散文，文内饶有趣味地提到上海是蓝色的、绿色的、红色的、粉色的、橙色的。容许我还加上一笔：上海也是紫色的。这是红到发紫的必然。在国人心目中，上海是最重要的经济中心，上海人为国家上缴了特别多的税款，上海的工业、科技实力雄厚，上海的人才满天下，上海的创新、上海的能干、上海的发展、上海的经验，无不为国人树立良好的榜样，也足以让正为克服经济转型面对的困境而努力打拼的港人学习、借鉴。

香港与上海，生活在祖国同一的天空下，在母亲的怀抱里，这是两个出色、生性、长进的孩子，我们有很多相似的地方，也有各自不同的特点和优势。上海有名"东方明珠"，香港美称"东方之珠"，这的确是祖国荣誉桂冠上的两颗耀眼的明珠。尽管两地相隔，飞行需要三个小时，但港沪交往却是与日俱增、越变越密不可分。

互动、互助、互补、互利，应该是现在与将来的沪港关系的真实写照。

2002 年 11 月 11 日于香港

上海的颜色

闲话上海人

沪上百态

时尚之潮

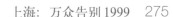

申城人物

Colourful
上海的颜色

上海的颜色

赤橙黄绿青蓝紫，上海是什么颜色的？

上海是蓝色的。今年7月初，上海连续三天出现蓝天如洗、白云如絮、风清气爽的景象，8月初更是连续八天天朗气清。抬头望天空，是那种碧蓝碧蓝的颜色，淡淡的、柔柔的。上海人轻轻叹了口气：久违了，蓝色。

虽说往年七八月份上海空气质量相对比别的月份好些，但如今年这般，连续两次并保持较长时间空气质量为一级，达到自然保护区空气质量的标准，却是很少见的。专家分析，虽然有"老天爷"帮忙的因素，从海上吹来洁净

清新的东南风，吹散或带走了申城上空的灰尘、细小微粒物、二氧化硫等污染物，使天空如同被洗过了一般，但上海实施的环保治污工程确实功不可没。上海从1998年开始，连续两年环保投入超出一百亿元，其中很大比例用于大气环境治理。连续两年的大投入换来了今次连续两次长时间的天蓝气清，真是值得。

长空云气轻，出行衣无尘，这种过去只在别人家才有的事，今天在上海也开始出现。白昼，蓝天白云的日子多了；夜晚，天空闪烁的星星多了；走在街上，衣服和鞋子不像过去那样脏了。

上海是绿色的。尽管目前还远未达到"满目青翠"的境地，但绿色确实比过去多了。

千余棵大树移栽上海，高架路下设计垂直绿化，新住宅小区

销售广告以"50%以上绿化覆盖率"为卖点，公共绿地面积不断增加。国庆前夕，投资二点六二亿元人民币兴建的虹桥公园向游人开放。这座总面积达十三万平方米的"公众公园"，坐落在上海的主

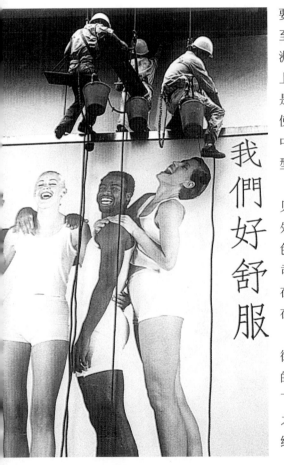

我們好舒服

要干道上，从延安西路至虹桥再至伊犁路。原本在这块"黄金三角洲"上是准备建一座展览馆的，但上海当局最后确定，它更需要的是再建一块大面积的公共绿地，使之成为继延安中路绿地后，市中心又一片十万平方米以上的大型绿地。

现在，上海已开始出现"推窗见绿，出门见树"的景象。尽管从外面回来的人还是感觉上海的绿色太少，比如在国外尤其在欧洲司空见惯的阳台绿化、外墙绿化，在上海还太少见，但绿色确实正在向上海走来。

上海是红色的。国庆节，满街可见"中华人民共和国万岁"的大红横幅从高楼大厦倾泻而下，大意抒写爱国情怀；而在此之前，有报道称，旗篷厂的五星红旗在国庆节前竟卖到脱销。红色覆盖上海。

更有流行情报凑热闹，说今年流行红颜色。上海电视台的女主持人穿上了桃红柳绿的中式服装；影坛新人章子怡以一袭大红肚兜亮相于戛纳电影节，引得上海"女人街"上每条八十元的红肚兜成了俏货；时尚名人靳羽西推出了"千金红"化妆品新包装；拥有一只红黑相间的绣花手袋成为上海姑娘时髦的象征；连金发碧眼们也受到感染，去友谊商场兴致勃勃挑选大红唐装。

上海是粉色的。粉色是女人的颜色，而上海是女人。

上海是橙色的，橙色是一种亮色调。因为有了蓝色、有了绿色、有了红色、有了粉色，所以上海是亮色的，亮丽，明快，生机勃勃。

上海是由多色调组成的一座大城市。不仅在有形处，你可以看到它的五光十色，流金溢彩——比如白天时，你见到的上海正在实施一项"平改坡"工程，就是把原

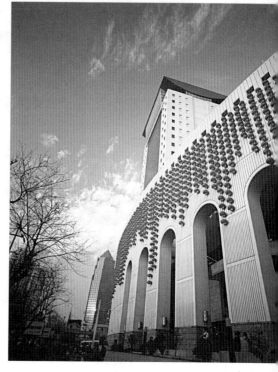

本平顶的公房改为坡顶，既解决渗水问题，又可以从飞机上俯视上海时，发现以往灰蒙蒙的一片现在正变得五颜六色——而且在无形中，你可以触摸、感觉到这座城市内在的五颜六色。

对于外来文化，上海人是极易吸收的。他们从不排斥一切可以带来进步、带来变化、带来效益、带来享受的"舶来品"。对于外来人员，上海人是基本接纳的。一千三百万上海人与四百多万"外地人"正相安无事地生活在这座多色调的城市中，分享属于自己的那块"蛋糕"。而上海人本身，对外部世界的五颜六色形态从不会大惊小怪，因为他们自己的生活方式也是五颜六色的。

最有趣的是上海一家周刊为上海人设计的今年国庆节休闲方案。这家周刊属下的九位年轻记者，分别设计了运动方案、扮靓方案、书香方案、情调方案、闲适方案、狂欢方案、任性方案、出游方案和赏乐方案，真是极尽巧思，囊括了上海人可以在七天假期中所有可以做或想去做的事情。不要过多去考量它的"被采纳性"，仅从这九套方案而言，你就可以想像上海人多样化、多色调的生活形态。

多色调是一种文化上的宽容，

是一种平和心态的表现，它唯有在政治清明、人心安定时才会显露。

上海正在不动声色地显露着这样的多色调。

但如果有人愿意和我一起在上海的多色调中为上海定一种主色调，让世人一说起上海就联想到这种颜色，那么，我希望它是——蓝色。

诚然，红色是进步的，粉色是温柔的，橙色是美丽的，而绿色是最美好的——它象征环保、和平、空气和阳光，总之，绿色和一切美好的字眼联系在一起——我还是愿意上海是蓝色的。我偏爱蓝色，因为蓝色安宁、平静、温和，和上海人的性格相近，和上海这座城市的氛围相近。

曾　华(2000.10.3)

上海，失敬了

说来惭愧，这还是第一次踏足中国第一大城市上海。

七年前曾到华东旅游，自定行程，都选苏浙名城名镇，就是避过沪上，过门未入。当时的想法是：香港繁华，远超上海，既来自东方之珠，申城又何足观？

申城萌发新力量

七年之前，这想法未尝没有道理。

那时，中国进行开放改革已近十年，各个经济特区和广东得风气之先，发展势头迅猛。上海虽为沿海开放城市，却显然仍受各

种思想和政策束缚，犹如一个带病的巨人，神态呆滞，反应迟钝。

想到上海，我会立即想到照片、影片上的外滩景色，一栋栋鳞次而立的古旧建筑，灰暗破落，满目沧桑。浦江上尽管一片繁忙，就是欠缺一点朝气。

1990 年后的上海，形象焕然一新，一石起波澜，开发浦东的战略决定改变了上海的命运。

搭飞机从南京飞抵上海，乘车前往位于虹桥开发区的宾馆，沿途初窥上海，相对于南京，已觉景象截然不同：车辆川流不息，地盘相接不断。入夜了，漫步虹桥寂静的街头，眼前一幢幢造型新颖的现代化大楼在灯色中闪烁，有五星级的酒店，设备先进的写字楼，道路宽广平坦，隐隐然，已感觉到上海萌发的新力量。

再到上海各地浏览之后，这感觉更鲜明了。

新锦江大厦顶层的旋转餐厅是俯览上海的好地方。从这里眺望四方，薄薄烟霞之中，无数高层大厦拔地而起。这本来无甚稀奇，但游罢浦东，串走南浦、杨浦两座世界最大的斜拉索桥之后，感受就不一样了。

大桥飞架展气势

两座大桥，最能代表上海 90 年代发展的速度和气势。南浦大桥长八千三百四十六米、主桥塔高一百五十米，两年半就拿下来了。越两年，又拿下了更大型的杨浦大桥，这是世界建筑史上的奇迹。站在杨浦大桥上，俯仰上下，捶捶每条几十吨重、大腿般粗的斜拉索，总猜不透，如何能在那么短时间

内接连完成这么巨大的工程？在浦东连接两座大桥的杨高路高速公路，也是一项奇迹，年初动工，年底就通车了。或许这就是中国社会主义制度的优越性：能够集中优势兵力——人力、物力、财力——打歼灭战，只要是认准了的，没有办不成的事。

正在兴建的"东方明珠"电视塔，将是另一个标志着上海大发展的新建筑。电视塔高四百六十米，是世界第三座最高的电视塔（次于多伦多和莫斯科电视塔），设计意念来自"大珠小珠落玉盘"的诗句，造型独特，而且功能多元化，兼备观光、娱乐（与美商合办环球旅行、万圣世界、儿童天地、时光隧道、

美人鱼等声光电娱乐馆)、酒店等功能。现在,雄伟壮美的塔体已具雏形,10月就能局部开放。电视塔的位置非常优越,就在浦东突出的陆家嘴前沿,与外滩遥遥相望,黄浦江三面环抱,上海最繁华的南京路、淮海路等,恍如"明珠"的辐射线,每条路上,都可看到电视塔的伟岸身影。

浦西:另一购物天堂

浦东开发仅四年,对上海推动之大难以想像。上海政府投入巨大基建资金,仅去年就完成十八个重点工程,也吸引了外资大举抢滩。如果说这些仍未在浦东形象地体现的话,在浦西这边就很鲜明了。除了那一幢幢商、住大厦外,刚刚作为试点开放让外资参与的零售业,已出现瞩目的变化。在繁华的商业区,伊势丹、瑞兴、美心……这些香港人熟悉的店号随处可见,店铺之兴旺、橱窗布置之讲究、装潢之精美、顾客之众多,不比香港哪一个商业区所见差多少。店内商品舶来的、本地的杂陈,相对之下,本地货不土,款式趋时而品质精美者比比皆是,更重要的是价钱比香港廉宜得多。上海正在有意识地加速发展第三产业,市民手中钱又多(去年存款余额逾五百亿元),加上商品种类繁多价廉,可以想像,这里不久将成为世界又一个购物中心。同行的友人就利用不多的时间进行了"大抢购"—— 从茄士咩大褛、西装、西裤到古董手表、正牌六神丸。

领教了上海的巨大发展速度和潜力,在新建的外滩公园欣赏外滩夜景,感受是深刻的。

上海有万国建筑博览会之称，外滩是这博览会的标志。上海起飞后，外滩一洗颓风，重新妆扮，入夜后更大放异彩，景象之壮丽，世所罕见。环视世界，这样完整、大规模而位于临水岸边的欧美古建筑群已不多见。这儿已不再仅是过去冒险家乐园的遗迹，而是上海腾飞的新象征。上海市政府为此不惜为建筑物精心布置泛光照明，入夜大放光彩。那天赶去，虽然距离关灯时间（晚上九时）只有五分钟，同行者都已叹为观止。

将来，浦东那边"东方明珠"闪耀，新型建筑点缀沿岸，两岸现代与古典建筑物互相辉映，加上南北两座大桥飞架，景色会更动人心魄。在黄浦滩想到香港，能不为政争下基建受阻而慨叹？

小心了，香港。

失敬了，上海。

陈杰文(1997.7.25)

"大树移民"：城市绿化捷径

　　走在上海的街头，除却鳞次栉比的高楼大厦，琳琅满目的商家店铺，最吸引人们目光的，就是一处处新造的绿地了。浦东世纪公园、延中绿地、虹桥绿地、大宁绿地、黄兴绿地……仅仅是今年1到7月，上海市区就新建公共绿地四百多公顷，同时在建的公共绿地近九十公顷。上海人在为美化自己的生存环境做着切实的努力。

　　这些绿地都经过精心的设计和建造，而一棵棵树龄至少为十年以上的大树，使得这些新建绿地摆脱了树木生长期的束缚，"丑小鸭变天鹅"，一下子"成熟丰腴"了起来。

　　是上海的"大树移栽计划"使这些优美自然的生态景观提前了十年到来。目前上海446平方公里

的城区内有825万常住人口，人均建设用土地面积仅51平方米。就算全部用来搞绿化，也不能与华沙、斯德哥尔摩等海外著名绿色城市相比。因此，上海选择了一条有自己风格的绿化之路——三年时间移栽七万棵胸径十五厘米左右的大树！

　　于是，除去广玉兰、悬铃木、

香樟和法国梧桐这些上海街道上传统的道旁树，墨西哥落羽杉、马褂木、良种刺槐、楸树等三十多个品种的"大树移民"开始落户上海。这些大树或来自开山拓路时多余的资源，或来自林场的大树过密地带。原本它们也许只能被砍伐成木材，而现在，它们被精心移栽到了上海，在更大的空间里舒展枝干，显现风韵。

可是，树也是有着不同命运的。就在这些上海园艺工作者费尽千辛万苦移栽来的树周围，起着支护作用的，就是些胸径已经

达到五厘米的树干。这些树干的形态大都整齐匀称，剥去树皮后，几乎不用怎样修裁就可以直接扎构成护持大树的支架。

这样一种"共处"的情形有时会让我产生些奇想：或许在没来上海之前，这大树，这支架，都曾生长在一片森林里，一座山坡上吧；或许它们还是比肩生长的"兄弟姐妹"呢！就算大家真的"素昧平生"，可曾经的葱茏茂盛一样都记载在它们的年轮中吧！

如今在上海，它们依然相伴而居，可不同的命运早已使它们

"阴阳两分"。再也不可能有微风拂过，枝叶沙沙的交流。是人类决定了这些树木的不同命运。有明智如上海市决策者，为了城市环境的改善，不惜花费巨资引进"大树资源"，把这看作是比人才引进重要程度毫不逊色的事情来做；也有利令智昏者，疯狂采伐，留下一片片泣血的山野。

然而，从另一个角度来看，人类的命运何尝又不是由树木来决定的呢？我国西北地区的荒漠化程度不断加剧且不必说，想来今春北京的沙尘现象就让人们以前所未有的震撼感领略到了这一点。

我很庆幸自己生活在上海，生活在这个城市的人们懂得，哪怕仅仅是为了自己，他们也应该和这些树木共同生存。掌握了这些树木的命运，就是在某种程度上掌握了自己的命运。

可是我也仍有一些忧虑，只要还不停地有类似这些用作支构的材质运进上海。毕竟我和所有的上海人一样，依然生活在这个地球上，而我们这个星球是很小的……

高　亮(2000.8.31)

中国的 "双子星座"

最近接二连三的采访让我突然意识到，上海与香港，已是如此密切地联系在一起，共同受到世界关注。

《财富》全球论坛素有"世界经济奥林匹克"之称，选址十分苛刻慎重，可在三年之中，竟然两次挑选了中国，一是上海，一是香港。

在香港《财富》论坛上，锋头极劲倍受欢迎的美国前总统克林顿，在闭幕午餐会上演讲后，下午又马不停蹄飞往上海，出席里昂证券主办的"中国投资论坛"盛大晚宴并也作了精彩演讲。而里昂证券拉下论坛帷幕后，收拾行装，又匆匆掉头回港举行"里昂证券投资论坛"。

上海经济发展势头正猛，在

国内乃至世界经济格局中的分量越来越重，日益光彩夺目。让港人再也不能自大，再也不能小视上海的存在。港人惊呼，上海会不会超过香港，上海会不会取代香港？

香港一些机构团体，开始纷纷调查、分析、研究上海、香港两地在各方面的优势。今年3月，贸发局发布了《上海·香港——双城优势》的研究报告，分别从经济实力、新经济发展和人力资源等七个方面，为上海和香港这两座城市算出一笔对比的明细账。香港明天更好基金和香港中文大学在今年初也分别在上海和香港对两地的竞争力同时进行调查，是次调查更细分为三十二项竞争力指标。

香港贸发局的研究报告名为《双城优势》，但有关上海的分析却占了七成篇幅。上海较香港出道早，上个世纪二三十年代，就已是远东最繁华的经济中心城市，但其后的强弱易势令上海一脸沧桑。上海重又站在中国经济发展的制高点上，不过才仅仅历经十数年，却已经让港人担心对港的地位造成威胁。

沪港两地尤其上海政府高层在一些公开场合一再表示，沪港在许多方面互补，应加强多方面的合作，而并非谁取代谁。以中国之大，完全可以有两个国际经济中心大城市。的确，从中央而言，无意也并无必要扶持上海以代替香港。就双方而言，香港的营商环境、法规、行政等多项竞争力指标现在仍然领先上海，而上海则在科技基础和人才质素上总体更好。

合作对双方均大有益处，上海将积极培育信息等新兴产业，发展都市型工业，以及旅游业、会展业，这些方面香港不仅有丰富的专业经验，在体制、机制、管理上也高出一筹，沪港加强合作定会大有可为。再如共同参与西部开发、共同发展科技创业投资，也有极大的合作空间。

合则两利，沪港多领域合作无疑会促进双方实力的更大提升。但市场经济是竞争的经济，更多地，经济发展的动力来自于竞争。我们应该并不讳言有序的竞争。这点，多份调查分析报告的出台发布，是不是已经拉开了中国双子星座你追我赶、交相争辉的序幕呢？

沈林森(2001.5.22)

老城故事多

有一首《小城故事多》的歌曲让人有点疑惑,小城难道会比老城故事更多?

上海是座老城。

六千余年前,上海的西部已成为陆地,"老上海"们在此构筑起最初的历史舞台。

源于远古、盛于明清、崛起于近代。1843年开埠后上海逐步发展为远东最大的城市,成为"万国建筑博览会"的永久承办地。

老城故事多。故事隐藏在一幢幢老建筑、一片片旧城区中。

且说黄浦江边百

余幢风格各异的西洋建筑之一，建于1923年的汇丰银行大楼。

这座楼先是承荷经济重任，经营汇丰银行对华业务，大把银子在此进出；1955年被上海市政府接收，自此后成为上海的"心脏"，它的跳动波及上海所有的神经末梢；四十二年后，在经历了"原主购买"还是"民族感情上接受不了"的争执后，由浦东发展银行通过地产置换进入该大楼，重新恢复其银行功能。几十年间，从经济到政治、从政治到经济，孕育了几多世俗故事、几重世事感慨？

这幢大楼还有故事。其过道和休息厅设计为八角亭形式，设计师在穹幕天花和墙面上以马赛克作装饰，镶拼出八面图案分别是汇丰银行总行所在地上海及该行在世界设立分行的大城市：香港、曼谷、加尔各答、东京、纽约、伦敦、巴黎。被上海市政府接管后，由于马赛克所表现的内容不合"时宜"，故用涂料覆盖。天长日久渐被遗忘。孰料后来进驻的浦东发展银行在重新装修时，发现了涂料下面的马赛克鲜艳如初。民间传闻，当时在脚手架上作业的工人惊喜之余即购彩票，说是能"撞上大运"。

谁知道在上海这座老城中还有多少未被发现的"马赛克们"隐藏在各色"涂料"下面。

昔日曾是法租界的亚尔培路上有座"马勒住宅"，外观虽为典型北欧建筑却另有风貌。建筑尾部有象征性船舱，建筑细部亦多用船用构件和与船舶相关之图案。内部结构更为别致，每层楼梯口均有圆形小窗，恍若船上密封窗，三楼房内还有椭圆形围栏，象征机房。

这幢独特的建筑是英国人马勒的杰作，其时他是上海最大的私营航运企业主之一。某天清晨，女儿睡眼惺忪地告诉父亲，她做了个好梦，梦见住在一幢美妙的大屋子里。马勒用了二十年时间，复圆了女儿的梦境。现今，那儿是上海青年领袖的办公所在地，整幢建筑被"严令保护"。

夕阳下，站在有着航标灯塔的大草坪上，凝望昔日英国少女的"梦

中圣地"，不由人不产生无限遐想。那些当初生存着而今已逝去的人影，现在与你、我的呼吸同在。

还有老城厢、石库门、里弄房、亭子间；还有一大会址、中山故居、华懋公寓（锦江饭店）、沙

逊大厦（和平饭店）……旧城旧事，虽已失去活力，却魅力永存。有位来自外地的老人，站在早已非上海第一高楼的国际饭店顶楼，自语"上海简直深不可测，它总是闪烁其辞地向我们展示某些片段"。

近年来上海大兴土木，推土机打桩机轰鸣声不绝于耳。值得庆幸的是，有着睿智的上海当局，已接连作出决定，保护老建筑旧城区。

先是十年前确定保护五十九处优秀近代建筑，四年后又公布一百七十五处，去年再次公布一百六十二处，近日更是从以往着眼于单幢建筑的保护发展为确定十一处地方为"历史文化风貌保护区"。其中有外滩优秀近代建筑风貌保护区、上海古城风貌保护区、近代商业文化风貌保护区、花园住宅风貌保护区等。

大规模的经济建设，极容易"将脏水和孩子一起倒掉"。不能让上海的老建筑毁于我们之手，况且有许多未解之疑团，需要后人运用他们的智慧去解决。因此，上海当局的观点是，完整保留上海老城风貌是政府尤其是今届政府的责任。

上海的"老建筑们"何其有幸，上海的今人和后人何其有幸。

曾　华 (2000.5.1)

文脉所系

从豫园到外滩,被称为上海的"文脉"所在。常在高架路上走,放眼望去,高楼不少,但更多的是平房或六层高楼房的房顶。看多了,从中感悟出许多关于上海"文脉"的思索。

那些一二楼高的尖顶平屋,开着"老虎窗"的房顶有着鱼鳞般排列的瓦片,黝黑的瓦片无言地诉说历史的沧桑,这至少是三四十年前工匠们的作品;二十年前造的多是六层楼高的平顶楼房,小小的阳台小小的窗,象征着上海艰难的起步;而那些有着三角形、拱形的房顶,配着巴罗克式的窗台、罗马风格的圆柱,色彩和风格各异的楼房,至多只有十年以内的房龄。在同一片天空下,通过房顶的历史演绎,可以琢磨或是触觉到:这就是上海的文脉所在。

刚结束的亚行年会会场设在上海浦东陆家嘴金融贸易区。出席会议的三千嘉宾鸿儒在休息期间，徜徉于流光溢彩的街头，观"远近高低各不同"的浦江两岸建筑群，大有"真像美国曼哈顿"的感慨。其实不然，浦东就是浦东，张扬着上海的个性和特点。在东方明珠、金茂大厦边上，保留了一排典型的上海石库门老房子，这是"浦东历史陈列馆"的永久馆址，每天在那里"寻根"的人络绎不绝，这也是上海的文脉所系。

　　有位华裔学者说过：冬天走在伦敦的任何一条街上，都能闻到培根的味道，这是伦敦的脉络。而孜孜以传统文化为本，如海绵般吸收新的元素，构筑了上海"在传统中创新，在创新中保持传统"的个性。

　　而外语普及率高，与世界有迅捷的信息交换，成为上海不断完善"文脉"的优势。在有史以来最大的搬迁中，相处几十年的邻居总要吃一顿最后的晚餐，多少磕磕碰碰的不快在一杯啤酒中消除；上海的小姐们虽然统领着全国的时尚潮流，但在可以预计的未来，不会接受如"接吻时间最长"之类的比赛；尽管有众多超市、大卖场的"围剿"，在街头巷尾依旧散落着三万家家族管理的"烟纸店"，晚归的人一眼望到那里亮着微弱而温馨的灯光，油然而生回家的感觉……还有如浓浓的吴语、脆黄的油条，都能感受文脉的搏动。

　　　　　　　　陈茂生(2002.5.18)

上海街头看时代变迁

1997 年的最后几天，记者从南京旅行到上海。

上海的空气，有一种特殊的味道，好比是黄酒和咖啡的混合体，充盈着来访者的五官。对上海人眼中的"乡下人"，"洋气"是上海的骄傲，也是"乡下人"的向往。

或许是受厄尔尼诺的影响，虽然已是冬季，这两天却温暖而潮湿，不时飘一些小雨，长寿路上新栽的棕榈树，乍看起来有几分眼生，此时倒也得了气候。

老字号赶时髦

长寿路的尽头，是静安寺。一转弯，便是热闹的南京西路，这里属于上海人的"面子"，与之相对，弄堂则是上海人的"夹里"。

时值岁末，正是商业旺季，

"圣诞新年大减价"的招贴大有诱惑力,不少人被吸引来"兜兜"马路,街上,素色是衣着入时的女孩们的主色调。门面最亮堂的是"梅龙镇广场",在鸿翔百货的斜对面,是目前上海最新开张的合资百货公司之一。

其实,梅龙镇是南京路上的"老字号"了,原本是一家镇扬馆子,曹聚仁先生在《上海春秋》中写过它的典故。曹公回忆:"这里的煮干丝,又细又嫩,加上松毛似的姜丝,麻油一拌,加上酱油,鲜爽可口。"

今天的梅龙镇,名虽在,昔日的美味却已踪影无存,建筑也换了一副都市新贵的派头。一进门闻到的是一股奶香,原来是从一

楼的"哈根达斯"冰淇淋专门店里飘出来的。这里的气氛,应该和这家店在世界其他地方的分店没什么两样。大厅中央,照例有一棵巨大的圣诞彩树,不少本地人带着孩子在树前照相。各国的舶来品,以各样光鲜的面目出现在宽敞的店堂里,从售货小姐笑容可掬的促销中,我知道了这家店是一个香港老板开的。

商店里的人不算少,但真正有消费力的还是这座城市中的极少数人,以及那些来中国赚钱的外国人。这座豪华的房子,不折不扣是一个90年代的国际卖场。

穿过陕西北路,与南京路平行的一条马路上,有一家不起眼的小食店,这里虽在闹市,却是属

于"夹里"的。桌子和凳子稍显简陋，看起来却也干净。每张桌上有一个白铁皮筷筒，侧面的窗口能取出里面的竹筷，居然是二十年前的样子，在这样一个急速变化的城市，这个老式筷筒让人除了惊讶，竟还有些感动。

一个烫了一头鬈的中年女服务员，套一件白大褂，松垮的鞋走路时发出踢踏的声音，手上拿着一块生山芋，津津有味地嚼着，一边笑眯眯地招呼食客，一边端上热气腾腾的汤包。看上去，这仍是一家国营店。

隔一条街，两个世界，这是上海的奇妙。

旧上海遗留下为数不少的花园洋楼，所谓洋楼是欧式的二三

层小楼，楼下种些树，长些草便是花园，旧时是一些洋人和有钱人的住所，解放后收归公有。在房管所的分配下，洋楼里也是再平凡不过，空间的拥挤，并不比弄堂里的石库门房子稍好些，上海人是习惯了"螺蛳壳里做道场"的。

旧洋楼新大厦

临近1997年岁末，这些原先破败的洋楼变漂亮了。外墙由新画的白线勾勒出砖砌的纹理，门窗也重新漆过，或换成了铝合金的，内部则形成了厨卫齐备的套间。据说，这是政府的一项洋楼改造计划的结果，有幸留在洋楼里的是原来占着较大面积的住户，而住在楼梯拐角处的亭子间里的住户则搬出了洋楼，被政府安置到了城郊接合部的居民小区。

在洋楼形成群落的街道上，行人就像是走在欧洲的一些老城里。这里的街道宁静、安详，给人身处异乡、时光倒流的感觉。

给上海降"火气"的还有二十四层的国际饭店，从人民广场望去，远处天际线中的国际饭店，赭色的楼身光泽黯然，周围刚刚拔地而起的玻璃幕墙大厦，就像是小弟弟的炫耀。今天的国际饭店没有了当初亚洲第一高楼的骄傲，它更像是一个绅士，装束虽已过时，却仍显露其世故而老练，魅力卓尔不群。

上海在不停地建高楼，但此时，上海人也在急匆匆的赶路中频频回眸，也许这是世纪末的情结。

老城厢活标本

现代化改变着上海人的生活

方式，年终，法国的"家乐福"超市又一家连锁店在市区开张了。这一天，正好是星期日，经过那座如厂房似的建筑，只见人们鱼贯而出，每个人手上都提着同样的白色胶袋，走出超市几十米，他们还几乎保持着排队的造型，一个挨着一个。

在蓬莱路的一条里弄里，一个午后的菜市占了半边的路。弄堂是上海人过柴米油盐生活的地方，假日里它显得更慵懒、惬意，穿着家常衣服的女人，蓬松着头发，进进出出。

走进弄堂，房子还是一二十年前的老样子，只是从各家阳台上挂着的衣服偶尔可以看出1997年冬装的流行款式。有年轻姑娘在一楼的水池边洗头，脸盆边放着一瓶紫红色的"沙宣"，脚下的地上生着绿绿的青苔。弄堂口，有一座红漆斑驳的木房，看得出这里原先是一家烟纸店。现在，租给了一个苏北的小裁缝，手上戴着两个粗粗的金戒指，看来他的生意和他的上海话一样的不赖。

在返程的火车上，看到当天的《新民晚报》上说，这些年，上海经历了两个一百万："一百万人动迁，一百万人下岗。"就像北京的四合院一样，上海的里弄将慢慢地消失。有一天，当上海人都搬进了新公房，弄堂被作为都市历史的标本，或许只能在老人们缓缓的描述中复活。

喻 捷(1997.12.31)

老鞋匠身边的变化

张兆林在靠近南京路的一条弄堂口摆摊修鞋已有三十二个年头了。熟悉他的人都说他对这一带居民情况的了解胜过了警察。但在过去一年中，弄堂里大不一样了，他再不敢说对其面对了半生的地方了如指掌。

乔迁新居人去人来

"现在可不行了，"六十七岁的张兆林摆摆他那长满粗茧的大手说，"现在这条弄堂里的居民我有一半不认识了。老居民中住房

拥挤的差不多都搬到了新村新公房。今年乔迁新居请我吃喜糖的就有二三十家呢！"

张兆林摆摊的这条弄堂叫"柏德里"，原先居住的近三百户居民，以企业主、教师、医生、职员居多。虽地处上海市中心的黄金地段，但由于没有卫生设备，每天一早便要涮马桶，倒痰盂，生活很不方便，再加上人口增加，居住矛盾更加突出。

这些年，上海市政府着力解决居民住房困难，知识分子阶层先得其益，改善了居住条件的居民离开拥挤的厢房、亭子间，移居相对较远但设施较好的新村地段了，而腾出的旧房则让给了一些新婚家庭。整天坐在弄堂口修鞋的张兆林，看着乔迁新居的搬走，看着新结婚的搬来。"今年喜糖特别多，而且多是巧克力做的金元

宝。"张兆林说。

店家都换了门面

张兆林摆摊三十余年，对这条街上的商店招牌能够挨个背下来。"现在可不行了，"他说。"这条街现在成了'服装街'，那些花花哨哨的店名我老头子一下子还真记不住呢。"

这条街叫石门一路，长约三华里，大大小小的商店有三百来家，如今，张兆林熟悉的中药店、杂粮店、烟杂店都改换了门面，一家家皮草行、服装专卖店、服饰精品店开了出来。石门一路还在变：张兆林的修鞋摊斜对面的两幢楼用绿色网罩遮着，那是两家商家正在装修门面；南面的路口，原先低矮的商店和住房已被铲成平地，一座新的商厦将在这里崛起；北

面的路口明年将改造成地铁车站。"石门一路变化这么大，这么快，我的眼睛都花了。"

问起老鞋匠今年的生意与往年有何不同，张兆林算了一笔账：过去每天接四十双鞋，如今每天要接六十双鞋。而且奇怪的是来修的皮鞋没有两双是相同的。修鞋的人多，鞋匠生意好，收入多，是件好事。但张兆林却说现在有些皮鞋质量不如以前了。"有些鞋外观很美，但皮质太差，有的甚至用纸做夹里，脚汗一出，热气一蒸，纸板就烂了。一双两三百块钱买的皮鞋，穿不上一两个月就要拿来修理。有时我真想劝劝那些爱美的年轻人不要去买'滑头货'。"

张兆林曾连续三届被评为上海市劳动模范，去年又被评为全国先进个体户。1995年年底已近，

他说："我到现在还没有收到一张政府部门或个体户协会的请柬。往年岁末年首可是赴宴的请柬满天飞呀。"说到这一变化，老鞋匠哈哈大笑。

时隔半月，不知老人是否收到了请柬。又想，是不是该去约老人喝一盅。

朱慰慈(1995.12.31)

流光溢彩夜巡黄浦江

黄浦江，这条全长一百一十四公里的黄金水道，是大上海的心灵之窗。来到上海的游客，都喜欢到那里听一听她对大上海昨日和今天的诉说。

浦江游览号双龙游船

浦江游览号双龙游船，是浦江游览公司所属的一艘大型游船，它以其独特的中国民族风格，吸引了众多来自五洲四海的游客。

这艘船全长五十五米，宽十七米，整条游船上下共分四层。一、二两层是游客吃喝玩乐的地方，在那里可以饱尝各种中西美食，还有宽敞的娱乐场所，无论是三五知己小聚，还是大户富豪宴

客，都可以在这里举行，正所谓丰俭由人。

第三层有八间特色各异的豪华包房，特具私密性。这一层有一个观赏大厅，命名特别，叫做"龙凤呈祥"，全厅全部以仿古红木家具作摆饰，古色古香。

游船的顶层是观景平台。若出得吴淞口后在此凭栏眺望，全无遮挡，极目所见水天一色。

黄浦江游船，消费不算高，就船票而言，一百元有找。

沿岸景观十五处

江上泛舟，顺流北去，沿途的主要景观有十五处之多。

左边望去，有古天文信号台、外滩万国建筑博览群、上海市人民英雄纪念塔、外白渡桥；右边的现代新区以东方明珠广播电视塔和亚洲第一高楼金贸大厦最为瞩目。

游船从杨浦大桥穿过，虽然渐离了繁华的市区，但极目望去，仍景致处处。一路上可以观赏复兴岛风光、内地最大的集装箱港区、吴淞古镇、吴淞古炮台、长江千米防波石埂、宝山钢铁厂、外高桥港区，一直到吴淞口外观长江三夹水。

河流是城市的眼睛，假若伦敦没有泰晤士河，巴黎没有塞纳河，布拉格没有伏尔塔瓦河，南京没有秦淮河，那就像少女少了双顾盼生姿的明眸。

傍晚，华灯初上，"浦江游览号双龙游船"从外滩的浦江游览专用码头出发，载着我们去欣赏浦江两岸的建筑群——那是新旧两个时代留下的迥异印记。

外滩沿岸，天国般的万国建筑博览，让人想起管风琴缓缓奏出亨德尔的《弥赛亚》。哥特式的、巴罗克式的、文艺复兴式的……美轮美奂的欧美风格，线条挺拔，庄重坚实，在黄、白两色灯光映照之下，显得金碧辉煌。

建于1923年的英国汇丰银行大楼（现在的浦东发展银行），有着一个仿古希腊式的圆顶，号称是从苏伊士运河到远东白令海峡最讲究的一座建筑。外国资本就从这座堡垒里伸出魔爪，紧扼住中国金融的咽喉，扑灭中国民族资本燃起的实业救国的星星之火，几乎吸尽了黄浦江这条动脉里的血液。它的北面是有四面钟楼的上海海关，还有尖屋顶的沙逊大厦，是当时流落到上海、后来发了财的犹太人沙逊所建。

中国银行楼顶上的琉璃瓦在灯光照射下呈湖蓝色，这是外滩唯一一座中式建筑，它把人们带回三四十年代的上海滩：马路上摇曳着旗袍、高跟鞋，穿梭着报童、黄包车，晃荡着巡捕、流氓、失意的政客和烂醉的外国水兵的身影，留声机里白光沙哑的嗓音与李香兰软绵绵的《何日君再来》，夹杂着乞丐饥民的哀号……黄浦江忧郁的眼波见证了太多的罪恶和糜烂，呜咽的江水终于化作带着硝烟的鲜血怒吼！

江风扑面，涛声依旧，游轮经过外滩，依稀可见前方悬浮在江面上的一串明珠——那是杨浦大桥的灯火。

　　这座被外人誉为中国质量丰碑的斜拉索大桥,以它粗壮的钢索为琴弦,为我们奏响了下半段旅程的第一串音符。

　　回程途中,沿途可见来自各大洲的巨轮和穿梭的小艇,港口的起重机还在那里忙碌着。临近浦东滨江大道时,舷窗中展现出一幅奇景。如果说外滩的建筑群是带有殖民色彩的国际化,而浦东新区陆家嘴一带则是真正的中国的国际化。

　　短短几年内拔地而起的摩天大楼多是钢筋玻璃结构,银白色的钢架在彩色探照灯的映射下闪闪发亮。这些肃穆的现代派巨人,让你想起雅尼的音乐——恢宏、深沉、跳跃,激荡着生命的脉动。你想随之手舞足蹈，或者说几句赞美的话，却被这外星球般的景观震慑，而不得不将自己奔放的情感暂时收起。

矗立的巨型广告牌上变幻的霓虹，与每个窗口透出的辉煌灯火映在江中，倒影荡漾，五彩斑斓，光景何等璀璨、明媚。要知道，仅仅十年前，浦东的许多地方还是沙洲和芦苇荡。而今天，东方明珠塔所在的陆家嘴金融贸易区已与外滩的金融贸易街连为一体，构筑着中国最繁华的中央商务区。中华第一高楼金茂大厦集中华两千年宝塔建筑之大成，又融汇当代世界建筑新技术之精华，它的塔尖是象征着奋发向上的上海市市花白玉兰。临江而建的国际会议中心，1999年9月已成功举办了《财富》全球五百强年会……

东去的江水淘尽了中华民族以往的屈辱和落后，历史的垃圾永沉江底。浦东的活力被无限地激发出来，并随黄浦江注入长江，向全国辐射，创造出一个又一个的浦江奇迹。

在上海，坐船夜游浦江，你可以在东西方文化交汇的地方，听听黄浦江沧桑而感慨的涛声，看看她活泼的盈盈眼波。

游浦江四线任君择

在上海经营黄浦江水上观光游的龙头老大，要数上海浦江游览公司，这家公司不但提供水上观光，还包揽了特色船餐、歌舞娱乐，船舫茶座和旅游购物生意。外滩黄金地段近百米的游船码头和近二百平方米的宾客临江候船大厅都属于其旗下。

浦江观光目前开设了四条航

线可供游客选择：

一、 黄浦江精华景点游。从上海新外滩至杨浦大桥，全程一小时。

二、 双桥景点游。从上海新外滩至南浦大桥、杨浦大桥，只供贵宾特别需要，普通游客一般无缘。

三、 浦江夜游。从上海新外滩至高桥，全程两小时。

四、 吴淞口外三夹水游。从上海新外滩至长江口，全程三个半小时。

吴　捷　　张绍德(2000.8.5)

外滩：还你一个全新感觉

记不清哪位对初来上海的游客作过一番民意调查，结果据说有80%的游客选择的第一旅游点便是外滩。繁忙的黄浦江，和那东亚独一无二的西洋建筑群构筑成外滩也是上海的一幅独特的风景画。

百年外滩换新颜

百年外滩，你是上海的窗口，上海的象征。

1992年国庆前夕，当百万游客从北京路、南京路、延安路，从四面八方涌向这里时，人们惊呼：外滩变了。

一条宽阔的十车道路面展现在眼前。道路西侧，拓宽的人行道铺上了彩道板；东侧，绿树成荫，

从地面、人行道到观光平台三个层次的绿化简洁明快。伸出江面的观光平台是恋人们的绝佳去处。空厢外部加高的防汛墙，使外滩的防汛能力由百年一遇提高到千年一遇—— 一种全新的感觉。

老人们真切地感受到了，那记录外滩百年历史的雕塑，是他们亲身经历的时代变迁。青年人更加感受到了，那象征改革开放的"时代的步伐"电子钟，那花草簇相拥着的外滩美景，使百年外

滩变得与他们一样年轻。

上海要有新形象

外滩，你真的变了吗？

"黄浦滩，黄浦滩，潮涨潮落烂泥潭。高楼大厦滩上立，滩下都是泪和汗。"这首昔日的民谣记载着多少过去。外滩曾经辉煌无比。一个半世纪前，西洋人把洋枪洋炮带到上海的同时，也把西洋文明带到了上海。良好的港口、优越的地理位置使外滩一下子繁荣起来。这里云集了古希腊式、文艺复兴式、巴洛克式、哥特式等风格各异的西洋建筑，是名副其实的"万国建筑博览会"。20世纪30年代，

外滩初具规模，成为远东金融中心，成为西洋文明与中华文明的汇聚点。

半个多世纪过去了，上海历尽沧桑，而外滩依旧。当人们以90年代的目光再次审视外滩，人们终于发现，外滩老了，外滩旧了。

外滩要变。当时的上海市长江泽民审看了外滩改造模型后，风趣地说："这是上海的face，一定要把它做好，这不仅是全市，也是

全国、全世界关注的地方。"90年代，中国改革的龙头移到了上海，上海要有崭新的形象。然而，多少次登上上海大厦，俯瞰外滩，江边除了几盏零星的路灯外，一片漆黑，混沌的水边线使这个"东方不夜城"黯然神伤。外滩该变了。

外滩也必须变。拥挤的外滩原先的结构布置不尽合理，特别是外滩防汛墙，经1962年和1981年两次大潮汛的冲击，历经汛险，仅五点半米的防汛墙，仅百年一遇的防洪能力已经不适应国际性大都市的需要。

外滩在高速度地变。设计人员经过精心酝酿，一改外滩防汛墙无限加高的被动态势，决心向黄浦江要地，建设空厢式结构防汛墙。关键点一旦获得突破，整个运作立即加速。1991年底，上海市领导人提出，能否在1992年国庆前夕，让外滩、南京路

"大放光明",让上海市民节日里有个好去处呢?外滩综合改造,被列为1992年上海市政府第二号重大工程。

游人赞叹多壮观

防汛墙、地面道路与绿化带原定分三步实施,如今一次到位。原来外滩改造设计时间需两年,现仅两个月不到。1992年的头十个月里,全市乃至全国都在关注着外滩,关注着隔离围墙内的一天天变化。终于,外滩真的变了。

一对二十四年前赴黑龙江的上海知青夫妇深情地说:"今天看到外滩变得这样壮观,虽然我们身在黑龙江,但心里踏实啊!新的外滩,给了我们新的希望。"

"我姓樊,是由内蒙古来的。十二年前我来过上海,外滩的印象很深,人多,地方窄。如今变了,大变样了!多宽阔,多气派!这才是咱们中国的大上海啊!"

"我是个老外滩了。"戴着红袖章,退休后在外滩当了八年纠察的王老伯伯乐呵呵地说:"老早外滩的大楼大多是外国人造的,现在外滩是我们中国人自己改造的了。这么大的工程几个月就搞好了,作为老工人,心里当然自豪啰!"

是的,我们应该为此自豪。因为百年外滩,你是上海的窗口,上海的象征,更是上海改革开放的见证。

王　鹰(1993.2.9)

苏州河变清了

今年有关苏州河的消息特别多。年初时有人拍到了一大群海鸥在苏州河上弄水的画面，年中时上海复旦、交大等大学组织在苏州河上赛龙舟，这都曾经吸引过无数人将目光投向这条上海人的母亲河——苏州河。

近日，上海各大媒体又都在显要位置播报了一条关于她的消息：苏州河变清了。

外白渡桥边苏州河与黄浦江之间的一条黑带，曾经是上海滩一道抹不去的风景线，现在不仅基本消除，而且过去又黑又臭的苏州河里还发现了乌龟、鱼虫等生命的小精灵。有关部门还向河

中放养了几万尾鱼苗，以此检验苏州河的水质是否真的能让生命得以延续。

苏州河变清了，这是一条足以让海内外无数上海人为之动容的消息。因为缓缓贯穿整个上海市区的苏州河，是上海人的母亲河，曾经哺育过一代又一代的上海人，也为无数上海人魂牵梦萦。然而就是这条苏州河，其黑其臭，也令每一个到过上海的人不能忘怀。

苏州河直到本世纪初还是鱼虾成群、水清岸绿。唐代大诗人白居易的"水脍松江鳞"就是赞美苏州河（古称松江）中鲈鱼的著名诗句。到了本世纪，随着现代化工业的迅速发展，苏州河水面也开始逐渐黑臭，鱼虾稀少。

"老上海"伤心地说，70年代时，苏州河北面一个基本黑臭的

河浜里出现了澳大利亚小龙虾，并很快遍布北郊河塘。但即使这样极其耐污的小生命，在苏州河里也找不到，因为苏州河实在太臭了。

就是这样一条黑臭了几十年的苏州河，现在竟然开始变清了。

苏州河两边一些河段上，修起了现代的观光道，白色的不锈钢护栏替代了黑灰色、伤痕累累的水泥护墙，人行道上则铺上了红色的地砖。蒙蒙细雨中，踏在整洁的地砖上沿江缓缓前行别有一番乐趣。变清了的苏州河让上海人又找到了新的场所，寻回一些自己或者父辈们儿时的梦。

商人们也决不甘落后：房地产开发商沿苏州河开发了很多房产，沿河景观成了这些房产最大的卖点。商人们在满足人们傍水而居的要求的同时，也赚足了"苏

州河变清"产生的经济效益。

苏州河变清这样大的变化，当然不会是什么自然的奇迹，而是一件浩大的人工治理工程。目前使河水变清，只是一期工程的效果，通过调水工程增加水流量、降低污水浓度的治标办法完成。而要真正使苏州河清澈起来，彻底改变水质，恐怕还要有后面的几期工程和长期不懈的努力。英国泰晤士河五十年治理的经验，相信对苏州河治理是一个很好的前车明证。

然而由苏州河变清，更让人能感受到的是上海这座大都市在迈向国际化进程中，对于改善生活环境的意识和追求。上海中心的黄金地段——人民广场南面正在实施大规模的动迁改造，改造后的土地将用于建造市中心最大的一块绿地；崇明岛东滩建立鸟类自然保护区，这是上海自然生态保护的重要举措，候鸟景观将成为上海一道新的自然风景线；诸如张家浜之类的小河道沿岸整治，则是上海各有关部门长效管理的重点。

记得两年前采访过上海市一位领导，他说上海未来城市建设的目标是：天更蓝、地更绿、水更清。两年时间过去了，苏州河水实现了初步变清的目标，当然这决不意味着上海城市建设已经实现了"天蓝、地绿、水清"这个大目标，但从中可以看出上海注重环境保护、迈向更适宜人居住的城市的发展轨迹。这或许将会成为上海未来发展中的一股新的重要力量。

房爱军(2000.12.12)

未消失的渡口

原已拟好了题目《消失的渡口》。

应该有这样的文字：夕阳照射在黄浦江上，波光粼粼。远处江面上，一桥飞架东西，浦江变通途。多少年来一直人声鼎沸的轮渡码头，默默伫立着，无言地向我述说昔日的辉煌。

我是去凭吊消失的渡口和消失的回忆的。

黄浦江，这条给上海带来繁华的黄金水道，亦给浦江两岸的往来交通带来了困难。

历史在这里演变。先是"两根

竹篙一把桨橹"的民渡舢板，在波光荡漾中摇摇摆摆；1890年底，一条名叫"安泰"的小轮出现在黄浦江上，上海从此有了商业性的官办轮渡；三十六年后，上海轮渡股份有限公司正式成立。

时至十年前，连接黄浦江两岸的还只是"水路"一条。高峰时，在黄浦江东起吴淞口、西至松江米市渡的八十三点二公里航线上，全年轮渡客运量竟高达三点六亿人次，平均每天需运送近一百万人次过江。

这是何等样的辉煌。

轮渡公司的"辉煌"在80年代末一个大雾弥漫的清晨达到了顶点。1987年12月10日上午9:15左右，聚集在浦东陆家嘴轮渡口的几万名乘客，因争相涌往码头而发生惨剧：人群连片倒地，人踩车、人踏人、人跳江，一片呼喊、一派混乱。十六条性命、十六个冤魂，令我今天站在昔日的轮渡口旁，仍感到浑身颤栗。

回忆，无法消失；渡口，无法消失。

尽管黄浦江上已有了五座大桥、江底有了三条隧道；尽管穿越黄浦江的地铁亦已动工；尽管轮渡公司已风光不再，客运量减少了一半以上，但渡口仍在，二十二条对江渡线仍在，上海轮渡公司依然是全国最大的国营轮渡企业。

于是，几天前的一个清晨，我踏进了上海东北角上的定海路轮渡口，那儿有我三十多年前留下的嬉笑声：一群"不识愁滋味"的少女把轮渡船当作了纳凉的乐园。

正是上班时分。住在浦东的，要去浦西上班；住在浦西的，单位却在浦东，天下不如意事时常有。过隧道、走大桥毕竟不方便，还无

法带上心爱的"自备车"——自行车。而渡口就在家门口，买一张八角钱的票子，五分钟就跨过江去。

遇上值班长陆炳宝，四十多岁的汉子已在渡口工作了二十余年，青春年华伴着黄浦江水东流去。他说已习惯了这种日复一日的劳作，"最要紧的是保证绝对安全"。他说不能想像渡口有朝一日会消失，"怎么可能呢？它有存在的价值呀。"

曾目睹了当年陆家嘴轮渡口

惨剧的吴重庆，干轮渡这行已有四十个年头。上海九十年轮渡史，他见证了其中近一半的演变历史。从见习轮机手至轮机长再到指导轮机长，从老式蒸汽机到柴油发动机，从三百多人的小客轮到可容纳一千人的"大肚量"，从渡轮业极盛到渐衰再到重新振兴，朴实的轮机长说"只要有发展就能有生存"。

他向我描绘了"不会消失的渡口"的远景：简陋的轮渡船换上

了新装，有空调设备、软垫靠椅；简陋的摆渡口改造成黄浦江边的一道风景线，建筑新潮、外观靓丽；对江来回的双向航行被"水上巴士"的多站停靠所替代；渡轮从一问世便与生俱来的摆渡"天性"亦逐渐退化，而成为现代旅游和观光的交通工具，展现黄浦江的无穷魅力。

我知道，陆炳宝、吴重庆他们是不希望我写《消失的渡口》的。

我的两位记者朋友曾以"最后"一词分别写了两篇文章：《再见，苏州河最后一个渡口》、《最后的摆渡人》。以他们的眼光和角度，讴歌了上海日新月异的变化。这使得为我安排采访行程的上海轮渡公司两位办公室主任相信，我是来寻找"反衬上海变化的典型材料的"。

今天，当我站在30年代初建成的定海路轮渡口旁，静静地看着人来人往，我的眼睛中，映出的是上海的一段历史、上海人的一幅生活图景。似乎有点无奈，有点消沉，但它并不卑微，没有张扬和疯狂。它只是站立在那里，迎接仍然需要它的过客，默默地承荷着生活的托付，一如陆炳宝、吴重庆们。

现在，我郑重的把题目改为《未消失的渡口》。

九十年前出现在黄浦江边的渡口，现在没有消失，将来亦不应消失。只是它将随着时代的变迁，更改自己的内涵。即使到了那一天，往来黄浦江两岸的人再亦不需要乘坐轮渡船了，我亦祈求：让渡口留下，让历史留下。

曾　华(2000.5.29)

上海的大客厅

上海人家大多喜欢客厅。

客厅，是家庭活动的中心。有客时，沏上一杯浓茶，笑脸殷殷；无客时，抓一把瓜子，歪在沙发上，看看小说，看看电视。

客厅，又是家庭装潢的重点。家庭背景、主人职业、文化层次、品位爱好，所有信息都在这里披露无遗。

的天下。老伯老太爱去那里作客，打打拳、练练操。大客厅醒得早，晨曦初露时，便已"宾客盈门"，笑意融融。

夜晚，大客厅接纳的多是异乡异国人。他们或是来上海旅游，或是在上海谋生。忙碌了一天，晚上去大客厅坐坐，看看华灯，聊聊家常，于是，白天的烦恼便消失在夜幕

上海的人民广场，被称为"上海的大客厅"。

清晨，大客厅是本地老人们

下大客厅温馨的气氛之中。

"上海的大客厅"布置得别具匠心。

大客厅的正中，面南坐北，是上海的"心脏"——市政府大楼。它的起伏跳动，牵动着中国这座特大型城市的神经末梢，进而带动起整个城市的"全身运动"。

上海市政府大楼是一座方方正正、有棱有角的建筑。每天，政令从这儿传出，信息去那里汇聚。这使得上海人无论是清晨去大客厅作客，还是晚上在那里徜徉，多半都会默默看它一会儿，暗暗祈祷：但愿"心脏"健康、跳动正常。

和方方正正的市政府大楼朝夕相望的，是在建筑设计上寓意着"天圆地方"的上海博物馆，一座由"方和圆"构成的现代建筑物。

1993年初，在规划用地时曾一度设想在那儿盖一座大商厦。其时，商品经济的浪潮正排山倒海，倘若在上海的"心脏"地带建起一座大商厦，将会有怎样的商机闭起眼睛亦能想像。但是，时任上海市委书记的吴邦国、市长黄菊、当时的市计委主任徐匡迪等"当家人"脑子都异常清醒。发展经济不能丢弃文化，什么地方都能建商厦而大客厅必须留给博物馆。更有意味的是，上海博物馆的正门是上海地理位置上的"零点"，计算距离均以此为起点。博物馆内收藏着历史，历史从这里出发。

在"上海的大客厅"内，政府大楼和博物馆相对无言。政治和文化、现实和历史，在同一条轴线的两端，占据着不同的空间，使大客厅更显示出丰盈沉厚的底蕴。

但大客厅亦有轻灵跃动的一面。

因为，在严谨的市政府大楼两边，左面有刚落成的上海城市规划展示馆，右面是上海大剧院。

对上海大剧院称颂的语言很多，我称它是"夜幕笼罩下的一座人间水晶宫"。白天你看它并不觉得怎样，它文文静静地卧在那里，等待着晚上的辉煌。而当夜幕徐徐降临后，刹那间，上海大剧院通体透亮，晶莹婉约。去观剧的人，在一步步走上台阶时，恰似一步步进入一座水晶宫，那是上帝在人间建造的一座水晶宫。它镶嵌在"上海的大客厅"内，是大客厅珍藏的一件宝物。

而新建成的上海城市规划展示馆叙述的则是另外一种感觉。

这是世界上最大的城市规划展示馆，有一万八千平方米建筑面积。"城市、人、环境、发展"是它需要展示的主题，一个绝对世界性的永恒的主题。

这是一座精彩纷呈的展馆。通向正门的是一条奇特的路：路面分别用青砖、卵石、水泥、大理石铺就。据匠心独具的设计师称，这是为了形象地展示上海开埠百年以来所走过的道路。还有可称奇的是，在总体规划厅内，有一个巨大的景观模型，所有模型均按一比五百的比例制作。据说凡是上海六层楼以上的建筑，都能在这里找到，而且每一幢建筑模型与实体完全一样。

展示馆的地下室有条"上海风情街"，让人感受老上海昨天的情调和韵味；正楼大厦内的一组大型立体雕塑，显示出今日上海之变化；而五楼展示馆，呈现的则是一幅气势恢宏的新一轮发展图景。上海的昨天、今天和明天在"上海大客厅"内言谈甚欢，让人品味梦幻一般的过去，憧憬更加美妙的明天。

市政府大楼、博物馆、上海大剧院、上海城市规划展示馆这"四大件"构成了"上海大客厅"的独特氛围。作客大客厅的游人们，再也找不到昔时跑马厅的痕迹，听不到已经远去的马蹄声。旧的已经离去，新的正蓬蓬勃勃地生长。不管曾经有过怎样的荣耀或者不可一世，终将过去。"上海大客厅"亦会老去，变成黯淡无光的旧物，但它在历史长河的某个阶段，曾经是"辉煌"的代名词。

曾　华(2000.6.27)

沪跑马厅变了新广场

今天清晨，上海最大的公共广场"人民广场"终于撩开了面纱。

仅仅几天前，这里还是一个巨大的建筑工地。五千名建设者在这里夜以继日，为的是保证在建国四十五周年之前，把人民广场还给人民。

现实与历史交相映照

今天，广场中央新辟的八万平方米绿化地带与近在咫尺的十二万平方米人民公园连为一体，为大上海心脏地区调节空气，改善环境提供了重要的生态条件。

在人民广场南北主轴线的北端，与大道垂直的是高七十五米，建筑面积八点四万平方米的市政大厦建筑群。明年上半年，上海市政府将迁入此处办公，人民广场将成为上海的指挥中心。与市政大厦遥相对望的是新建的上海博物馆新馆，整幢建筑，上圆下方，寓意着中国传统的天圆地方之义。

一面是现实，一面是历史，市政大厦与博物馆在人民广场的南北主轴线上交汇，映照出上海的昨天和今天。

人民广场的昨天，是当时号称"远东第一"的上海跑马厅。

80年代改造跑马厅

1840年，鸦片和大炮轰开了中国的大门后，上海被辟为商埠。1862年，以麟瑞洋行英国大班霍格为首的二十四位股东购买了从

现在的第一百货商店门口起，沿南京西路向南折入黄陵路，再向东至现在工人文化宫止，共五百多亩地皮，外圈修筑跑马道，内圈建造足球场、高尔夫球场、网球场。当时不准中国人入内。

以后太平洋战争爆发，跑马厅被当作了兵营；1945年又被美国军队租借，辟为俱乐部。期间八十七年，上海跑马厅始终为殖民统治者和帝国主义所控制。

建国后至80年代中期的三十多年中，上海人民广场主要用于政治性的游行、集会和群众性的文化、体育活动。同时，由于它地处上海市区中心，周围是繁华的商业街，人民广场又成为上海的第二大公交集散点，每日客流量三十余万人次，仅次于铁路上海站。

80年代起，上海进入改革开放，振兴发展的新时期，人民广场改造揭开了帷幕。

1988年5月，地铁一号线人民广场车站开工；1989年6月，地下变电站开工；1990年12月，地下

停车库开工；1992年12月，市政　　面前。
大厦改建工程开工；1993年8月，
上海博物馆新馆奠基……

市政大楼幕墙建筑

　　今天，反映21世纪上海城
市风貌的人民广场已呈现在公众

　　市政大厦打破了原来单调的

平面造型，采用部分出挑，并以垂直玻璃幕墙来丰富建筑外观。南楼高大的敞厅和主楼两侧连续柱廊，以宽大的花岗石为踏步增添威武之气。

地铁一号线人民广场车站是唯一不封顶，透过顶棚玻璃采集自然光的车站。地铁车站下方的人民大道南侧，是近万平方米的地下商业街，并设两个下沉式广场。

南侧是中国目前规模最大的超高压、大容量、城市型地下变电站——人民广场二十二万伏地下变电站。

变电站西侧是上海博物馆新馆。四座高耸的艺术雕刻拱门、记录文字等，成为引导人们走向凝聚中华文明结晶的文物宫殿大门。

总面积八万平方米的绿化工程，以"21世纪人类与自然共存"为设计思想，在景区设置上独具匠心。中央三百二十平方米的圆形旱喷水池为三层九级下沉式，以圆与方的组合同市政大厦、上海博物馆相呼应，展示上海的版图；四周设置三层喷泉并配有灯光，不喷水时，游客可入池玩赏。地坪采用花岗石地饰，八角设八组有关上海掌故及国际友好城市市标的地砖花饰，使游人能从中对上海的今昔略知一二。

即使是久居上海的上海人，今天来到人民广场，亦会惊叹发生在这个昔日跑马厅上的巨变。

曾　华(1994.9.22)

上海的骄傲

上海近几年的变化太大了，可骄人的东西很多。

不是说要亮起来吗？岂止是亮，完全一派灿烂辉煌。夜间的外滩宛如神话世界。我站在上海大厦十五层房间的窗口，举目四顾，世上少有的人造风景尽收眼中。错落有致、吐红喷绿的各式霓虹灯火闪耀长空。沿着黄浦江蜿蜒而去的两溜数不清的路灯，不正是一条遍身鳞甲透亮、奔腾向前的巨龙么？称作"东方明珠"的电视塔高耸云天，两个联缀其上的球形建筑物里，繁星闪烁，似真似幻。再远处，将是亚洲第一高度的八十八层大楼——金茂大厦，正眨

着眼睛向空中探首。待它完工之日，还不知会披上多么璀璨的灯彩呢？

白天，那首尾衔接、一眼望不见头的汽车长龙，往来疾驶的轮船，描绘出工业文明的极致。置身高楼，穿透密闭窗户传来的如雷市声，使人有身处掀起大风巨浪的海面上之感。大都会前进的脚步带来多大喧闹啊。一些人躲进揪隘的黄浦公园，去寻找瞬刻的安闲，难得呀！低头远望他们那一个一个细小单薄的身形，心想钢铁、水泥、塑料和声光火电该挤迫人喘不过气来吧。然而又正是以他们为代表的上海人创造了这一切。

如果要我选择，我认为上海最值得引以自豪的，还不是雨后春笋般的高楼群、绵延不断的车流……而是那个位于市中心人民广场、建筑面积近四万平方米，无愧乎世界第一流的上海博物馆，因为在那儿，凝结了中华民族五千年以上的文明史，也预兆着我国更加光辉的未来。也因为在那儿，人们可以摒除现代工业文明不可避免挟来的各种污染，气定神闲地与自己聪慧的祖先晤谈，或者给以会心的微笑，构筑一个美妙的精神境界。

我在挂着"上海市文物保护单位　近代优秀建筑"铭牌的百老汇大厦前登上汽车，车子驶入高架路，只见刚建好的、正在建的各具特色的高楼，从隔音屏前一一闪过，不久就来到了人民广场，仿若青铜古鼎的上海博物馆就在面前。两旁分列八尊仿制放大的汉白玉石雕兽像，各高近三米，重约二十吨，威猛森严，堪称可靠的护卫。大家拾阶而上，进入宽敞的厅堂，步入左侧电梯，不是上升，而是降到地下二层，被引进到"何东轩"，另有一番天地。

这是上海博物馆专门接待贵宾的所在，位于地下九点三米，由香港何东集团主席何鸿章捐助装修而成。仿明清时期江南园林建筑风格。偌大的庭院环以曲径回廊，由黄石堆砌的假山上接屋宇。北首横置一张长方木桌，中间是一块完整的黄花梨木，四周镶嵌檀木边。我们刚进来的时候，光线暗淡，几乎是摸索着在桌旁坐了下来。一会功夫，穹形屋顶逐渐鲜亮，成为阳光明丽的好晴天，蓝天白云，鸟声啁啾。我们的赞叹之声尚未出口，头上又换了一幅繁星满天的图画。到主人准备介绍情况的时光，我们重又置身于秋高气爽的天空之下。高科技的声光电火游戏，快要使人痴迷了。正是在这个地下深处，法国总统希拉克沉醉于中国古代艺术珍品中间，不想归去，使停在虹桥机场的专机延迟了半个小时才起飞。联合国秘书长安南参观回到纽约，特地致函上海市政府，表示要把来上海博物馆作为一个长期固定节目，向访华的联合国官员推荐。

在上海地下的高雅图林观摩文化精粹，大多数人很难获得此种殊荣，还是到地上五层各个展厅去谛听历史的回声吧。

"中国古代青铜馆"是上海博物馆大可向国内外夸耀的。这里陈列着四百余件精美罕见的青铜器物。叫人实难想像三千多年前就有那么高超的审美水平和工艺技术！有一尊春秋晚期的"吴王

夫差盉"更令人流连忘返。这具三足鼎立、圆形刻花、盘龙提手、兽嘴凤尾的盛酒水器，不但以其做工精湛引人注目，而且内藏一段神秘的情思，使人浮想联翩。据说它是贵为人君的吴王夫差下令制作，馈赠给某位既非贵族，又不是大户的默默无闻的女子的。究竟是什么一股情或者某段义招致而来的呢？当事人永远沉默了。留给后人和后人的后人遐想去吧。

我喜爱怀素的书法。上海博物馆收藏有他那幅著名的《苦笋帖》，"苦笋及茗异常结，乃可径来"，加上"怀素白"十四个字，神韵飞动，思想清远，也充分表现出书家的真率性格，确是上乘之作。这次在"中国历代书法馆"中没有展出，使我失去一睹真迹的机会，很觉遗憾。不过在竞尚锦衣玉食的今天，脑中翻展怀素法帖，体会一下慢嚼苦笋、细品香茗的滋味，难道不是一种超越和解脱吗？

上海博物馆藏品丰富，十一个专馆、三个展厅，每个都有巨大的吸引力。匆匆浏览所得有限，要腾出时间，配备录音导游，仔细而又仔细地审视、参详，那才是极大的精神享受，也可以不断提高精神品位，是需要一游、再游、反复游的。

上海这几年最有深意的变化，当是上海博物馆的建成和开放。这是上海的骄傲。

于　廷(1997.11.10)

福州路上逛书城

　　福州路以前又名四马路，在内地和香港描述旧日上海社会生活的电影和电视剧集中，是常会看到的。主要原因是租界时期四马路的西段是妓院集中的"红灯区"，就像过去港岛上的"塘西"地区那样。

　　但若把整条福州路都看成是"红灯区"，那便大谬不然了。那里的西段是妓院集中地段，但东段却是闻名全市的文化街，马路两边开着许多家报馆、书局（出版公司）、书店、文具店、教育仪器商店、笔庄、墨庄和纸行等。其中有

全国著名的出版社和许多名牌老店如启明书局、儿童书局、百新书店和老胡开文笔墨庄等。

　　1949年后，福州路上的"红灯区"当然已不复存在，但文化街还在。数十年来，这里一直是全市市民和外来旅客购买各种书籍和文具仪器的首选地区。自从在这里建造起上海书城之后，这条文化街上便更形热闹了。

　　上海书城于1999年12月30日正式开张，整幢建筑高二十七层，面积达四万平方米，其中一至七层用作零售门市部和会议展览中心。门市部的总面积达一万平方米，常年供应全国八百多家出版社出版的各类图书，另有音像制品约两万种，是中国东南部最大的书店，所有商品全部开架供应。据统计，这里平时每天的顾客流量达一万人次以上，到节假日会

达到三至四万，甚至还达到过五万人次以上。书城门市部中还设有咖啡馆和快餐厅，顾客们可以在这里休息和进餐。

　　在上海书城东首两百米处还有一家上海书店，过去这里是全市最大的收购和出售古旧书籍的专门店。眼下在市场上流通的古籍已极为稀少，旧书也逐渐减少。上海书店已主要改为经营新书，但在书店楼上仍设有古旧书部，爱"淘"旧书的人士到上海时不妨到那里去看一下，也许能找到你想要寻觅的旧书呢。

　　　　　　　树　荣（2002.7.11）

中国商业第一街

中国大陆商业最繁荣的城市自然是上海。在上海，最能代表这座国际大城市的商业水准的地方，则非南京路莫属。有人将上海的南京路称作"中国商业第一街"一点儿也不过分。

昼夜皆繁华

每当夜幕降临，登上南京路、西藏路交叉处的人行天桥，向东望去，满目只见幢幢高楼被五光十色的霓虹灯装扮得金碧辉煌，整条街道被灯光照亮如同白昼。一位许久未至上海的港客见此景象禁不住喊道："哇!这简直就是铜锣湾!"

上海市政府近几年大力发展第三产业，意在恢复20世纪30年代上海作为远东商业中心城市的地位。其第一个目标，就提出要"让南京路亮起来"。不少外国及内地省市的公干或旅游来沪人士，都将"南京路观夜景"列为必定的节目。

其实，南京路的白天更有吸引人处。去年以来，南京路进行了大规模的改建。沿街的各家店堂、门楼都耗费巨资重新装修。凡改建后的店大都向后退去三五公尺使门前更宽阔，以容纳更多的游客在门前观光。其建筑普遍采用国际流行的反光玻璃、不锈钢镜面，色彩明丽的铝合金等材料，加上金字店招，大幅广告，从外向里可以一望便知的琳琅满目的商品，整条南京路显出一派富丽堂皇的气势。协大祥商厦外观采用进口金黄色玻璃幕墙，整座建筑金碧辉煌，幕墙上高悬双狮抱球的店标，又透出浓浓的民俗意味。这样的各具匠心的建筑鳞次栉比，叫人目不胜收。

寸金之地财源滚滚

最早发现南京路商业价值的人确实有眼力。当年，郭家在南京路浙江路口以年金五万两银子的代价租下了外国人哈同的一块地，开办了永安公司。当时有人疑心郭老板不会赚钱。但事实上，公司开办后头三个星期，就卖掉了过去三个月的货。利润哗哗地流进了公司的账本。而今南京路更是应顺了天时地利人和，生意越做越大。在永安公司旧址上办起来的"华联商厦"，现在成了全国有名的百货店。去年，该店营业额逾十亿元人民币。有人算了一下，这家商店每平方米的楼面积，年产利润近万元。据统计，目前南京路每天的商品销售额达二千五百万元，全年达九十亿，占上海全市商品零售总量的两成。

观光购物是享受

在南京路购物不失为一种享受。几乎所有的店堂都装有空调，自动扶梯方便上下，不少店里还用闭路电视向顾客介绍商品信息，电子收银机的使用也越来越普遍。

更有些店家推出"特色服务"吸引不少人光顾。一些店设有"导购小姐",待人热情有礼仪。"宝大祥商厦"还设立外语导购,方便海外游客。该店去年一年接待了九十九个国家和地区三千余名旅游者,

有八成人士在店里买了东西回去。一些鞋帽店还有营业员下蹲为顾客试鞋、照鞋镜，服务态度可掬。商品的种类齐全自不消说，而且日趋高档化，国内厂家纷纷以产品能亮相南京路为荣。国产名品，世界精品都可以在这里买到。从万余元的皮草到五千元的礼服、数千元的手表等等，都不乏问津者。

前不久重返上海南京路的先施公司，1月8日开张以来，每天接待顾客十余万人次。该店副总经理说，"想不到上海的购买力这么旺盛，消费水准这么高！"

自从上海批准首家外商投资零售企业日本八佰伴在沪经营以来，外商合资、合作的商业企业在南京路已增至十五家。一批海外实力雄厚的大企业、财团纷纷前往投资，"世界山庄"、"香港名店广场"等大型高级娱乐中心，亦将在南京路上投建。上海市有关部门已着手实施一项新规划，即为彻底改变南京路人流拥挤的状况，和充分利用南京路的空间，拟在沿街一些高楼间，建设"空中走廊"，届时建成，既更方便游客购物，使店店相通，又使中国最繁华的商业街新添诸多景观。

吴　仁(1993.5.7)

正在消逝的弄堂

常言道，岁月无情。时光的流逝常会令生命变得老态龙钟、缺乏生气。但上海，却在经过岁月的洗礼之后，出落得越发婀娜多姿，处处洋溢着朝气与活力。

好比做整容手术必须支付昂贵的费用，上海也为自己的"年轻"付出了不菲的代价：一些伴随着上海人走过整整一个世纪、曾经须臾不可离的生活方式和旧时风景，正在慢慢地随风消逝。

那一条条叫卖、吆喝声声入耳的弄堂，那一个个推窗看得见邻家饭菜的亭子间，那一道道走在上面会发出动听脆响的弹格路……已成为或将成为怀旧文化，收藏在人们的记忆里，沉浸于历史的长河中。

上海，有着他人羡慕不已的繁荣与昌盛，但上海人，却也默默地承受着"繁荣"带来的种种煎熬：当时，几代同堂共居一室在上海不足为奇，而每天清晨，一位位家庭主妇拎着马桶堂而皇之地走街穿巷更是成为了申城弄堂的一道独特景观。

昔日，位于人口密集的棚户

区和"七十二家房客"的弄堂房子，楼上楼下往往仅一板之隔，彼此动静了如指掌。一到夜间，楼上的人要方便的话，楼下人家听得一清二楚，这种心照不宣的声响被上海人戏称为"泉水叮咚响"。人们最私秘的生活细节，在居住条件的困扰下，居然成为一种信息被邻里传来传去，实在是上海人的一种"痛苦"。

二十年前，申城尚有五百万人使用着马桶。而至前年底，该数字已骤减至不足四十万。如今，那些拥有二个甚至三个卫生间的房屋，成为了新宠，这或许算是上海人在压抑太久之后的一种宣泄和解脱吧。

与北京的胡同相比，上海的弄堂，论名气，不如前者响；论历史，不如前者长；甚至读起来，也不如前者溜；但却别有一番风味：

窄窄的一条弄堂，两边，住着"七十二家房客"；空中，悬着千家万户的衣裤；而弄堂口，颇具上海特色的修鞋摊、测字摊、修棕绷摊等依次排开。

如今，上了年纪的老人们，时常眷恋那从弄堂里传来的熟悉吆喝声："坏格棕绷藤绷修哎？""削刀磨剪刀！""五香茶叶蛋吃哎？"这些做小生意的人往往是骑一辆脚踏车和挑一肩担，或背一个包，全部"吃饭家什"都在这里面了。一有人招呼，他就在你家门口干起来，边干活边"吹牛"聊天，活儿干得又漂亮，价钱又可商量。日子久了，就成了不可或缺的老朋友了。

日新月异的城市建设，使上海更具现代气息。可大量市区居民的迁移和近一半弄堂的消失，却使上海人，尤其是中老年陷入

了一种莫名的失落和飘忽之中。

弄堂内的蜗居生活，尽管曾经怨声载道，但那其他现代居住方式所无法比拟的强烈人情味却时常勾起上海人的甜蜜回忆。弄堂这样一种城市空间，给邻里交往提供了极大的可能性，有时甚至是强迫性。人们常说"低头不见抬头见"，邻里之间在这样一种空间中被紧密相连在一起，具有强大的凝聚力，因此也带来强烈的地域感、安全感和家庭感。

常常怀念昔日在弄堂内那一幅幅犹如城市油画般的景观：主妇倚门而坐，一边做家务，一边与邻居拉家常，一边又照看正在玩耍、游戏的孩子；一小群一小群退休老人聚在一起，或打牌，或下棋，或聊天，或在剃头，或在看人修伞、修棕绷什么的，其乐融融。

如今，同样的这些人都住进了两室一厅、三室一厅，空间宽敞了，生活方便了，上述的种种市井图景也随之消失了。上海几代人形成的生活方式在震荡变迁中裂变着，上海人固守已久的传统风俗也在新旧交替的阵痛中嬗变着。

无可奈何花落去。该走的总归要走，不管那里埋藏着我们多少情感与多少留恋。或许几十年后，我们的下一代只能在历史书中领略弄堂的风采了，而我们这一代，也只能嗟叹：弄堂好，风景旧曾谙！

茅　杰(2000.8.3)

告别蜗居

近十年到过上海的人，无不感叹变化之大：交通、建筑、绿化……而本地人感受最深的，则是他们度过大半时光之所在——住房：上海人正在迅速告别蜗居时代。

解放后三十多年，上海可谓风光无限，经济上在全国扮演了举足轻重的角色。但上海人有些无奈，尽管在外春风得意，回到陋室却只能有苦说不出。当时，上海人均四平方米以下的缺房户高达全市总户数的六成，三万户居民的人均住房面积甚至还不到二点五平方米。

1980年，此间某专家曾撰文《上海的十个第一和五个倒数第一》，罗列的十个第一多为工业总产值等经济指标，而五个倒数第一则为城市人口密度，人均住房

面积等生活指标。

以下三则"天方夜谭"，颇能反映当时上海人的痛苦。

故事之一，某退休工人曾在报上载文欣慰地披露：刚搬入新居样样都好，只是每天晚上，自己那双三十多年来一直睡地铺而未伸直过的腿有些不太适应！

故事之二，有六口之家曾蜗

居八平方米陋室，六人躺下已超了住房总面积，还要放床、桌子、箱子，怎么办?灵机一动：双人床上睡两人，桌子、箱子上各睡一人，并且床和桌子下面也要睡人。

故事之三，在外滩"情人墙"边，一条石凳上坐着两对男女互不妨碍地谈情说爱。该传说的"谜底"并不浪漫，甚至有些辛酸——没房。不必说谈恋爱，家中一人洗澡，其他人就必须上街徘徊的也非鲜见。

大多数普通人家，当时就是蜗居在这样的压抑、郁闷和无奈中。于是，无法改变大环境的上海人，只能精打细算地处处力求以小见大，落得个"精明"的恶名。

于是，从各条弄堂里走来的上海人，在一平方米要容纳十双脚的超爆车厢里，将满心的怨怒和郁闷狂潮一般地发向"乡下人"，又

平添了一条"排外"的罪状。

1990年在任市长朱镕基从穷街、棚户、居民区了解住房后心情沉痛地说："住房问题不解决，我们将愧对人民群众!"于是，上海人告别蜗居时代的工程启动了。

通过建立公积金、实施土地批租等一系列创新举措，上海十年间总共盖了一亿多平方米的新住房，人均住房面积超过了十一平方米。市民的住房需求也从过去单纯地追求面积而多样化了，多层、小高层、高层，独立别墅花园住宅……已在申城到处可见。

告别了蜗居时代，上海人的视野宽了，心情好了，对外的吸引力也更大了。这几天的一则新闻颇引人注目：温州人到上海买房渐成风。

茅　杰(2000.8.23)

浦东：十岁美少年

"浦东赵"又一次回到了浦东。不是以他的现职国务院新闻办公室主任的身份，而是"参与浦东开发开放最早的实践者之一"，上海市市长徐匡迪今天如是向出席"上海浦东开发开放战略研讨会"的中外嘉宾介绍曾任浦东新区管委会主任的赵启正。

十年一瞬间。昔年蛙鸣蝉咏的田野上，如今高楼耸立，车水马龙。从1992年末至1998年初，在这片田野上耕耘了五年半的赵启正，今天再站在经过十年开发的浦东土地上，自有一番感触在心头。曾有不少中外人士问他，什么是有中国特色的社会主义市场经济？当时赵启正对他们说：让我们一边实践，一边回答。

今天，站在"上海浦东开发开

放战略研讨会"的讲坛上，赵启正认为他已经可以初步回答这个问题了。"浦东的开发开放，正是建设中国社会主义市场经济的实践。我们靠十二亿中国人民的力量，靠中国政府在国际上的信誉、靠有效的政府管理和服务、靠有效的市场运作、成功地开发了浦东，并将进一步开放浦东。"

赵启正讲述了两个来自境外的例子以作佐证。俄罗斯前总统叶利钦曾评价中国政府开发开放浦东"决策是英明的、规划是周密的、办法是聪明的"；1994年初，台湾方面规划了一个"亚太营运中心计划"。当时有台湾记者问赵启正，您认为浦东开发如何呼应这项计划？赵启正告诉他，你的问题问反了。浦东开发已经开始，"亚太营运中心计划"刚刚宣布，应该是后者呼应前者。没想到，现

在"亚太营运中心计划"不见了，消失了，而浦东已崛起在东海之滨，向世界展示了中国政府决策的英明。

虽然离开上海已多年，但赵启正仍然是上海媒体最喜欢的采访对象。在谈及如何理解这十年浦东的开发开放历程时，赵启正依然是那样的快人快语。"早十年行不行？不行。那时中国改革开放刚开始，上海是国家的财税大户，不能因承受改革风险而影响全国，所以中央决定先开放深圳特区。深圳的成功促进了浦东开

发。晚十年行不行?更不行。正是由于时机选得好,行动早,动手快,浦东开发才会有今天的成就。"

对于今天的成就,这位"最早的实践者"表示,"在意料之中的,是浦东完全按照邓小平的指示健康地发展;出乎意料的是进展那么快,标准那么高。国外评论说,浦东的发展速度具有爆炸力。这不仅出乎我们原来的预料,更出乎国际观察家们的预料。"言语间,流露出对这项曾倾注过无数心血的伟业的一片深情。

记者意犹未尽,又与赵启正做起了笔谈。

"在浦东开发十年后的今天,若以我与浦东来表达心情,您会写什么?"

　　"在感情上，我爱它的一草一
木一人，一路一厂一宇。从理性上
说，我相信中国人能创造一个繁
荣的浦东，中国人亦必然能创造
一个繁荣的大西部。"

　　再问："记得您曾自填歌词，
把浦东比喻为美少年。若今天您
仍有兴趣作比喻的话，您会把浦
东比喻成什么？"

　　"他十岁了。他开始有智慧，
有力量，并且还是一个有宽广胸
怀的美少年。"赵启正深情作答。

　　浦东，今天是一个十岁的美
少年。

　　　　　　　曾　华(2000.4.21)

浦东的生日礼物

4月18日，是浦东新区的生日，她十一岁了。

出生的日子，当然值得庆祝，更何况浦东自诞生以来就一直成绩斐然。但今年我没照例去查阅浦东的各项统计数据，因为那些依旧超常规突飞猛进的数字已经难以再赢得多少的赞叹和惊奇。倒是抽屉里躺着的浦东地图，在我看来可以算是最好的生日礼物。

这是一张1999年版的浦东地图，她曾经给我带来了很多的便利，指引我顺利进行了多次采访。

不过，近期她却好似一个明显跟不上时代潮流的老人，固守着过时的信息，让我吃了不少苦头。

在我的印象中，十多年前似乎没有单独的浦东地图，至少没有必要有。因为在当时的上海地图上，浦东还只是偏居一隅，毫不起眼。没有现代化的城区，只有广袤的农田，光顾上海的外地人也极少有来这里游玩的，更不要说外国人了。在七八十年代，整个城市的外貌几乎是静止的，花五分钱买一张市区地图，在相当长时期可以走遍上海都不怕。

浦东新区第一次出版地图是在开发开放后的第三年。当时这里迎来了首个开发高潮，整个新区就像一个巨大的露天工场，隆隆的机器轰鸣声和嘭嘭的打桩声，

主色调的地图，渐渐显得绿意盎然；曾经在黄浦江西岸戛然而止的公交线路，已纷纷将触角星罗棋布地延伸到了东岸；曾经密布地图的"待拆"、"规划中"、"在建"逐渐化为了通衢大道和高楼大厦……1997年5月，法国总统希拉克在参观浦东时发出了动情的感叹："中国的长城是历史，大运河是历史，浦东也是历史！"作为历史的见证物，八年间浦东地图也已经六次脱胎换骨，可比照这里的建设速度，却依旧望尘莫及。

唤醒了沉睡的土地，也唤醒了世界对浦东的注意。前年，当被称为国际电脑业奇才的迈克尔·戴尔第一次踏上这块土地时，感慨万千："我曾经使世界震惊，但浦东让我震惊！"

从那以后，浦东的地图便不断地旧貌换新颜。曾经以灰色为

让浦东颇为得意的是，如今自己的芳名已经走出了国门。有传媒报道说，美国和德国的新版

世界地图上首次破天荒地出现了浦东的名字。美国地图对浦东的注释为：1999年《财富》全球论坛曾在此召开；德国的注释则为：这是一片新兴的投资热土，聚集了大众、西门子、克虏伯、巴斯夫等德国几乎所有的知名跨国企业。

今天下午我给出版浦东地图的中华地图学社去了个电话，工作人员告诉我，第七版最新的地图已近大功告成，将于下月呱呱坠地。作为浦东的生日礼物，她的姗姗来迟多少有些不合时宜，但我还是愿意等待，相信她将绘就一个更加美丽的新浦东。

茅　杰 (2001.4.19)

浦东建机场 候鸟齐乔迁

烟波浩渺的东海之滨，在本世纪末将矗立起一座服务于 21 世纪的现代化机场。

浦东国际机场一期工程预计投资一百三十三亿元，竣工后机场旅客年吞吐量预计达二千万人次，拥有二十八万平方米的候机楼和一条四千米长的 4 E 级跑道。全部工程结束后，将拥有四条跑道，年旅客吞吐能力达七千万人次，货物吞吐量五百万吨。

不速之客

在浦东国际机场选址之初，一群候鸟闯了进来。

浦东国际机场东侧濒临长江口南岸滩涂，有一片约三百米宽的潮间带，滩涂上有供鸟类觅食和栖息的良好生态，长有芦苇和藨草。此间正处于亚太地区候鸟迁徙路线的西侧，是春、秋两季候鸟迁徙途中的"驿站"，经调查纪录到的鸟类有一百五十九种。

随着机场工程的进展，此处将成为陆地而使鸟类赖以栖息、觅食的环境遭到破坏，但这却是保护机场免受鸟撞的一项必要措施。如何使人类活动与鸟类生态平衡发展?浦东机场建设者从环境意识出发,提出了"驱"、"引"相结合的对策,即除了采取断绝鸟类食源、驱逐鸟类之外,还采取补偿措施,让鸟类另有去处。具体设想是,在候鸟迁徙路线上,人工营造一块鸟类栖息的乐土,把鸟类"动迁"过去,疏导候鸟迁徙路线远离机场。这样,既可防止鸟撞飞

机的隐患,又可保持鸟类的生态环境。

一举三得

一场让候鸟"动迁"的战役,在机场工程动工之初同时展开。

在长江入海处的冲积带上,有一个叫九段沙的沉积岛,位于机场以东十一公里,正处在候鸟迁徙的必经之路上。这是一个目前尚无人居住的沙洲,现有十余平方公里的滩涂露出水面。由于一般鸟类飞行高度都在六百米以下,而从浦东国际机场

起飞的飞机，飞经九段沙时高度在一千米以上，因此如果把鸟群吸引到那里，既能保护鸟类，又可保持生态平衡，同时在技术上解决鸟撞隐患，可谓"一举三得"。

去年6月，华东师大组成多学科专家课题组，对九段沙"种青引鸟"方案进行可行性研究，十个月后拿出结论：九段沙在当时自然状态下已是一块适合鸟类栖息、繁殖和作为候鸟迁徙路线的驿站，但绿滩面积还不够大。专家们建议：选择生命力强、扩散速度快的芦苇和无花米草两种植物种在九段沙滩面上，以建成候鸟新的栖息地。

返青成活

今年清明节前后，历时二十多天，终于在九段沙完成了种青任务。共种植芦苇六百亩，无花米草七百七十二亩。

种青完成后，经过四次潮汛和风浪的考验，专家们登上九段沙现场验收。结果令人欣喜：所种大部分芦苇已返青成活，根部已生根窜枝，新苗透出泥面二十公分左右，成活率80%左右；所种无花米草基本无缺棵现象，苗棵饱满，成活率达70%左右。

可以想见，至本世纪末浦东国际机场一期工程建成之际，九段沙的种青工作亦可见成效。那时，白色的银燕凭海而立；在对岸的沙洲上，无数小鸟栖息于碧树绿草丛中。人类与鸟类将在大自然中构成了一幅自然和谐的美景。

曾　华(1997.8.4)

上海的颜色

世纪之梦：上海地铁诞生记

（一）

　　1983年5月28日，一个将载入史册的日子。上海滩开埠百年来，投资最大的一项市政工程"地铁"，在经过半个多世纪的期盼、孕育后，呼之欲出，将在那天举行通车典礼。

　　尽管那天通车的只是整个地铁规划一百七十六公里七条线路中的第一条，而且还是第一条线路的最南端一段，仅长六点六公里。但毕竟是上海这座特大型都市有了第一条地铁。

　　参与建造上海地铁的国际伙伴：德国、美国、法国、日本的专

家、商人都以欣喜的心情，和上海人一道，庆贺地铁的开通。

上海太挤了

也许，久居上海的当地人已经麻木，但从外地外国来上海工作的、旅行的人，无一不对上海马路的极端拥挤留下极深印象。

确实，上海太挤了。

上海现有一千二百多万市民，再加上每天二百万的流动人口。在三百五十平方公里的市区内，有一千四百多条马路，总长度四千公里左右。其中能通机动车的只有四百六十多条。行车路不够，是上海交通的致命弱点，每天二十万辆机动车，七百万辆自行车和其他非机动车，还有一万辆外地进城车。如果把机动车在马路上排列起来，可长达五千公里，市区马路排列不下。

前不久，上海举办东亚运动会时，令上海当局最头痛的事便是交通问题。结果几经研究，决定采用强硬措施，限制外地车进城，货运车一律夜行，没收出租车牌照，改站拉站，工厂企业放假休息……凡是能使用的手段都使用了，方才保得载有运动员和记者的车子能在市区马路上正常行驶。

超负荷的城市公共交通几乎使上海陷入瘫痪之境。据资料统计，一九四九年时，上海公共交通日均客运量六十五万人次；四十年后，日均客运量已达一千五百万人次，高峰时车厢内每平方米站十二人！全年公共交通总量达五十四亿人次，一年内的客运量相当于把地球上的人都运送了一次。

上海人太多了，上海太挤了。

地铁 —— 世纪之梦

严峻的事实向人们昭示：改善交通迫在眉睫。

在现代化大城市中，单靠平面交通是没有出路的。唯有构建起立体交通的框架，才是解决交通拥挤状况的根本出路。于是，建造地铁，便为世界上许多城市所采用。

其实，在上海建地铁，亦可追溯到近半个世纪前。

且不说三四十年代便有志士仁人提出在上海造地铁的构想。50年代中期，新政权建立后的上海制订了第一个关于地铁建设的文件"上海市地下铁道初步规划"，对建设地铁的理由，线路规划原则、造价估算、技术措施等作了阐述。

1958年那个轰轰烈烈的年头，上海地铁筹建处在锣鼓声中诞生。两年后，把筹建处和当时的越江工程公司合为一体成立上海隧道局，上海地铁开始了试验性工程阶段。但接踵而至的那场天灾"三年自然灾害"，把刚开了头的地铁工程一下扼杀在襁褓之中。

1965年上海成立隧道公司，即在衡山路十号现为地铁公司的大院内进行了地铁扩大试验，成功地建造了一条六百米长的隧道、一个六十米长车站和一座风井。建设者们还未来得及庆贺，一场铺天盖地的政治风暴，又把原来就在地下的地铁更打入了地狱。

此后便是十多年的沉寂。

1978年阳春三月，上海地铁重见天日，扩大试验项目正式开始。此后一波三折，直至1990年1月19日，国家计委正式批准上海地铁一号线开工建设。

半个多世纪的梦想，三十多年的筹划，至此才算有了一个光明的开端。

今日终见梦成真

现在将开通的是上海地铁一号线的最南端，从锦江乐园到徐家汇，共五个站点，全长六点六公里。明年底，一号线全线贯通，从锦江乐园到上海火车站，中途停靠十二个车站，全程二十多分钟便可到达，而在地面上坐车，恐怕三个小时都到不了。

上海地铁的车站多为地下站，地下站分上、下两层，上层为站厅层，下层为站台层，两层之间由自动扶梯连结。

一号线终点地处上海铁路新客站，站台层结合梁柱形成"门"字型，象征着大上海之门被称作"亚洲一号大站"的徐家汇站，全长六百零六米，具有车辆区间折返功能。采用花岗石地面，无缝亚光不锈钢巨柱，浅红色墙面砖，站

台层还有一道六米宽的拱形光棚，体现出地面区域商业、文化中心的繁华。

地铁车辆来自德国。近期为六节车厢编组，每次可运载二千四百多人，平均速度每小时三十五公里，最高可达八十公里。

现在，上海地铁一号线的全线贯通已指日可待。从虹桥国际机场到浦东新区的二号线规划亦已确定，开工在即。三号、四号线亦已绘出蓝图。

梦想了几十年的上海地铁，今天终于成为现实。

（二）

建造地铁决非易事，其中难中之难便是一个"钱"字。

1986年8月，国务院批准上海一批利用国外贷款项目，因所发的是九十四号文件，故称作"九四专项"。地铁一号线工程即被纳入"九四专项"，框定总投资六点二亿美元。

对外公开发行的"中国日报"披露的这则消息引起世界地铁企业集团的普遍关注。上海将建设地铁，巨大的采购量给当时正值世界经济衰退萧条的地铁业注入了一针兴奋剂。法国、英国、日本、德国等十二个国家几十个企业集团相继组团来访，各国要员在访华中，亦向中国当局表示愿意帮助上海建设地铁。

"世纪性合同"的竞争

上海市对外经济贸易委员会副主任张祥，一位从美国哈佛大学毕业的博士生，1985年回国后便参与了地铁引进外资的策划、谈判工作。

当时，他面对的是众多外国要员和商人。先是日本海外协兴力基金会派出一个专家组来上海帮助作可行性研究。随后，英国通用电器集团和法国英特拉法地铁集团专程来沪介绍自己的产品。再后来，意大利米兰地铁公司、英国通用铁路信号公司亦来到上海。

显然，外国厂商对参与上海地铁建设所蕴含的意义有着清晰的认识：欧洲地铁建设已经饱满，一节车厢坐不了几个人，搞地铁的没有市场。地铁的最大市场在亚太地区，而其中中国由于经济的高速发展，开发地铁已势在必行，中国一些大城市都已开始规划建设地铁。上海由于其特有的经济地位，谁争得上海地铁一号线的采购合同，谁就抢先占领了中国地铁市场的制高点。

1986年2月，上海地铁国际询价发布会如期举行，英国有关企业以政府承诺贷款为后盾参加报价；法国英特拉法公司亦联合国内地铁设备制造商获得政府将给予贷款的承诺；先后参加竞争的还有意大利、美国、日本、加拿大、比利时、澳大利亚、瑞士和香港等企业，原苏联还提出以易货贸易形式加入竞争。

在先后举行的三次询价会上，国际上有四十二个集团、五十六个企业报出了设备价格、提供了各种资料和数据。为争夺上海地铁一号线采购合同，展开了一场国际间的商业竞争。

克劳株挤上了末班车

1987年初，围绕"世纪性合同"的竞争进入了白热化阶段。

此时，一位名叫克劳株的德国人千里迢迢，来到上海地铁公司。接待人员友好地接待了他，并告诉他竞争的形势。终于，克劳株明白他来晚了，但他表示一定要赶上上海地铁的"末班车"。

克劳株先生向中国当局展示了德国参加竞争的决心：他们集中了国内最有实力的公司组成德沪地铁集团来沪竞投。克劳株先生反复宣传，德国的车辆是世界上最优秀的，贷款条件是非常优惠的。在用完了为争夺采购合同而使用的七万张传真纸后，德国

克劳株先生挤上了末班车，成为上海地铁的主要合作伙伴。

确实，德国方面提供的条件是很优惠的。政府软贷款四点六亿马克，其中捐助成分高达百分之七十。年利率百分之零点七五，还款期四十年。

据张祥回忆，上海地铁确定主要由德国贷款后，原先非常自信的法国商务参赞顿时傻了眼。由于世界上很多大都市的地铁工程都由法国承担，因此不少人认为上海地铁亦会由法国来承担。那位商务参赞曾三次来上海谈地

铁事,当时已告诉他,法国设备价格报得太高,贷款条件不优惠。商务参赞回国后带回的信息,未受到应有重视。当他第四次来上海,张祥陪同他吃饭时,对他说这是我们为地铁而吃的最后一顿饭了,法国落选了。据说这位商务参赞为此事丢了"乌纱帽"。

法国巴黎国民银行上海办事处首席代表,在听到上海方面宣布吸收四点六亿马克后,当场哭了起来,说"我们估计错了"。

上海是值得庆幸的。虽求助于人,却掌握了主动权。

(三)

国际大合作

在建造地铁中,上海成了国际经济合作的市场。

外国贷款除了四点六亿德国马克外,还有法国一点二七亿法郎的政府贷款,利息仅1%。美国亦首次破例提供政府贷款二千六百万美金,给予45%政府赠款和55%的商业混合贷款。

上海地铁打的是国际牌:资金从国外来,设备从国外来,技术亦是国外引进的。当时曾有一种说法,说上海地铁车辆可以国产化。张祥却针锋相对提出:片面强调国产化是愚蠢的。这么大的工程不能做试验,坚持车辆全进口。当时任上海市建设委员会主任的李春涛亦旗帜鲜明地表示:我们在建设地铁上的经验是个零。国内扯皮多,盛行在重点工程上"吃大户",如果拨给钱搞国产化,盖个厂子还不够。只有老老实实先引进,然后才谈得上国产化。

现在,上海地铁的主要设备

是德国提供的，其中有九十六辆电动客车，供电系统、通讯系统、电力监控、车站设备。美国提供了信号系统、报警报灾和化学灭火系统、冷水机组等。法国提供了从日本引进的七台盾构掘进机。还有来自其他国家的一些设备。很多工程专家亦来自国外，先后有五百多位外国专家参与上海地铁。

在中国境内的国际合作由于卓有成效，一些外国企业集团提出，希望同上海携手去国外承包地铁工程。

1992年春节前，上海人在他们所喜爱的《新民晚报》上，看到这样一则消息：上海地铁后年可望通车，被交通拥挤拖累得疲惫不堪的上班一族，着实为这条消息兴奋了好一阵子。

但是，地铁的指挥者们却心情沉重。市建委常务副主任杨小林向地铁总指挥石礼安发问"行吗？"

石礼安五十开外，高级工程师。地铁指挥部成立后便当上了总指挥，从此没睡过一个安稳觉。设计矛盾、施工矛盾、车站出口矛盾……天天和矛盾打交道，活得很累。

在潜水艇里操作

石礼安有一个很形象地比喻：地铁施工就像在潜水艇里操作，四面是水，有时如瀑布般冲泻下来。

上海和香港不同，香港的地铁是在岩石层中施工。上海地质松软，地下水源充盈，往往挖下去一公尺便见水，造地铁就像在豆腐渣里打洞。怎么办？用堵、排、引、防四字真诀，用泥土堵，用抽

（陆辉摄）

水泵排，用细管子引流，用防水涂料防渗。能动的脑筋都动了，挖坑工程天天在潜水艇中一寸一寸地向前推进。

　　除了水，还有各种各样的管线管道。上海是座老城市，地下管线纷繁复杂，而"地下世界"的档案有的已无法寻找。煤气管、自来水管、下水道、国际通讯线路，一不留神就出事故。整个地铁一号线工程还需搬迁煤气管道五千四百五十米，自来水管七千一百二十米，下水道七千四百二十米，迁电话线、电力线、电车线共计三万多米，一处都不能出错。

　　石礼安的顶头上司，市建委

主任李春涛有一句名言叫做"看见老太太别碰她"，什么意思？老太太风烛残年，一碰就倒，那些管道管线，亦是一碰就坏。还有房子，虽说地铁是从地下走的，但地上呢？上海市区楼房一幢连着一幢，稍不当心弄塌了一幢，麻烦就大了。这当中，数穿越淮海路那一段的施工最惊险了。

（四）

穿越淮海路

淮海路五里长街是大上海的"黄金大道"。这条建于1901年的"高龄"马路在进入90年代后，店铺林立，楼房紧挨，要在这下面造"长龙"，难度之大可想而知。

从去年年初开始，随着地铁一号线的封路施工，淮海路进入

了休眠状态。

在淮海路上施工，开挖的地铁车站离建筑物只有几米远，为保护周围的建筑物，施工者运用"地下连续墙"的技术，就是沿施工场地四周，用钢筋水泥筑一道围墙，既挡住四周泥土的位移，又为施工提供了一个固定的空间。

按照规划，上海地铁一号线必须穿越淮海路，沿途有三个站点：常熟路、陕西路、黄陂路。照常规，建一个地铁车站需要封路两年半时间，但淮海路"一刻千金"，上海市长黄菊下令，只能给一年时间外加五千万元人民币。结果早赶夜赶，用五千万元买了十一个月，提前打完了"淮海战役"。

为加快施工速度，总指挥石礼安发明了一个"逆作法"。所谓"逆作法"，就是把常规由下而上

的施工反其道而行之，当"地下连续墙"筑好后，不再一挖到底然后一层层往上造、而是先挖出上层土方，盖好车站的"屋顶"，然后往下建。虽说这"逆作法"可以缩短封路时间，却苦了施工者。在地铁车站"屋顶"下施工，终日不见天日，清运泥土，运送建筑材料都只能从狭小的施工井出入。施工者们咬紧牙关，毫无怨言地在地下"生活"了好几个月。

地铁之魂

上海地铁工程指挥部共有四百多人，来自四面八方。从只听说地铁到亲自指挥造地铁，他们经历了太多太深的磨难。

三万名地铁建设者是一群志同道合的人。他们被一种理想所凝聚，在地铁工地上洒下汗水和心血。

这里，有一个"老外"请"老铁"的故事。

上海奥林匹克大酒店，灯火辉煌的宴会厅内，德国专家皮克频频向二十多位中国工人敬酒。这些"老铁"们刚从地铁工程变电所的工作间走出来，他们以自己的智慧和能力赢得了外国专家的赞赏。

这些工人所从事的地铁电气化变电工程是以德国西门子公司为主承包的。当地铁一号线南段的最大一个变电所"万体馆所"开工前夕，皮克出了一道难道，建议该工期定为十五天。他笑称"如能按期优质完成，愿设宴答谢表示敬佩。"

五个月前，上海地铁变电工程刚开工时，皮克曾介绍"国外高水平的施工队伍完成一个变电所工程需要两个月，而第一次做这类活的中国工人只要能用四个月完工就已经非常好了。"现在，已经积累了前两个变电所施工经验的中国工人，爽快地接过了皮克的考题。

答案不可思议，整个工程只用了十三天就通过了一向苛刻的德国人的验收。"老外"请"老铁"，在宴会厅内举着酒杯连称"中国人了不起"。

地铁建设者是地铁之魂。他们已经创造了今天的业绩，他们还将创造明天的辉煌。新世纪的蓝图已经绘就。

曾　华

缤纷烟花

上海浦东建筑群

金茂大厦

Colourful

闲话上海人

闲话上海人 阿拉上海人 上海、你准备好了吗？ 酒量 酒气 酒胆 上海人，你会脸红吗？ 上海人的"米袋子"股市重塑上海人格 上海人家谁当"家" 引"郎"入"市" 沪女孩返回申城发展 西部来的"客人" 十鹿九回头 安徽女落户申江 为世界第一而自豪 洋人的上海梦 粉领丽人沪上争锋 闲话上海人 阿拉上海人 上海、你准备好了吗？ 酒量 酒气 酒胆 上海人，你会脸红吗？ 上海人的"米袋子" 股市重塑上海人格 上海人家谁当"家" 引"郎"入"市" 沪女孩返回申城发展 阿拉上海人 上海、你准备好了吗？ 上海人的"米

闲话上海人

闲话上海人

常有外地来的朋友不无疑惑地问我：你真是上海人？

怎么啦，我不是上海人？

我出生在上海，而且从未离开上海生活过一个月之上。父母出生在上海，父母的父母亦喝黄浦江水长大。我有所有上海人的优点和缺点，我自己明白，我是地地道道的上海囡。

于是请教。那么，什么是上海人呢？

他们描绘说，上海人小里小气，精明会算计，不豪爽，不肯大口喝酒，没有爽朗的笑声。总之，上海人比较女人化，比较小人气。

原来，"侬勿像上海人"（你不像上海人）是外地人对于上海人的一种褒奖。

又有疑惑了。曾几何时，"阿拉是上海人"是上海人或准上海人最引以为豪的一句口头禅。某些人以自己是上海人为荣；某些人却希望上海人"不像"上海人，这中间怎么会有如此大的距离？

上海人第一次失落"上海人"的骄傲发生在80年代初。

那时，大批南方商品尤其是生活用品大量涌入上海，使用惯了"上海生产"的上海人一夜之间发现，原来还有这么一些又漂亮又便宜的好货。于是，他们喜新厌旧，开始冷落上海货；而家在外地的上海女婿们，亦把原来去上海出差必带上海货回家的习惯，变成了回上海时为家人捎带外地生产的衣服、鞋子和日用品。

从上海货到外地货，一场变革悄悄发生在上海人的生活中。这种变革表面看只是小事，不过是选择什么商品而已；但对上海人观念的冲击，即使是今天看

闲话上海人

来仍然可称作是"惊心动魄"：它第一次动摇了上海人对"上海人"这三个字所含有的自豪、自傲，甚至是自恋。以后尽管有媒体一再宣传上海产品如何坚固耐用、如何货真价实，但在"上海人"观念的溃败面前，媒体的鼓吹显得苍白无力。

从此之后，对"上海人"的批评多起来了。上海人去外地旅游，由于言谈中流露的优越感而招人侧目；上海话被讥之为"鸟语"；上海人被戴上"精明不高明"等多项"桂冠"。

上海人在众多"讨伐"声中走过了80年代。

90年代初，上海人再一次失落"上海人"的骄傲。

其时，改革开放的巨雷炸响在黄浦江畔。上海人大批走出家门，远的无法比，近的，同是中国经济大都市的香港，人家天上有马路（高架）、地下有铁路（地铁），繁华的街市、发达的资讯。上海有什么？七十二家房客、几十万只马桶、蜗行的车速、粗劣的商品。与外国比，与香港比、与中国南方城市比，这一次上海人的失落真正是"掏心挖肺、动筋伤骨"了。猛然间，上海人不再以"上海人"为荣，内心积聚起一股怨气或者说是志气：上海人什么时候这么"推板"（差劲）过？想当年——

于是，十年间，上海和上海人都在痛苦的煎熬中发生着嬗变，洗心革面、重塑自身。

现在，上海人怎么样了？不好说，真的不好说。上海人仍然有"上海人"所有的优点和缺点；外地人仍然对上海人褒贬不一、毁誉参半。

且让我描述一些上海男人和

上海女人的生活场景，从中折射
关于"上海人"的定义。

　　曾有一幅漫画被认为是代表
了上海男人的形象：在一幢高楼
的顶层，有人探头朝下张望，看见
所有楼层的厨房内都有系着围裙
的男人在做饭。不知漫画作者是
男人还是女人?如是男人，我想他
表达的应该是一种自嘲和豁达；
如是女人，我想也许她想说她为
此悲哀。但不管是男人还是女人
的上海读者们，大多在会心一笑
后置之度外。有位在美国生活了
几十年的华人，以自己的坎坷经
历感叹，下辈子如仍然身为女子，
一定要嫁个上海男人。

我曾采访过这样一位上海女人。她的儿子梁亚天五岁时患上恶性脑瘤，谁都知道这是一个没有希望的结局。有劝她罢手的，有劝她趁年轻赶紧再生一个的。她却偏不。辞了工，为了更有时间照料孩子；拿出全部积蓄，寻找各种治疗方案。爱孩子是所有母亲的天性，但这位母亲有上海女人的个性。她精细，韧性，从小事着手，点点滴滴为延续儿子的生命努力。她收集的病历使她成为自己儿子的"特护"和别家病孩的顾问。奇迹在今年她儿子十一岁时发生，医生说，孩子已消除了病灶。

　　我个人喜欢给"上海"下的定义是"上海是女人"，那是相对于"北京是男人"而言的。因此，我的外地朋友在评价上海人时，至少有一句话我是非常赞成的：上海人比较女人化。她聪明、多情，不太豪爽但也不事张扬，不够大气却是细致入微。她能抓住很多残酷搏斗的机会，亦会享受舒适优雅的生活。

　　30年代、70年代、90年代、下个世纪，每一代上海人都会发生很多变化，都会打上那个时代的烙印。但上海人骨子里的东西永远不会变化，那是一种文化的浸润、生命的基因，非常独特，是唯"上海人"才独有的。

曾　华

"阿拉"上海人

在外人的眼中，"阿拉"几乎就是上海人的同义词。至于"阿拉"背后蕴藏的含义，则或褒、或贬、或兼而有之。

不管怎样，上海人是喜欢"阿拉"的。对申城有些了解的人，脑海中不难浮现出这么一幅栩栩如生的画面：上海人竖起右手的大拇指，稍稍后倾指向自己，口中念叨"阿拉上海……阿拉家里……"观乎神情，好不洋洋得意。

近日，上海人的"阿拉"情结更是从口头发展到了手头，此间的豫园小商品公司宣布：一条荟萃申城百年风情的"阿拉街"，将于明年春节前夕在沪港合资的上海最大"Shopping Mall"——港汇广场四楼正式开张营业。

这是一个美妙的创意：弄堂口的霓虹灯影影绰绰，石砖块的地面踩上去清音一串，老虎灶、煤球炉、水井吊桶、电线木头错落地站在石库门街面的两侧，海报是旧时的海报，店招是旧时的店招，踢踢踏踏的黄包车夫脚步声，叮叮的有轨电车声间或在耳畔响起，"阿拉街"力图制造一种老上海恍若隔世的意境。在吃、穿、用、玩齐集一堂的现代化商厦中，建造

这么一条牌子是老的、产品是现代的、环境氛围古色古香的"阿拉街"，力争在传统与现代之间寻求黄金分割点，这点子也真让精明的上海人想得出来。

"阿拉街"顾名思义是阿拉的街市，按初衷想清一色地邀请上海的知名品牌加盟，创意公布后，五星记扇子、龙凤旗袍、小花园女鞋、邵万生糟醉、三阳盛南北货、冠生园食品等原先散处全市各地域的百年老店名品纷纷汇聚，好不热闹。可近来，一些外地厂商也热情高涨，频频造访，要求加盟"阿拉街"，让上海人伤透脑筋。

走南闯北久经沙场的外地厂商振振有辞：我们产品并不比上海的差，为何不能进"阿拉街"？要求入驻的天津十八街桂发祥麻花，不久前将一条国内最大的麻花竖立在其上海的连锁店内，并申请了吉尼斯世界之最。如果他们入驻"阿拉街",天晓得又会有什么惊人之举?况且还有安徽的竹制品、江西的景德镇瓷器,甚至韩国的果盘、法国的熏衣草等在一边虎视眈眈的呢。

一些外地客商言语更是尖锐:别对你们自己的产品过分地自信,上海的"双鹿"、"水仙"等品牌不被都"ＰＴ"了吗?市场竞争优胜劣汰,"阿拉街"也不能例外!

深究入驻"阿拉街"资格纷争的背后,一些专家提醒:这是观念上的冲突。上海人不能总以为"阿拉"了不起,被"阿拉"二字框住手脚,便难做大市场。

古训言之,"泰山不让土壤,故能成其大;河海不择细流,故能就其深;王者不却众庶,故能明其德"。回顾20世纪上海的发展曲线,可谓一波三折。二三十年代,上海享有"远东第一大都市"的美称,位于曲线的顶峰。而七八十年代落后于广东等南方省份,跌落至谷底。如今,上海又再次进入快速发展的上升通道,但到底能攀多高,则要取决于上海的"容"究竟有多大了。

茅　杰(2000.12.28)

上海人，你准备好了吗？

美国亚洲年会三天前在上海落幕，又一次世界级至少是亚洲级"大佬"在黄浦江畔聚首。

同台演讲，同桌吃饭。

吃饭时寒暄礼让、交换名片、握手致意。东道主恪守东方礼仪，无"非"可议；上海国际会议中心大宴会厅内灯火辉煌，身着唐装的服务员小姐在桌间行走，乐手们演奏着轻柔的中国民乐。

同台演讲，徐匡迪市长、黄奇帆副秘书长、复旦大学沈丁立教授等思维敏捷，谈吐得体，介绍中国，"推销"上海，充分显示出上海人良好的素养。

上海这座大城市，正日渐成为全球注目的中心。

上周同一天内，就有美国亚洲年会、中国投资论坛、国际服装节三项大活动同时开幕；而在同一时段内，还有亚太经合组织主题研讨、全国残运会正在进行。

上海国际会议中心、金茂大厦、世界贸易中心等，吸引着一个个国际性会议和一场场国际性展览；昔日的"冒险家乐园"又一次成为各国政要、企业首领、银行家、投资者们乐意光顾的乐园。他们正一批批来到上海，他们还将继续一批批到来。

上海，你准备好了吗？

我所指的准备，并不仅仅是总统套房、宾馆餐饮、通畅的道路、便捷的通讯，而是自然界中最重要的元素"人"。上海人，你准备好了吗？

作为与世界对话的工具，生活在开放的大城市中的上海人，英语水平明显滞后。曾见过一张新闻图片，有位老外在街头与一位老人热烈交流，面露惊喜之情。也许他认为在上海连老人都能与外国人自由交谈，但他的看法是片面的。

上海确曾有过一批"老客腊"，早年或是圣约翰大学的毕业生，或在外国人医院里、公司中做工，因此他们会说很"溜"的"英格里西"，但这批人毕竟为数不多且年岁已高。去年五百强会议在上海举行，美方认为最重要的那场宴请遍寻上海仍无合适的首席翻译，结果只能向中国国际广播电台"租借"翻译。

闲话上海人

上海市市长徐匡迪曾不无揶揄地对他的属下教育局长说，我对你们教授英语的方法实在不以为然，那是教文学而非教语言，弄得学生都不会讲话。"不会讲话"的上海人，面对开放的世界，如何应对自如？

听说上海当局已有对策，要提高全民英语水平。电台开设了"强化"讲座，"强势"动员上海人"学英语一百句"，每天教授五分钟，学会一句话；商场营业员亦要学英语，劳动模范更是身先士卒，带头先学先练。

在去年的那场世界富豪上海聚会时，会间会后，均有中外媒体对与会的中方企业代表颇有微辞，觉得他们语言贫乏，演讲无味，某些举止失当，其中不乏上海人。浦东开发开放十周年研讨会上，一些上海专家的发言词句呆板、表情木讷，令听者昏昏欲睡。

几年前，上海曾接待美国总统克林顿夫妇的到访。他们去居民区演讲，在图书馆座谈，每回亮相都神采飞扬，摆足"甫士"，占尽风光。某些上海人不免嘀咕"到底是美国总统"。其实他们的本意"醉翁之意不在酒，在乎自己的同胞缺乏风采也"。克林顿夫人希拉里的口才，甚至于她的服饰、发型，亦让上海媒体叹气。

有位资深公关界人士说，他真想为上海的领袖们开一个演讲培训班、为市长局长太太们办一个集举止、谈吐、服饰、化妆于一体的礼仪培训班。初听此言笑他异想天开，细思却觉真有必要。

上海人要准备的东西太多了。比如更加开放的心态、比如精明又高明的方针策略、比如对网络经济迫切的认同感和参与性。但如果不会与世界"讲话"；世界看到的上海人是一个缺乏素养、不懂幽默、没有魅力的人，世界亦会减少兴趣的。中国历来忌谈个人魅力，但"魅力问题"确实存在。那么，上海人先从语言、谈吐、打扮开始吧，由表及里，由浅入深，如何？

注视上海的人会越来越多的。真希望当"对面的女孩看过来"时，不仅有高楼美景，更有鲜活的、具有磁场般吸引力的上海人，在上海这座大舞台上，吸引全世界的"眼球"，当一回"眼球经济"的宠儿。

曾　华(2000.5.15)

为世界第一而自豪

上海正在为上海奥运选手凯旋筹备庆功会。

激情演绎的奥运圣火已熄，风云际会的场面犹历历在目。这其中，有中国军团首枚金牌获得者陶璐娜，有乒乓男双选手王励勤，当然，还有被评为最佳射手的绿茵场上巾帼英雄孙雯，他们都是上海选手。上海人为这些上海籍的奥运英雄而自豪。

记得上海姑娘陶璐娜枪击奥运首金的那一刻，她的家中沸腾了。那间小客厅里，挤满了各路记者和她的教练，纷纷争着与陶的父母握手祝贺，人人喜气洋洋，笑逐颜开。张家姆妈，王家阿婆，相识和不相识的邻居，一个个一群群挤进小屋，拉一拉英雄母亲的手，分享这激动人心的喜悦，屋

外，邻居们纷纷自发买来胜利的鞭炮，在空中噼啪炸响。

上海小伙王励勤苦战夺金，他家中同样热闹非凡，上演了与陶璐娜家中几乎相同的一幕。众多邻居和市民争相前来致贺，上海人脸上放光，倍感荣耀。

奥运夺金，非英雄莫属。层层选拔、资格赛，到悉尼，已是各国的顶尖高手。金戈铁马，逐鹿沙场，人人奋勇，个个争先，哪个不冲着金牌而红眼而拼命！技术稍差的，心理素质不过硬的，只怕腿肚子也会抽筋。夺得金牌，当有盖世实力和绝佳发挥，无疑称得上当世第一。中国军团首日出师不利，两员大将相继落马，代表团官员大失所望，众兵将也分外压抑。好个陶璐娜，如此气定神闲，顶住

闲话上海人

了这巨大的压力，最终以四八八点二环的优异成绩一举夺魁。

上海为上海的杰出儿女而自豪，他们不但为中国赢得了荣誉，也为上海人争了光，因为，这是奥运冠军，这是世界第一。

上海人的自豪感由来已久。

直至80年代，上海人有着国内第一高楼，有着全国最繁华的大街，上海货俏销全中国。70年代之前，国家财政收入的近三成

是由上海贡献的。不少上海人是很瞧不起外地人的，除了外宾，不会说上海话的一概被蔑称为"巴子"。

上海人的自豪感失落已久。

改革开放，其他省市大踏步赶了上来，广东，尤其深圳得风气之先，发展一日千里。上海人眼看着上海货在全国市场渐渐失宠，无奈之中默默地让广东外地货占据了上海的柜台。

重新寻回失落的感觉，是在

90年代之后。浦东开发风起云涌，高楼大厦如雨后春笋拔地而起。上海在"一年变个样，三年大变样"的口号激励下，突飞猛进，建设"国际金融、贸易、经济中心"雄心勃勃，重又成为中国经济发展的龙头老大。

上海人的自豪不再盲目，上海把自己放在了世界范围内审视，变得更清醒。记得上海某位官员说过，上海要建"三个中心"，就一定要与世界上那些国际大都市比，要勇于找差距，要善于学习。香港、新加坡，都是上海学习赶超的目标。有了这种心态，上海人才会在更高层次上争第一。

上海人要的是更多的世界第一。

上海东方明珠电视塔，称雄亚洲，上海人似乎不愿多提，而首先会说这是世界第三。

金茂大厦八十八层，国内第一高度，上海人却宁愿将世界第三挂在嘴边。当然紧邻正在施工的世界金融大厦，高度将是世界第一，上海人念念不忘。

闲话上海人

南浦、杨浦两座闻名于世的斜拉桥，亦同此"遭遇"。

即将设计动工的浦东磁悬浮列车，将是世界首条商业营运的高速线路，上海人正心急地盼望着她的诞生。

正为跻身世界一流国际大都市而努力的上海，需要世界第一的英雄来激励、来示范，来鼓舞拼搏的斗志。上海为世界第一的奥运英雄而自豪，上海正以鲜花掌声欢迎奥运英雄的归来。

沈林森(2000.10.10)

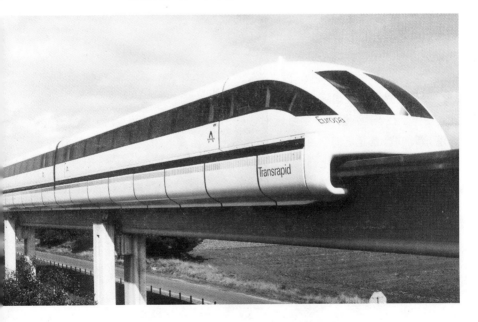

你知道我在等你吗？

—— 且看沪人如何度过"恐怖之日"

上海的早晨在如此初秋时分，照例是在四时至五时左右开始透出第一缕晨曦。今天亦不例外。

黄浦江上响起了汽笛声，虹桥国际机场在四点左右飞出了今天的第一个航班，随后，它又在六点零五分时，接纳了今天第一架飞抵上海的航班——奥地利至上海的五九三航班。

外滩醒了，人民广场醒了，上海的尖沙咀徐家汇醒了。全市五百余处原先修炼"法轮功"的场所，现在代之以其他健身运动。没有人关注今天是"世界末日"，他们不屑一顾，他们关心的是"最重要的是自己的身体。炼炼好，生活质量高些。"

"恐怖大王"何时临？

也许，沪人中只有我一个人在"疯狂"地等待着"恐怖大王从天而降"？

零点起，我就大睁着双眼，竖起警觉的耳朵，努力捕捉大自然传递的神秘信息。身畔是酣睡正香的亲人；耳旁，能听到的声响是空调机单调乏味的工作声，间或从远处传来几声虫鸣。躺在床上，心中不停地盘算着，如何在天亮后去寻找"恐怖大王"的足迹。倘若它不来，我将忠实地记下沪人是怎样度过今天这个"恐怖之日"的；如果它来了，在那悲惨的瞬间或者是辉煌的瞬间，或许不止瞬间，而会有三至八分钟的连绵，那么，我将最后一次使用我记者的眼和笔，忠实地记录下发生的一切，以完成对自己的承诺：永远说真话。

今天的太阳是清晨6:45从云堆中挣扎出来的，我是在沪上西南角的角度上观察它的。云层很厚，黑黑的，太阳挣扎得很辛苦。今天沪上的气象预报说，阴，局部地区有阵雨，明天阴转多云。哦，还有明天，气象学家提前把没有毁灭的明天的天气情况告诉了我们。

上海天文台研究员钱伯辰正逢今天值班。当我正在欣赏秋虫鸣唱时，他已把我的一位记者朋友带进了佘山天文台的五楼观察室，那儿装着目前中国第二大的口径为1.56米的光学望远镜。

钱伯辰说，九颗大行星在自己的轨道上绕太阳运转一定的周期，必然会形成某种几何图形，这

是天体运行的必然结果，对地球不会有多少影响。至于十字连星在公元前一百一十年也出现过，它重复的周期大致是二千年左右。因此钱伯辰认为，不管是法国医生的预言，还是日本学者的图解，都不足以为信。至于人们为何对此感兴趣，主要原因也许是身处世纪末，有一种茫然的情结。

我的朋友下山后没有告诉我，她是否看到了十字连星的奇象。她只是表达一位专家的意见："恐怖大王"今天是不会降临的。

"恐怖大王"足迹寻

我还是固执地想出去走走。

上午，市第六人民医院的急诊观察室中，候满了等待诊断的人群。至少有三十多位病人躺在皮靠椅上打点滴，给枯萎的体内

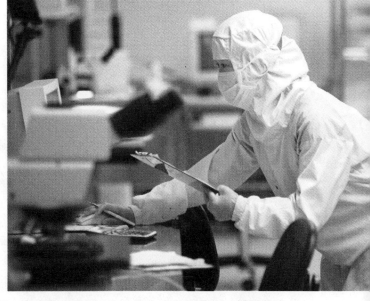

注入新鲜的希望。他们都很平静，毫无颓唐、丧气之感。有的老夫伴老妻，有的女儿搀母亲；有两男两女四位年轻人陪同一位同伴，有两位中年男人陪坐在另一位同龄男人身旁，看上去像是个合伙人公司。病人们来这里拯救修复生命，当然医院中亦时常有生命消亡的事发生。那么，新的生命呢？我突发奇想，在今天这个日子里，新生命的降临该有着无与伦比的意义。我拨通了上海最大的妇产科医院，获知沪上一位二十七岁的女工楼胜俊今晨 5：35 顺利产下一个体重为三千四百四十克的健康男婴，母婴均告平安。这是今晨第一个在这家医院出生的孩子。"恐怖大王"不能阻止人类新生命的诞生。

来了、来了，我仿佛已经听到

了"恐怖大王"咚、咚、咚的脚步
声，我向四周求援，可眼前一切都
极其宁馨、安静。市委办公厅的刘
主任中午接到我的电话，在电话
那头哈哈大笑，说我庸人自扰。他
说上海对此的反应是"社会平静、
心态平稳"。沪上教育界有一位永
远荣誉校长张世定，他在办公室
对我说，他接受唯物辩证法的观

点，任何事物都是会发展的，地球
作为一种物质发展的过程，确实
会消失，但那时人们会进入新的
星球生活。人们将欢呼辩证法的
胜利，欢送地球的消失。

　　下午三点钟股市收锣。沪上
最早的股票经纪人之一章周二对
我分析说，已连续四五天，上海股
市出现底部特征。市场麻木、缺少

热点,外围资金不肯进入,上海虽有本地小盘股上涨,但增量资金明显不足。他估计大盘继续探底的可能性不大,下月初也许能走出低谷。问他这样的情况与"大王"有无关系?章先生毫不迟疑:没有股民感兴趣。他们最担心的是台海局势,怕打仗。

我睁着迷惑的双眼四处寻找。土耳其昨晨发生强烈地震,死伤一万一千余人,难道是"恐怖大王"去了那儿?海峡对岸那位近年来把主战武器全部换新,叫嚷要把导弹打到香港和上海,没准是他想当"恐怖大王"。

最后一刻的等待

我的眼和腿都有点疲惫,我已等待的有点不耐烦了。

唯一有点迹象的,是来自自然界和我自身的两则信息。

先说自然界。在"恐怖之日"来临的七天前,连续三天,每天下午二时许,在上海大部分地区,便可见到大自然的肆虐:雷声震天,暴雨泼地,真个是"雷声和暴雨从天而降" —— "恐怖大王从天而降"?刹那间,天地合一,浑沌一片,像极了史前世界。大约持续半个多小时,"恐怖大王"便鸣金收兵,撤得不留一片盔甲。苏醒过来的沪人都拍着心口,连呼"邪气",不仅指这雷声和暴雨邪气,更是指它竟然连续三天,每天准时"从天而降"。

这,是不是"恐怖大王"传递给人类、至少是传递给沪人的信息呢?

再说自身。本人虽不似东北汉腰圆膀粗,毕竟早年业余运动员的底子,加上近年来还算风调雨顺，至少五年间没生过一场大病。略有小恙，亦仅需ＶＣ片、感冒通之类打发。今次邪门，五天前突然发起高烧，三十九点四摄氏度的高温连烧三天不肯退兵。尽管两手由于打点滴扎得乌青，尽管双股被各式针剂刺得无法平躺，那高烧就是不肯弃我而去。而今天，"正点子"该来了的时候，我却又奇迹般地走下了病床，去采集"恐怖之日"的见闻。

这，冥冥之中，又是在向我预示些什么呢？

还有一位对此有特殊兴趣的朋友今天向我诉说，他为了收听今天是否有"大王"信息，特地带了两台收录机在身旁，结果就是收不到沪上的官方电台。而打电话去询问有否电波受干扰之事，电台方面回答绝无此事。还有，下午在某家"奥菲斯"与一群年轻白领交谈，询问他们的感受，这是人类中最为敏感的一群。他们说从早晨到现在都有点神魂颠倒。一位先生记错了日期，一位单身女性忘了带公寓钥匙，愁着晚上如何回房。

当我写完上述这些文字时，"恐怖之日"离我和所有的沪人都只差最后一段时辰了。我已等待了二十多个小时。现在我把继续等待的重任托付给我一贯信任的编辑。要是我的这些文字还可以让人一睹的话，那么，我恳求编辑，务必在子夜的钟声敲响之后再交与付印。否则"恐怖大王"是会生气的，它会瞧不起人类的缺乏时间观念。

罪过，罪过。

曾　华(1999.8.19)

"肯德基" 给上海人上课

闲话上海人

最近，上海众多肯德基连锁店的供应品种表中，一直深受顾客喜欢的"土豆泥"没了踪影。而且杭州、南京等地的肯德基快餐店中也如此。据肯德基华东地区的负责人说：因肯德基在中国的连锁店已达到五百家的规模，海外供应商来不及供应土豆泥原料所致。至于为什么不在国内寻找供应商的问题，这位负责人说，目前国内一些公司很有希望进入肯德基的供应商序列，由于肯德基的标准在全世界是统一的，国内土豆还不能达到这个标准。

原来是由于国外供应商来不及供应，国内的公司还不能提供符合标准的产品，因此，人们只能暂别"肯德基土豆泥"了。

上海市有关部门规定：深加工增值率达到250%以上，才能冠以"高新技术产品"称号。比较成功的案例是"方便面"，深加工增值率达到百分之四百。可以相信，如能进入肯德基餐厅，那么国产土豆制成的"肯德基土豆泥"想必能达到这个指标。"肯德基"统一的标准卡住了国产土豆变成外汇的通道，"肯德基"为上海人上了很生动的一课。

不管怎样，一杯并不起眼的土豆泥难倒了素以"精明"自诩的上海众多供应商，这是个实实在在的现实。所以增加产品科技含量，成为上海市民所议论的热点。相同的事例还可以看到一些的：在上海可以屈指一数的虹口体育场看台的拱顶钢板，是来自英国的"自清洁型"钢板。豆腐原是千百年前道学家为升天成佛而折腾出来的，有关部门组织"豆腐考察团"到日本曾引起非议，直到超市货架上摆出各款源自日本的豆腐，

闲话上海人

大家才明白日本已成了"豆腐王国"。凡此种种，都发生在我们的日常生活中。

中国古有"淮南为橘、淮北为枳"的说法，倘若为水土的原因，倒也作罢。将橘树从有"上海橘园"之称的长兴岛移栽到崇明岛，橘子的味就有不同。而现在的问题是非不能也，实难为也。难为的原因在于没有掌握生产过程中某环节上的关键点，难为在对某种现象没有科学的解释，结果就丧失了眼前这样一块块的市场。眼睁睁地看人家在家门口赚大钱而无可奈何。在瑞士有个民间的国际组织，列出了评价一个国家综合国力的诸多指标，在其中"基层科研人员与劳动力比率"这一指标上，中国落在很后面，这也许是问题的症结所在。

上海企业界人士在评估进入WTO后会有多大的冲击，而有一点是肯定的，那就是"入世"后，中国工业包括上海工业将有大的飞跃，前提就是传统产业不断地融入先进技术，不断强化对微观事物的科学研究。土豆泥可以解决，特色豆腐可以出口，自清洁钢板也能生产出来的。所以有关人士说，"肯德基"在为上海人上课，而且是通过市场为上海人上课的。

科技能产生多大的生产力、科技能带来多大的市场，可以到"肯德基"的各个连锁店去看看。

陈茂生(2001.7.26)

酒量 酒气 酒胆

中国人素爱喝酒，历代文人曾留下了不少美文佳句："对酒当歌，人生几何"、"今朝有酒今朝醉，明日愁来明日愁"、"人生得意须尽欢，莫使金樽空对月"……

在"酒精考验"的国人中，上海人算是例外，酒量之差可谓全国有名。东北人喝上四五瓶啤酒只能算是漱漱口；山东人几乎都是"大碗喝酒，大块吃肉"的梁山好汉；内蒙古人待客时"烹羊宰牛且为乐，会须一饮三百杯"……而在上海，经常可见三五人共享一瓶啤酒的"小气"场景。偶有豪饮狂客，听其言语，多非吴侬细语。

聪明的上海人将不甚酒量的先天不足"美化"为与国际时尚接轨，懂得如何保养自己——"中国人为别人喝酒，外国人为自己

闲话上海人

喝酒"。

　　喝酒要讲究气氛，上海人推杯换盏时比较内敛，他们相信酒的真正味道并不在杯中，而是在喝酒人的心里。北方人的酒气就豪放多了，"感情深，一口闷；感

情浅，舔一舔"，"宁要胃里穿个洞，不让感情留条缝"……豪言壮语数不胜数。

　　几杯酒下肚，气氛热烈起来后，北方人就如亲兄弟般地不分你我了，他们常在酒桌上拍胸脯许诺:"咱哥儿们谁跟谁呀?我立马给你把这事办喽!"可常常再没了下文。

在酒精的催化下,人们常常原形毕露。古有曹操"煮酒论英雄",近日却听得一则"摆酒选官员"的民谣:"能喝半斤喝一斤,这种干部要提升;能喝一斤喝半斤,这种干部要留心;能喝白酒喝啤酒,这种干部要调走;能喝啤酒杯倒放,这种干部要下岗。"

细细想来,民谣所说不无哲理:第一种干部是溜须拍马货,能同流合污;第二种是逢场作戏的,动向难测;第三种是虚与周旋的,会随机应变;第四种是守身如玉者,必耿介不阿。由此,酒似乎又多了一个功能——"人以酒分"。

上海人常被扣上"胆小"的帽子,酒胆小即为把柄之一。在改革时大胆进取的沪人为何在酒的面前退缩了呢?当我以此向一位政界朋友提问时,他微笑着讲了个笑话:在一次盛宴上,各国人争相拿出民族特色的实物——酒,以夸耀本国的传统文化:中国人拿出茅台,俄国人取出伏特加,法国人摆出大香槟,意大利人亮出葡萄酒……最后,一直闭口无语的美国人站起来,拿起一个空酒杯,将各种美酒兑在一起,然后端着色彩斑斓的酒说:"这叫鸡尾酒。它体现了美国人的特点——博采众长。"

我知道,上海官员所关注的,不是如何提高"酒胆",而是如何酿造海纳百川的"鸡尾酒"。

茅　杰(2001.8.9)

上海人，你会脸红吗？

美籍华人靳羽西，是上海人的老朋友。不久前，她在给上海一所中学上礼仪课时，特地谈到了自己在公众场合的一次脸红。

那是在上海举行的一个国际性会议上，靳羽西的座位正好安排在黑头发、黄皮肤的同胞中间。尽管会前已一再关照，请与会者将寻呼机和手机关掉。但会刚开不久，忽然，他们这一排中间，不知谁的手机"嘟嘟"地响了起来，前后左右的人都不约而同地将目光投了过来，靳羽西如坐针毡。她说，手机虽然不是我的，但我深知在这种场合不关闭手机是一种失礼，所以我脸胀得通红。

靳羽西不是上海人，"嘟嘟"作响的手机也不是她的，但她却脸红了。我不知道那位手机的主人是否脸红，或许他（她）根本就是"脸不变色，心不跳"，不把它当作一回事。

在海外住惯的靳羽西，将这种现代社会公德看得很重。她认为，这是一个城市文明的重要标志。

上海这几年发展变化很大，文明城市的现代化标志比比皆是：鳞次栉比的高楼大厦，已可与最现代化的国际大都市纽约媲美；三层、四层甚至五层的立体高架道路，与世界上任何一个交通发达的国家相比，也都毫不逊色；而大片大片的绿地花园，更让来自"寸土似金"的香港特首董建华自叹不如。

上海，够文明，够现代化的了。外地人到上海一看，直想叫：

"哟！真像到了国外一样。"而上海人自己的感觉，也好的不得了。但是，这些仅仅只是一个城市文明的外壳，有人把它称之为"硬件"设施。上海人的"软件"设施怎么样？上海人的内涵，上海人的素质，上海人的精神文明程度，是否也已同步跨入了这个现代都市？回答：非也。

不信，请看事实。

斥资上亿元建造的浦东世纪公园，无论是新颖独特的规划设计，还是优美良好的生态环境，在国内都称得上数一数二。但据悉，在经过"五一"和"六一"两大节日之后，已被不文明的游客摧残得满目疮痍：刚刚铺就的绿草地上，被人为地踩出一条一条小路；用后丢弃的冷饮纸、矿水瓶、食品袋，被随意地扔在色彩斑斓的公园小径上；设施先进的公共厕所内，污水横流，臭气难忍。公园管理人员无奈地说："两大节日如同两大战争，使公园遭到了破坏性的打击。"

又比如，花了整整一年多时间改造的南京路步行街，点缀其间的铸铜雕像，也成了某些不文明游客顺手牵羊的目标。其中，有一组"母女"群像，女儿手中的小

风车，已两次被人顺手拿走。更令人啼笑皆非的是，上个月，在上海最热闹的淮海路、茂名路地铁口，一座已设置了两年多的"打电话少女"铜铸雕像，竟在一夜之间不翼而飞，被人整座搬走，至今仍是一个不解的谜。

至于靳羽西的脸红，笔者更多次遭遇过。半月前，我们几位同事去上海大剧院看北京人艺演出的话剧《茶馆》。入场券上早已印得清清楚楚：入场后请关掉手机、寻呼机，演出前广播里又一再提醒。然而，一些人竟像真的进了"茶馆"一样。演出开始后，我们身后的三位男士一直在旁若无人地大声说笑，声音盖过了台上的演员。从开场到散场，整个剧场寻呼机、手机响声此起彼伏，不绝于耳，有的人索性低头用手机通起话来。我看看他们，个个西装笔

挺，竟毫无一点歉意的感觉。也许，他们是永远不会懂得靳羽西脸红什么的。因为在他们的身上，正缺少现代社会公共生活中不能缺少的一种文明。

记得几年前，当上海现代化城市建设刚起步时，上海政府就提出了市民必须遵守的"七不"规范：即不随地吐痰、不乱穿马路、不破坏绿化、不损坏公物、不乱丢果皮纸屑、不在公共场所吸烟、不说粗话脏话。当时，不少人认为，政府提出的这"七不"太简单了，太容易做了。现在看看，并不如此，否则就不会发生靳羽西脸红的事情。

关不掉的手机、寻呼机提醒我们，要让每一个上海人懂得靳羽西为什么脸红，需要大力进行遵守社会公德的宣传教育，需要大力提倡社会主义精神文明，需要培养起码的公共生活意识与社会责任感。而"七不"规范，正是每一个上海人必须遵守的行为规范。

上海正在建设国际化大都市，每一个上海人的文明素质，是上海城市文明的重要标志，而决不仅仅只是几幢高楼大厦，几条高架道路。

千　谷(2000.6.14)

上海人的"米袋子"

前些日子，美国试图用财政援助逼迫南联盟政府把前总统米氏送交海牙国际法庭受审，本地一家媒体在分析此事件时，用了一个绝妙的标题：以"米"换"米"。在上海话中，米者，钱也，"一粒米"仅指一万元人民币，而"舂米器"常指那些钱赚得又多又快的款爷。"米"的多寡已成为上海人衡量身价的重要标志。

在上海老百姓日常的招呼语中，前几年还是"你吃过了吗"，时下流行的是"米赚得动吗"，这一演变足以显示市场经济观念已渗透到市民的生活中去了。民间流行语常能形象地折射出老百姓的社会心态，用"米粒"来表示金钱，生动地反映了上海人经济实力的不断提升和他们那种洋洋自得的心境。

有句俗语道：北京人看谁都是老百姓，东北人看谁都是胆小鬼，而上海人看谁都是乡下人，旧时的上海是一座西方人按照他们的模式塑造的城市，这里的居民骨子里有一种优雅浪漫的气质，再加上上海一直是中国的经济金融贸易中心，所以上海人就有了高高在上、鄙视他人的名声。但当国内其他地区的居民经济实力超越上海时，上海人那种酸溜溜的心情就表露出来了，尤其是温州的私营企业老板和台湾人，上海人常称其为"巴子"。"温巴子"和"台巴子"在上海人看来，财大气粗但行为举止不太优雅和规矩，但如果有上海姑娘能嫁给他们，却又是一件令旁人羡慕的事。

由于长期受西方思想文化的浸淫，上海人的文化底蕴不错，但不很鼓的"米袋子"，也使上海人显得底气不足，所以上海人"抓米"的欲望十分强烈。在每年高考时，最吃香的是电脑、医学、英文等专业，因为这几个专业毕业后工作报酬高，还有大把的出国留学机会，而像历史、地理等学科则少人问津，这种现象真实注释了上海人对于生活与生存的理解。

改变自身命运的强烈愿望使这座城市充满了浮躁和压力，市民的脚步总是那么匆匆，脸色总是那么疲惫，有句广告语说得好：有家的男人真幸福，谁知养家的男人多辛苦。除了生存压力，市民的心态也很容易失去平衡，因为现在上海的贫富差距越来越明显。住在上海西区古北新区的居民，享受着阳光绿草和跑车带来的快意，但在杨浦、虹口的棚户区内，至今还能听到洗刷马桶的声音，低矮破旧的住房、无休止的吵闹声和西区构成了强烈的反差。

尽管上海的人均GDP超过了四千美元，但上海人若想从生存状态过渡到享受生活的状态，从提升上海的综合经济实力到全面提高市民的综合生活水平，还会有漫长的路要走，现在取得的成就不值得上海人沾沾自喜。

张　明(2001.4.17)

股市重塑上海人格

又到年末岁尾，上海数以百万计的股民又在清点账面战果，看腰包又能鼓出几许。今年的股市，随着国民经济走过拐点步入复苏，而风起云涌，而迭创历史新高，又造就了一批勇士和新贵。

早在1882年，上海就出现了华商创办的上海平准股票公司，并于1920年成立了上海证券物品交易所。金融机构辐辏，使上海人的投资投机意识远胜于它处，"冒险家乐园"之谓也正说明了上海当时的城市心态。但自从40年代末以来，上海人当了几十年的计划经济排头兵和模范，这才发现，在经济大潮面前已畏缩不前，再无弄潮的雄心和手段。1984年发行新中国第一张股票"飞乐音响"虽有市民漏夜排队，1992年发行

股票认购证也使一些眼光敏锐之士兴奋不已，但大多数上海人当时还处在懵懵懂懂的状态，对此漠然视之。

1992年5月21日令所有的上海人兴奋莫名，彻底换了一副脑筋。由于取消对股市涨停板的全面控制，上海股市全线飘红，以骇人听闻的速度飚升。上证指数在一天之内翻了整整一番！全上海无不为之疯狂。证券公司里挤得满满的股民们顾不上擦去满头大

汗，望着节节上升的上证指数大声喝彩鼓掌。每一个办公室、每一户家庭、每一个车间、每一辆公交车里，人们都在谈论着"股票、股票"。上海人血液中蛰伏多年的天赋和遗传基因，一夜之间被激活了。

不久之后上海股市一泻千里的狂跌，两天就使股民损失惨重，不少百万大户也随之"揩掉"。在大起大落的股市狂潮中，上海市民受到了空前的震撼，经受了一场真正意义上市场经济的洗礼。在多年计划经济模式中患上的谨小慎微症、按部就班症、冷漠自足症被急风暴雨一击而中，上海的社会气氛、人格心态为之骤变。

股市的大赢大输，使上海人出手不再斤斤计较，大度大气起来。俚语称一万元为一"粒"，民谚有云："万元不算户，十万才起步，百万是小户，千万才大户"。在股票产生的暴利面前，一切传统小打小闹的个体户黯然失色，发财成了洗过脑筋的上海人最令人激动的驱动力和目标。经济重新成为上海人生活的轴心。

上海出现了第一个因借钱炒股亏本而自尽的股民，他成为上海股民"第一号烈士"，将自己供奉在市场经济的祭坛上。这样的悲壮，换来了一点点的同情、惋惜，还有不屑，更激起了上海人搏击股市的万丈雄心和热血。有着投机冒险基因的上海人有这份自信。股市隐伏着巨大的风险，但也

在不断创造着一个个巨大的机遇。涨跌大潮在强化人们的神经，磨炼人们的意志，迫使人们走向成熟。

上海出现了一批百万、千万乃至上亿的股民富翁。这其中，初期时的"杨百万"大名红遍大江南北，是一位颇具代表性的传奇人物。他真名杨怀定，曾任仓库保管员。辞职后，靠国库券上海外地两地"搬砖头"赚取利差而有了不菲的原始积累。他成了人们心目中的一个偶像，一个股市英雄。成者为王，上海人有着深深的英雄情结；败者也不为寇，屡败屡战的勇气，也能得到人们的尊敬。

上海的股民几乎囊括各个层面各种职业，但在股市面前，人人平等。要论不同，那就是学识、见识、修养的不同。上海人变得好学起来，连上市公司的财务报表也能详加分析。股市已让人们如此关心时势和趋势，他们关心的，知道的，从国家领导人的身体健康状况，到挂牌公司的仓库失火。股市是上海人发挥智慧和释放潜能的最佳载体。

沈林森(2000.12.20)

沪人追求文化本位

上海市中心近来开出一家出售旗袍和马褂的商店，至少有数百位上海小姐穿着旗袍去上班，去社交。但时至今日掏钱买马褂的男士还不多。

在穿着打扮上，当地艺术工作者的胆子比普通人更大，他们中的一对新婚夫妇，结婚那天从戏剧学院借来旗袍、长衫，雇一辆三轮车穿街而过，十余位志同道合的年轻人骑着自行车一路喝彩。

上海追新族的好古之心，也表现在居室的装修方面。今年二十八岁的杨旭是此间颇有名气的建筑设计师。他的拿手好戏，是把破旧的厂房改造成具有上海30年代风格的写字楼和娱乐场所。外滩金融区的一幢银行大楼改建设计也出自他的手笔。

杨先生装修自己的婚房时，想像力得到了更加充分的发挥。他为席梦思床垫配了一个古色古香的木架子，使之颇有故宫卧榻的风味，会客室以青石板铺地，并且用一些从安徽农村昔日大户人家中卸下的雕花木门作为与书房的分隔。

杨先生的全套明清家具，都是从万博集藏品公司买来的。在这家公司数百平方米的库房中，堆满了从安徽和江浙两省农村收购来的大衣柜、梳妆台和太师椅等老式家具。这家公司还请有手艺高超的工匠，老式家具凡有缺角少腿的毛病，均能一一治愈，并且"修旧如旧"。

像这样大规模经营老家具的公司，在上海至少已有五家，每家

一个月的营业额，少说也有五十万元人民币，有些年轻人把一百年前安徽商人用过的钱柜，改造成放置电视机的箱子。还有人订购手摇纺车，放在客厅里作为装饰。

一些上海人为什么对爷爷和曾祖父用过的东西大感兴趣？迷恋过西方现代艺术，又把上海30年代建筑、服饰临摹过一遍的杨旭自有他的见解。杨旭说，国门大开后，外国新潮和流行的东西对于很多上海人来说已经不很稀奇了。相反，上海人开始发问："我是什么？""什么是我们的风格？"于是老古董重又走俏。

杨旭和他领导的中发建筑设计事务所，最近正致力于江南古代民居的研究。杨旭说："或许，我们能够从中悟出民族风格的神韵，我们期待着那一天，上海的建筑业，也会吹起中国风。"

嵇晓雄(1996.2.2)

上海人家谁当"家"

据说，杭州让女人大出风头、南京让女人背上恶名，自可从历史中寻找缘由。而"围裙丈夫"无疑是现代上海的一道人文景观，且作为海派丈夫的代名词流传甚广，说"享誉世界"绝不为过。所以，上海男人的口碑一向不错。

上海市妇女联合会最近公布一项调查结果表明，目前上海的家庭矛盾呈现两种截然不同的情况，差距之大令人感慨。

一则是在2000年中，有四十七个男士走进上海妇女联合会投诉，而在2001年的头两个月里，妇联登记表上已记录有二十名男士来访。另一则消息则是，尽管市妇联所接受来访来信中关于"家庭暴力投诉"所占的比率，从1995年的34%下降到目前的10.7%，"文斗"成了化解家庭矛盾的时尚方法。但在每十个家庭施暴者中，就有一个曾经受过高等教育，或有高级职称，而且这个比率还有增长的趋势。这就让人惊讶。真是看不懂的上海男人。

"到妇联诉苦"的男人会被看成"窝囊"或"无能"，怒其不争、

闲话上海人

哀其不幸。但在一定意义上，不也可以认为是对"男子为天"的陈旧家庭观念"矫枉过正"的标志，表示了一种进步和平衡吗？至少说明，"婚姻"和"家庭"不再单单是女人所担忧的事情，而是男女双方共同面对的课题。不明白的倒是"藉力气之猛行丈夫之威"的封建糟粕，怎会在那些外表书生意气的经理、白领、公务员、教授身上出现；甚至还为对太太动辄私刑伺候的陋行找一个"工作压力大"的荒唐借口。无论如何家庭暴力是今天社会发展所不容许的，专家和妇联干部在讨论新《婚姻法》时，要求把防范"家庭暴力"列入其中，并要有明确的惩处规定。

新的世纪、新的理念，开放的上海也有开放的家庭生活。对妻子的各项要求一筹莫展，对事业有成的太太疑心重重，都成了男人到妇联"有话要说"的主要原因；在家里炫耀武力的知识男士又大都有一定业绩，而太太多半也是知识女性，把脸面看得比皮肉重要得多。"男主外、女主内"曾是公认的传统家庭模式，而现在有35%的上海人家中，太太收入比丈夫高，也有妻子工作而丈夫无业的现象。每逢看此类家庭的男主人脸上"僵瘩瘩"的不自然，久之，便有矛盾滋生出来。

打架只是低能的表示。也许靠魅力的张扬和无敌的气度，能挽生活之舟于将倾之际，不过也需明白：强拧的瓜不甜，当断不断反受其乱。这算是给矛盾中人的劝告吧！和谐、平等和宽厚，过去和今后都是家庭生活主要的内涵。

陈茂生(2001.3.15)

上海女孩 "恨嫁" 急

时下，二十出头的年轻女子成了上海不少婚姻介绍所的主要客户群。上海女孩征婚年龄走低的现象，是近两年才出现的。

倡导晚婚的曾经是一些疯狂工作的白领，迫于种种工作上的压力，以及难以结识理想中的异性，媒体上白领婚姻难的报道时常可见。事过境迁，倡导早婚的竟然也是白领这样的群体。一位外企文员长得挺漂亮，十九岁的她说："早点涉足婚姻，能够使自己的选择面更大更广些，确保自己找到一位满意的佳偶。"

80年代，上海女孩的婚嫁年龄段主要集中在二十五岁左右。即使在90年代中后期能够勇敢走进婚介所的女子，也大多是在婚姻上属于"老大难"的"老姑娘"。

低年龄段的女孩大规模走进婚介所，不能不说是她们急于嫁人的迫切体现。

面对"小姑娘"蜂拥而入的新现象，不少已经找好了"方向"的男士纷纷更弦易辙。显然，这与人们择偶取向的调查结果完全吻合。女性的理想丈夫是事业有成，而事业有成的男子不可能是二十出头的毛头小伙。在一家医药公司工作的傅先生年过三十，无数夜晚都是和客户一起度过的。他明白，一个男人不挣个二三十万，有什么资本娶老婆？男性的梦中情人要温柔漂亮，而温柔漂亮大多是妙龄女子的专利。

有一首流行歌曲叫《姐姐妹妹跳起来》，歌中唱道："十个男人七个傻，八个呆，九个坏，还有一个人人爱……"果真是因为好男人属于当今社会的稀缺资源，上海女孩才风行早婚浪潮吗？这只是上海女孩早婚的一个方面。

"先成家、后立业"则是更多上海女孩迫切走进婚介所的主要原因。名牌大学的资历，并不能确保女孩在应聘时战无不胜。来自上海市对外服务公司的消息说，大多数跨国企业招聘时会更多地考虑已婚女子，因为这类女性生活已经安定，将来不大会因恋爱、结婚、生子等诸多问题影响工作，进而影响企业的整体运作。

统筹运用自己人生，是上海女孩早婚的又一动因。不少刚踏入社会的女孩，工作成就及职位升迁等根本无从谈起，不如在自己的这段人生磨合期趁早将结婚和生育两件大事给办了，度过磨合期后，就可放手做一番事业。还有，趁父母尚未步入步履蹒跚之际，可以将孩子交给父母，避免上有老下有小的尴尬境地，根本没精力运作自己的事业。再则，在自己年富力强之年，可以帮孩子进入成年。

俗话说：桃花杏花总想开，无奈还得候春来。不同的花开在不同的季节，求婚择偶又何尝不是呢？在上海不少婚介所内，由于"小姑娘"的介入，使得大龄女子的婚姻进一步地雪上加霜。

方　圆(2002.1.4)

引 "郎" 入 "市"

这些天，一向潇洒、自在的上海人皱起了眉头，体会到了空前的紧迫感，因为市政府明确提出，将引 "郎" 入 "市"，欢迎全世界的 "才郎" 来上海创业发展。

"十五" 期间，上海提出了增强城市综合竞争力的雄心壮志。但细细掂量，又觉自己的 "内功" 尚欠火候。于是，决定引进国内外的 "才郎" 以填补本地人才在某些领域的空白，同时也希冀给上海人带来竞争。

今年，上海将推出五项配套政策：建立 "绿卡"，即《海外人才上海居留证》制度；对以柔性流动方式来沪的国内高层次人才，配套实施《上海市人才居住证》制度；放开兼职；推行自由职业制度；为柔性流动人才提供保障服务等。而上海市人才市场，近期更是将赴香港设立办事处，广招贤才。其实，早在几年前上海便已开始探索利用外脑，引进外才的道路。稍加留意不难发现，"本市常住户口" 这个招聘广告中必不可少的界定，在上海人才市场上正销声匿迹。不迁户口，不转关系，能进能出，双向选择，一种变 "刚性流动" 为 "柔性流动" 的人事制度改革，大

闲话上海人

大激活了上海的人才市场。到目前为止，以柔性流动方式来此工作的人才已达十二余万人，为上海的发展注入了活力。

正如市委书记黄菊所言，上海要有容纳世界最优秀人才的海量，同时又要成为人才自如来去的一湖活水。上海本来就是移民城市，要在人才可以"柔性流动"的过程中，成为新的移民城市，形成一大批"新上海人"。

就业形势严峻，竟然还要引"郎"入"市"，令人忧心忡忡。上海人把外来的人才比作是"女婿"，担心他们的到来，会否抢走自己这个当"儿子"的饭碗。

中国上海人才市场曹新生主任认为，"女婿"与"儿子"并不对立，让好"女婿"气走坏"儿子"也无妨。上海固然是上海人的，但更属于全国、乃至全世界。上海既要不拘一格广纳贤才，又极其尊重人才的自由选择；既容得下人，留得住人，又乐于放人。

面对群"郎"入侵，一些未雨绸缪的上海人则胸有成竹。对他们而言，取得哈佛商学院的MBA学位等虽有些可望不可及，但努力通过国际通行证书的考试并非奢望。如今，上海的年轻人中，攻读在英联邦、新加坡、香港等地称为求职通行证的 LCCIEB，IT 业的权威证书——微软认证考试，知名国际注册会计师认证 ACCA 或者国际审计通行证 CIA 等已渐成时尚。

古人云：河海不择细流，有容乃大。何况是在海纳百川的上海。上海人，您应该有胆量、也有能力与"郎"共舞。

茅　杰(2001.2.22)

沪女孩返回申城发展

—— 宋琨喜追求浪漫与结交朋友

周末与宋琨通过五次电话。其中两次她在工作，一次她在参加美国商会组织的美国独立日的派对，一次她在法国朋友们的私人聚会上，最后一次她约我在一家高级酒店公寓的游泳池边。访谈期间我还见到了她的两个外国朋友。

这是一个上帝宠爱的女孩。我见到她的第一面时就这么想。宋琨是个漂亮的女孩，不仅如此，良好的西方教育背景，令人羡慕的工作，还有率真、开朗的性格，使这个女孩几乎优秀得无可挑剔。难怪她的美国朋友马佳利称其是最令他印象深刻的中国女孩。

宋琨大学两年级时离开上海到瑞士和美国读书，读的是企业管理。大学毕业后回到上海，目前

任职在一家世界知名的企业管理咨询公司，这正是她喜欢的工作。她之所以选择在上海发展，不仅仅因为这里是她的家乡，最重要的是上海也是目前世界上最有发展潜力的城市，上海将超越香港，她对此坚信不疑。像大多数的"海龟派"一样，她认为这里是她的根，也是她未来事业发展的舞台。

她热爱上海，也为上海骄傲。用她的朋友马佳利的话说，她很International（国际化），东方文化和西方文化那么巧妙地在她的身上融合，使她具有了一种独特的气质，独立、自信、热情，生活得多姿多彩。

在事业上，她说自己是有野心的，她要体现自己的价值，也许这能证明她有能力，她又说自己

是个很随意的人，并不强求，也未必为自己设定了长远的目标。我理解，她天性中一定很好强，但同时她也享受生活。努力工作与享受生活对她来说并不矛盾，她找到了平衡点。通过工作，她能与人交往，并从中受益。她喜欢交友，非常喜欢，无论是工作中还是工作外，结交有趣、聪明的人恐怕是她一生永不间断的"功课"。她的朋友遍天下，这也许是她非常引以为豪的。结交新朋友、联系老朋友是她工作外的一大乐趣，因此各种各样的"派对"上总能见到她的身影。

她喜欢运动，无论游泳、健身还是其他运动都能令她心情愉快。她最喜欢溜冰，这个在欧洲读书时养成的习惯，她也带到了上海，最长的一次是从江苏路一路溜到了外滩。尽管在上海人流拥挤的街道上显得不太合宜，她却一点不会在乎，只因为她喜欢。

此外，旅游也是她的至爱，她的足迹遍及世界，尽管工作以后，假期不多，她都不会放过机会出游。我觉得她是个充满幻想和好奇心的人，对外边世界的探索对她来说是永无止境的。

当我问她有什么梦想和愿望时，她直言不讳，希望找到自己心爱的人。她非常清楚自己在感情上是个很挑剔的人，不会因为年龄而给自己任何压力，她不会刻意追求，只等着缘分的降临。她追求浪漫的生活和感情，对她来说婚姻只是两个人浪漫生活的开始。

许　蓬(2001.8.17)

十鹿九回头

　　松江是上海之根，在一千二百多年的城市发展史中，留下了大量的历史遗迹，在松江一处名胜——醉白池内就有一块名为"十鹿九回头"的照壁，石壁上有十头鹿，有的正在扬蹄往回奔，有的正在外出的路上，但露出一副依依难舍故土的表情，不时地回头张望，只有一头鹿义无反顾地出去闯天下。这块照壁生动地折射出了当时松江"衣被天下"的江南第一富县的历史场景，店铺林立，万商云集，人们都依恋这块富庶之地，不愿离乡背井去过苦日子。

　　从这块照壁上可看出上海人恋乡的历

史悠久，究其原因，不外是上海优越的生活环境和良好的物质条件。追求安逸和舒适的生活，实属人之常情，所以也就没有理由去责怪上海人的保守、固步自封，在这块"十鹿九回头"的土地上，其实也是外乡人神往的地方。据香港城市大学最近进行的一项调查显示，超过三成的被访港人表示会

考虑到内地工作，而上海则是最多港人愿意选择的工作地点。

利用在生活、创业等方面的优势，使上海成为人才的聚集地，这对保持上海的综合城市竞争力、维持上海未来可持续高速发展至关重要，上海目前吸引各地人才来沪发展的优惠措施和政策也一条接一条，只要大学本科毕业且有上海公司愿意雇用，就可留在上海一展身手。这无可厚非，这些政策有利于打破城市间的障碍，促进人才流动，但关键是这样的人才政策在内地东西部发展极不平衡的状况下，有可能产生进一步拉大彼此间差距的局面。

查文红是上海一名普普通通的下岗女工，文化素质并不高，失业后她自愿到安徽的一个贫困山区担任一名乡村教师，自她到任后，这位当初被某些上海人认为"脑子坏脱了"的下岗女工，凭着一股百折不挠的精神，竟然使全班学生的语文水平达到了该地区的第一名。在为查文红击节叫好的同时，也不由感叹：贫困地区的优秀人才到哪里去了？

目前内地西部大开发工程已开始启动，在这项宏伟战略中，光有资金投入显然是无法实现西部大开发的目标的。21世纪的竞争从本质上说是人才的竞争，当西部地区的人才出现"十鹿全不回头"的景象时，这很容易料想西部大开发的结局。上海在高姿态表示支援西部大开发的同时，能否考虑少"掠夺"属于西部的人才资源？毕竟缩小东西部之间的差距，从长远看，是有利于上海的发展的。

张　明(2001.1.31)

安徽女落"户"申江

1996年元旦近了，问来自安徽农村的穆国侠回不回家，这位乡下女摇摇头干脆的答："不回。"又过了一年，她感情已把上海当作家了。

来上海"苦钞票"

上海西区有个虹纺新村。封闭式的围墙内，住着千户人家。其中小部分是拆迁房屋时留下的当地镇上人，大多都是市区单位分配新房子后搬进去的上海人。

上海人发现，不知什么时候开始，楼前那两个大垃圾房，其中一个挂上了一把锁。又一天，上海人发现，那个挂锁的垃圾房内，传出叮叮当当的炒小菜声音，合着一股煤油味。一打听，原来是借给了一个安徽女。

安徽女名叫穆国侠，今年三十四岁，年前带着母亲来上海"苦钞票"，就是"找活干赚钱"。经人介绍，来到此处，专事扫马路、扫楼梯过道，兼管新村内五只垃圾桶。

穆国侠和她母亲，每天清晨四点半到七点扫马路，下午扫楼梯并清理垃圾筒，连带着干点"私活"捡废品卖钱，晚上六点过后便上床睡觉。一来无事二来亦可省点电费。新村居委会发给这对安徽母女，每月每人扫马路费一百三十元；五只垃圾桶两人管一百四十元；扫楼梯百十元。再加卖废品她们每天可换个十元八元，一月下来，除去吃、喝、水电费和交居委会借居五平方米栖身小屋

（垃圾房）一百五十元，大致可余下三四百元。

小儿子想到上海上学

穆国侠的老公在安徽乡下，种着几亩田，养着一群猪、羊、鸡、鸭，还带着三个小孩。大儿十三岁，二女十一岁，小儿才七岁。都上着学，用钱用得狠。妻子、岳母在上海"苦钞票"攒下的钱，都交给了他。

老公一年来上海三次，来一次就要花去一百多元路费，不来呢想老婆，来了也没个地方住。五平方米小屋内，有张三尺宽的小床，睡着岳母和妻子，自己打个地铺睡在床下。问穆国侠，老公来了也不玩玩？乡下女纯朴地笑笑，"玩啥哩，都三十好几了，小孩也大了，不想那个了。"

穆国侠说，想的就是钞票。小孩大了，都要让他们上学。自己和老公都不识一字，那年头家穷，乡下人读书也没用。现在不行了。最小的那个孩子随她在上海住了一段时间，心气大了，想留在上海读书。娘说"没钱"，七岁小儿说，"知道没钱。只要娘肯说句大话，要有了钱让我去上海上学，我心里好受。"

乡下女在上海住了下来。她难得回家，过新年都在上海。今年元旦将近，问她回不回家？她干脆回答"不回"。穆国侠说，不知咋哩，回去那几次，都是急匆匆只住两三天就呆不住了，说要"回家"去了。村里人听不明白，问她哪个是家？她说是把上海那个小屋当"家"了。脱离农村久了，那次回老家吃完晚饭没事干，老公提醒她，该给猪喂喂食，她才想起，自己吃了晚饭还有没吃过晚饭的呢。说起这些，她笑了，"在上海真是习惯了"。

但习惯只是一个方面，其实她还有很多不习惯。今年春天，她发了狠随一群打工妹去逛外滩、人民广场、西郊动物园。回来累得睡不稳觉，"比干活还累呢"。说看看人家上海人，除了上班，就知道

玩，"玩啥哩，又累人又花钱。"

主客相安　自适其适

新村里的上海人已经收留并接纳了这个安徽女。哪家有了穿不下的半成新衣服，有了多烧的饭菜，都爱送给她。穆国侠母亲从上到下，穿戴都是新村居民送的。

她拍着身上那件半新花呢上衣，心满意足地说"暖和着哩"。穆国侠也穿上海人送的旧衣裤，但自己也买。说今年国庆前，跑商店买了好几套新衣服，花了不少钱。"没啥，再攒好了。"乡下女亦有乡下女的潇洒。

上海人待穆国侠不错，她们母女亦知恩图报。哪家有点事，招呼一声就去帮个忙。晒在凉台上的衣被掉了，她们看见了就拾起来，晚上送给主人。"我们不做偷偷摸摸的事"，母女俩这么说。每天把街道、楼梯过道扫得干干净净的。

问穆国侠想不想换个可多赚点钱的打工地方，她说不想。"自由惯了，不爱人管。新村居民也好，少几个钱没啥。人呢，有钱的就是有钱，没钱的就是没钱，这是命，抗不得。"

乡下女穆国侠心安理得地在上海西南角建起了一个小巢。她没有文化，不读书不看报亦不听广播。对世事所知无多，却有自己的价值观念；她和上海人相安无事，虽无法融汇进城市文化，却也安宁地生活着。问她有什么打算，只说多赚点钱就为着小孩读书。只要居委会不赶她走，她会一直在五平方米小屋住下去。

我亦在这小屋内坐了两个多小时，我们谈得很开心。只是由于她安徽土音太重，又不识一字，比划了半天，总算弄明白她的名字却怎么亦弄不明白她到底是安徽什么县的人了。

曾　华(1995.12.27)

洋人的上海梦

在中国，上海可说是个开风气之先、得潮流之先的都市。因为这个都市，早在鸦片战争后，就开始了"华洋杂处"的历史。四面来风——不管是和煦的风还是狂暴的风，都浸润着这个都市的躯体和灵魂。

20世纪50年代后，有一度上海人口成分单一，除了"阿拉上海人"外，洋人——外国侨民几乎绝迹。

现在又多起来了。不算入境旅游或作短暂停留者，"定居"在上海的洋人们据说有十五万之多，来自五十多个国家。他们操着各种语言，其中不乏有学会了中国话、甚至能说上海话至少能听懂些上海话的老外——顺便一提，如相声演员大山般，金发碧眼却说

着地道的北京话，多少有点让中国人感到别扭。

有一句话却是相同且让人感到特别亲切的，那就是"哈啰，上海"。

他们在不同时间和不同场合说着这句话。这十五万外国"上海人"，在"阿拉"这座大都市中自由自在地生活着。

清晨，外滩广场或社区花园中，会出现几位洋太太。她们也会打木兰拳、也会跳扇子舞；夜晚，衡山路咖啡馆、金茂大厦的士高舞厅，会出现不少洋先生。他们熟门熟路，显然是那儿的常客。

他们在上海工作、赚钱；在上海生活、享受。带来了国外的先进技术和理念，还带来了异域的生活习惯和情调；他们从上海得到的是友谊、尊敬和财富，还带走了美丽的上海姑娘。

但白丽诗——这位美国少女起的中国名字听起来像是一则著名广告：白丽香皂，今年二十，明年十八——却是在1983年时嫁给了上海的。

当年，上海华东医院接生了这个美国婴儿。50年代初她离开上海去了美国，70年代时她在伦敦迫不及待向中国领事发问，我是否可以去中国？80年代中叶，她如愿来到上海，说"我再也不会走了。"她现在是上海外国语大学的专家，在电视上看到上海媒体访问她时，她正用筷子而不是用铲子在炒着香喷喷的中国菜。

易安琦虽说没有嫁给上海，却也在上海生活了五年。她肩负着博雅公关公司上海总经理的要职，在上海开拓着一片事业的天地。她能说的中文词汇很少，但并不妨碍她在上海"公关"；她的性格中饱含美利坚民族的特征：乐观、奔放，生活上却已中西合璧——早餐，咖啡加菜包。她对上海的观感是，"这是一片神奇的土地，有许多梦想可以在这里实现。"

真奇怪，关于"上海是个梦想"的语言我并不陌生。想起来了，那是英国上尉巴富尔说的。

巴富尔是在19世纪中叶时说这番话的。其时，他正站在上海外滩一片泥沼地里，以鸦片战争后胜利者的姿态出现。由他领头的六个洋人，也许是进入上海的最早的洋人。

据说当时这六个洋人，除了

巴富尔租到一处房子外，其余五人只能寄居在上海老城的民居中，或是在城墙下搭建棚屋。当他们在风雨交加的夜晚念叨着自己家乡时，不知在他们的梦想中，是否梦到过上海将成为日后他们在远东的第一金矿。

1848 年时的上海已经是一个小有气候的"西方世界"了。《上海滩史话》中称，当时在上海的外国移民总数已超过二百二十人。与今天的十五万人相比，二百二十确实是个小数字，但这小数字在当时却创造了二百万两税银的大数字。

后来，这个大数字更是吸引着无数洋人们长途跋涉来到上海。这中间有大富翁，也有流浪汉。他们在这里实现了一个个梦想，带走了一箱箱白银。上海"滩"逐渐变成上海"城"，上海人成为最早享受声光电化的都市人。但是，以

"租界"为象征的主权剥夺、"华人与狗不得入内"的牌子、"朱门酒肉臭，路有冻死骨"的场景，无一不显示出上海这座城市在纸醉金迷的表象下"被出卖"了的败家子相。

研究侵略、殖民与经济繁荣的关系等诸如此类的问题，是政治学家的功课。我想说的是，21世纪的白丽诗、易安琦们是说着"哈啰，上海"来到上海的。他们参与了"地球村"的建造工程，是"全球经济一体化"构想的实践者。上海被他们耕耘，但上海没有被出卖；上海仍然让他们实现梦想，但他们把梦想的结果留在了上海，或者说留在了未来的"地球村"里。

曾　华(2000.8.22)

粉领丽人沪上争锋

上海是中国"洋化"最早的 地方。上海女人也最早接受"海派"文化和作风的熏陶。自改革开放后，内地就有广东女人最传统、北京女人最独立、东北女人最大胆、上海女人最实际的说辞。

时下，上海的新女性被称为"粉领族"，较之她们的前辈"白领丽人"更上一层楼："新奇第一，但不怕亏掉底"，"敢于尝试，做了笨蛋不后悔"，"能屈能伸，深藏不露"等等令人刮目相看。因为不是大丈夫，她们更可为所欲为。她们"学历高，有专长，工作狂"，在外资企业任职，收入较高，追求时髦，出手大方。在久居上海的外地人眼中，她们"自信、自大、自傲"、"敢争、敢辩、敢讲理"；一切品红、美食、健身减肥、美容、泡茶、上咖啡馆、买时装购饰物，莫不在

行；善用女性特点、思想前卫，不拘礼法、能力强，反应快，有门路、多关系，无往而不利。

初到上海公干的人，都会对上海职业女性"进取、开放和重打扮"的身姿印象深刻。上海新女人的装扮高贵大方，工作上勤力搏杀，充分显示其对事业的野心及强劲的竞争力。这些粉领族无时无刻不在以最佳状态示人，即使工作至凌晨一时多，翌日早上她们都是化好妆、穿着整齐地上班，看上去精神奕奕，永远蓄势待发的样子。她们的英语能力都很好，从不轻言转工。

在上海滩，众多的粉领丽人挟天时、地利、人和之势，赢得了比男士更优越的待遇、更丰盈的收入；她们的生活趣味，也令人耳目一新。

缤　纷　上　海　　闲　话　上　海　人 | 159

秦姑娘，是一位大学毕业已多年的经济师，在一家外资企业里任市场营销经理。一个偶然的机会，她认识了在某服装公司任经营部主任的董先生。这位年轻倜傥的董先生既有书生的睿智，又有生意人的精明，而且豪爽斯文。她和他的恋爱从"星星之火"始，直至"迅速燎原"。当董先生在"水到渠成"后提出结婚时，秦姑娘则直截了当地"摊牌"：你只能以出嫁的形式与我一同生活，其他没什么好商量的。董先生竟不计较地答应了。婚后各自的事业和爱情均是"春风得意"。值得一提的是，董先生并不像人们想像的那么吃亏，也没有在妻子面前唯唯诺诺，而是生活得挺像个堂堂男子汉。

据上海民政部门的不完全统计，类似"倒插门"、"娶夫"的事例在近年来已有数万起，不仅成为了申城的一大新风尚，也博得了社会的认可和赞赏。

去年，还曾有两位上海"新新女性"以其"放纵、醒醍、颓唐的性描写"而一夜成名，这就是颇遭异议的"美女作家"卫慧和棉棉。她们的轰动效应，不仅是因她们的作品遭到封杀和批判，还有她们前卫的思想、时髦的装扮以及两人在网站上像泼妇一样公开对骂，也成为世纪之交中国文坛上一件"倒胃口"的奇谈。无论是昂然进取的新女性，还是颓废的、带有明显旧上海滩印痕的新女性，上海粉领一族都是令人钦佩和侧目的，都令全国职业女性甚至港台女性甘拜下风的。

方　圆(2001.3.17)

上海浦东新机场

浦东机场内景

繁忙的上海港

南浦大桥

Colourful 沪上百态
Shanghai

八运会的两次道歉 "肯德基"给上海人上课 美国邮局搁浅上海滩
兔子爱吃窝边草 高楼大厦透出小家子气 上海缺的只是水吗？ 韦唯
失声与吃客黑道 尴尬的发票 合抱之木 生于毫末 股票沙龙吸引股
民 彩票，令上海人着迷 富人进当铺 上海唯一当铺探秘 有钱天
天过新年 上海春节礼券满天飞 春宵一刻值千金 票子 面子 车子
"忽吼吼"与"笃笃定" 上海人消费新热点：租人 孙子读书 爷
爷背包 上海的生态热 上海人到"乡下"定居 沪人追求文化本位
上海人的书房 申城考试多 上海人像人体艺术 性文化展的尴尬与

沪上百态

八运会的两次道歉

八运会组委会原定今明两晚举行闭幕式彩排。据说已发出了观摩票，后来因故取消。组委会登报广而告之，向观众们表示道歉。

在此之前，为八运会提供安全保卫、道路疏通的上海警方当局，亦曾有过一次公开道歉。起因是在开幕式前的一次合练中，由于考虑不够周详，过早地封闭了某些道路，给群众带来不便。为此，警方致歉并承诺定将改观。果然，在其后的两次彩排，甚至在最后八运会正式开幕时，未出现相同的问题。

八运会的这两次道歉，呈现出当局的一种磊落风度。曾几何时，上海人被冠之以"小气"。小气者，气度不够也。放不开胆子，放不开手脚。没有大思路、没有大手笔。战战慄慄，在"计划"笼子里生存，不求什么大功，亦不会出什么大错。如今上海人变了，气魄大了，敢做大事情亦能办好大事情。像承办八运会。上下左右，办得这么漂亮。即使有些思虑不周，或甚至

出些小错，公开道歉，很诚意，很
坦荡，让人看到上海人性格中由
"小气" 变得 "大度" 的可爱的一
面。

八运会的这两次道歉中领悟到更
多的东西。

　　谢谢你的道歉。上海人会从

曾　华(1997.10.22)

沪上百态

合抱之木 生于毫末

前几天，在一次对上海证券业前辈的采访中，听到了一个小故事，其中一些鲜为人知的情节，让人不由感慨万分。

1986年，美国金融大亨纽约证券交易所董事长约翰·凡尔霖访华，受到邓小平接见。作为回赠礼物，凡尔霖收到的是一张淡绿色的中国股票"上海飞乐音响"，这是新中国发行的第一张股票。

凡尔霖十分兴奋，他成了第一个拥有社会主义中国企业股票的美国金融家。但他一看上面是别人名字，立即说："我的股票不能用别人名字，我要到上海交易所去过户。"

上海那时根本不存在什么证券交易所，仅有的一个股票交易柜台，总共才十多平方米，一个开间的门面。

凡尔霖到上海后准备第二天过户，随员们向上海方面提出，要用警车开道。

当时，搞股份制发行交易股票仍不时招致异议，加之刚刚起步，一切都显得那么简陋寒碜。上海方面不想很招摇，为难地表示"这没有先例。一般只有国家元首、总统来访，才用警车开道。"

由于凡尔霖随员的坚持，上海方面便找了个可不破先例的妥协方式：由凡尔霖自掏腰包雇警车开道，开价两千美元。

凡尔霖的随从爽快地答应下来。上海人看不懂了，这个美国佬怎么回事？竟然花两千美元雇警车，去办理一张面值五十元人民币股票的过户手续？

凡尔霖的上海之行在海内外引起轰动：世界上最大的交易所的董事长参观世界上最小的股票交易柜台！美联社记者评论："改革跨到了股份公司和证券市场的地步，表明中国的改革已很难再退回去了。"

合抱之木，生于毫末。转瞬十多年，上海的股票市场已从那个小小的交易柜台起步，跨上了令世人瞩目的台阶；上市公司近六百家，上市的股票六百多个，其中B股五十六个，股票总市值近三万亿元，股票总成交额2000年达到三万多亿元。上海股市从摸着石头过河，从第一个敢于吃螃蟹开始，达到了当初难以想像的巨大规模。国内外庞大的资金流在这里汇集流通，从1997年开始，上海上市公司每年从资本市场融资超过一百亿元；上海近年每年财政收入中有二百亿左右来自于资本市场，这是市场给予勇敢探索者的回报。

凡尔霖充分意识到自己上海之行的价值，也意识到上海那个小小的中国第一的股票交易柜台对未来上海的价值。

上海在这十多年中，不断涌现出无数个中国第一：首次发行B股，最早开展文化事业产业化探索，最先运作BOT融资方式，最早对外资银行开放……这些第一，也已经或即将让上海收获最丰盛的硕果，也使上海渐次成为一个充满活力、极具综合竞争力的大都市。

沈林森(2001.7.3)

股票沙龙吸引股民
—— 上海首家股票沙龙见闻

一场前所未有的股票热方兴未艾。目前，在上海一百三十多万户的股民队伍中，流传着这样一句顺口溜："万元不是户，十万才起步，百万是小户，千万算大户。"

座无虚设

当神秘莫测的股票飞入寻常百姓家时，精明的上海百乐门大酒店总经理眼光独到，率先在酒店内推出了别具一格的周末股票沙龙。此消息不胫而走，酒店的电话总机立时成了众人争拨的热线电话。早在沙龙开张前三天，天未亮，就有一些股民赶来买连票，首次活动前一小时，一百张票被一售而空，晚来一步的股民围在门口不愿离去，主办者只得临时增设加座，才解燃眉之急。

前不久，一个狂风暴雨、行人稀少的周末下午，笔者特地来到股票沙龙采访，只见宽敞的厅堂内已坐了一半的股民，距开始活动还有近一小时，耳边却尽闻股票声：什么蓝筹股、掺水股、A股、B股等等，股民们一边随意地呷茶、品尝糕点，一边全神贯注、那模样唯恐漏听了一句"金玉良言"。

尝到甜头

正式活动开始后，由近来为众多股民看好、股价一度飙升的上海兴业房产股票的发起人、公司的法人代表登台介绍本公司的经营状况，股民们无不凝神静听，

不少人掏出本子，奋笔疾书，那认真的态度，犹如研究生在上专业课。当上海亚洲商务投资咨询公司的研究员做完本周、下周股市剖析报告后，台下接连不断地递上条子，诸如："新股大量上市，对老股有何影响？""沪股与深股有何异同？"等等。

笔者的邻座是一位打扮入时的年轻小姐，她与笔者攀谈时，连连夸赞股票沙龙办得好，她说："增股、配股时，我连忙甩出了手头买了多时的真空电子股票，赚了不小的一笔钱。"她认为，炒股要靠正宗的消息，股票沙龙使股民与上市公司的代表直接见面，

这不失为一种好形式。

雨后春笋

还有一位年过花甲的沙龙常客，虽家住浦东，可不管刮风下雨，还是骄阳似火，都风尘仆仆地赶来参加活动。他直言不讳地告诉笔者："大陆股市经过七八年的风风雨雨，各种股票法规相继出台，大量股票陆续上市。我对股市充满信心。"这位股民还谈到自己扎入股海多年，虽有赚有亏，但赚大于亏。至于如何享用所赚之钱，他说，一部分用来改善家庭生活，一部分用以资助子女深造，另外拿出近一半赢利，重新入股。

百乐门大酒店股票沙龙在沪一炮打响，使得一些酒店也纷起仿效，并与证券公司合作开设了类似的股票沙龙。现在，股票沙龙已成为股民们谈股论市的好去处。

周天柱(1992.8.15)

彩票，令上海人着迷

上海人生活富裕，一般不会为一份奖金而特别地大惊小怪。

上海人见多识广，一般不会为一项活动而长期地乐此不疲。

上海货源充足，一般不会出现为购买一件商品而排起长龙。

然而，具有非凡魔力的彩票，却令一向自视甚高的上海人着迷，使种种的"一般"变成了"不一般"。

目前，上海购买彩票的家庭已超过半数，近三分之一的家庭平均每月购买两次以上。去年，全市福利彩票的销量逾七亿元，人均五十六点四六元，雄踞全国榜首（全国人均四点一五元）。而今年前五个月的发行量便已突破七亿元大关，疯狂的涨幅势不可挡。

申城何处无彩票？如今，彩票已渗透到了城市的每一个角落：长辈送晚辈彩票，代替压岁钱；企业送员工彩票，代替奖金；商家送顾客彩票，代替折扣……一时间，彩票似乎成了"第二人民币"。

放眼全球，近来增速高达百分之十五的彩票业，年销量高达数千亿美元，已是世界第六大产业。传统型、即开型、乐透型、数字型……名目繁多的彩票，令一百二十多个国家和地区的人们如痴如醉。

在上海，每周六晚上，总有千万双眼睛聚焦于荧屏前，关注着一种机械运动：转动摇奖转盘。人们一边羡慕着他人"福从天降"的幸运，一边又开始蠢蠢欲动，勾勒着自己的发财美梦。

半年多来申城冒出的八位五

百万元大奖得主，对如火如荼的彩票业更无异于一兴奋剂。五百万啊！即使在生活水平居全国前列的上海，即使是腰缠万贯的大款也不会不为之心动，更何况平均年收入不足一万四千元的普通市民。

当然，素以精明著称的上海人不会不知道，要中百万元大奖，概率微乎其微。但花区区的两元钱，就可能得到三百多年的工资，如此巨大的诱惑，实在难以抗拒。套用经济学中"机会成本"一说：花两元钱买彩票，根本无需下太大的决心，却拥有获得巨额回报的机会。

当今社会，投资彩票与投资股票是造就暴发户的两条捷径。相对而言，彩票更易普及：无需高额的启动成本，无需敏锐的判断力，无需精确的计算……投资彩票所需要的，仅"运气"而已。博士与文盲，大款与乞丐，老人与小孩，彩票都一视同仁。

其实，投资彩票也是一种娱乐性消费，它满足了人们追求刺激、悬念的心理，这是彩票风靡申城的又一重要原因。不少上海人坦言，在紧张的工作之余，买彩票权当是缓解压力的妙方，是否中奖没关系，关键是开心。作为游戏，买彩票至少比不分昼夜地搓麻将要好。

在扣人心弦的彩票摇奖现场，时常有这么一个镜头：中奖者既欣喜若狂又忐忑不安。尤其是一些大奖得主，只是"闷声大发财"，领奖后马上"溜之大吉"。而据报道，在外地更是出现了中奖者用大毛衣蒙住面孔，甚至男的戴起假发，女的贴上胡须等现象，让你"安能辨我是雌雄"？

　　这一幕幕悲喜剧的上演，是人性最原始的表现。当彩票销售呈星火燎原之势时，全方位的管理是否能紧跟时代的潮流呢？仅仅一个《中国福利彩票管理办法》看来是远远不够的。

　　上海流行一条广告语：福利彩票告诉您，当您为他人送去福的时候，也会给自己带来利。

　　按说，为他人送福是购买彩票的根本出发点。可近来一项调查却显示，上海人购买彩票的动机主要是"中大奖"和"碰运气"，"为福利事业作贡献和献爱心"仅

列第三。而在回答"中了大奖最想做什么"时，近六成的上海人回答：买房子，表示要捐献给福利事业的市民竟不足百分之十五。这不觉让人感到一丝遗憾。

　　真不知福利彩票的"福"和"利"，孰重孰轻？至少有一点可以肯定，政府发行彩票的目的决不会是让一小部分人先富起来！

　　　　　茅　杰(2000.6.22)

沪上百态

有钱天天过新年

要过年了，上海人却似乎并没有十多年前那股忙碌和兴奋，而只像平日一样。"有钱天天过新年"，已是上海人话春节的时髦口头禅。上海人变得更加现实了。

上了一定年龄的人不会忘记，在计划经济占主导地位的岁月里，上海人过一次年，要"脱一层皮"。为了买一只凭票供应的白鹅，排长队，熬通宵，生怕落空而回。人们到处张罗过年食品之后，待到大年三十饱餐一顿。所以人云：上海人"清清苦苦度一年，一到春节撑破胃"。

如今绝大多数上海人再不会为过年而疲于奔命了。在市场上，人们可以随时买到所需的过节商品，要吃有吃，要穿有穿。尤其是春节前夕，市场供应更加丰富。只要有钱，不愁买不到。

上馆子吃得潇洒

近年来，上海人的腰包慢慢鼓起来了，或是勤奋兼职，或是炒卖股票，反正，蟹有蟹路，虾有虾路。有了钱，人亦渐"潇洒"起来了。

年夜饭上馆子已不是新闻了。据上海八仙集团公司称，下属数间酒家从大年夜至初五的酒席已预订一空，餐饮生意好过往年。

另据一间酒家老板称，前段日子，生意不景气，来者亦大多是公款食客，现时基本是普通市民。其中白领阶层和年轻人居多。

在淮海路上的一间中型酒家橱窗上已醒目贴有"爆满"字样。

去馆子吃年夜饭的上海人想法各不相同。一位少妇告诉记者，他们属双职工家庭有一子，由于工作较忙，没有精力去"买、洗、烧"，花三百元上饭馆吃完便可"开路"，省下时间探亲访友，或陪孩子玩。另一位男士说，与其给老母钱过节忙里忙外，不如上饭店省心，兄弟姐妹"劈柴"，平分饭钱，共奉孝心。

沪上百态

旺季销售不见旺

　　春节前夕，上海商场已见硝烟。以促销为主的展销活动随处

可遇，仅市一级组织的大型迎春商品展览会就有三个。"削价"、"优惠价"、"有奖销售"、"大拍卖"、"跳楼价"等字样到处可见，但助销并不明显。

据称，由于商品丰富，精明的上海人并不会把自己的"房子"当作"储藏室"。宁海东路菜场的一位负责人反映，以往过节，家家要买白鹅，今年问津者少，买排骨亦是三四块一买，吃多少，买多少。

又据一位退休八年的妇女说，由于去年物价上扬过快，一些待岗和退休老人手头更为拮据，看者多，买者少。一些离退休老人到菜场仍为几角钱甚至几分钱讨价一番再买。

奏响"稳定"主题曲

近年来，通货膨胀严重，物价扶摇直上，一贯"只图过得去就可以"的上海人亦怨声啧啧。

政府当局为使市民度过一个祥和的春节，以"稳定市场，平抑物价，安定人心"为节日市场供应的主题曲。

有关方面东奔西走四处采购，南来北往组织货源。商品总体的投放量超过去年。据数字显示，猪肉投放同比增加4.5%，鲜蛋供应增长12.2%，家禽供应增长43.6%，糖、烟、酒、南北货、水果等亦有不同比例增加。

各区县还组织开展"献爱心"活动，对本地区的社会救济孤老，上门家访，免费送上一份节日菜。对买节日菜确有困难的老弱病残居民送菜上门。

为减缓外地民工返乡高峰，安定民工在沪过年，上海三角地总公司组织一期"民工不返家，我为民工筑个家"的菜场送温暖、稳民心销售活动。

宋　健

沪上百态

春宵一刻数千金

秋风渐起，又到了收获的季节。最近一连收到几份出席婚宴的请柬，不少昔日同窗好友纷纷乘着佳期，挽着心爱的人踏上了红地毯。

同学的婚宴，自然要捧场道喜，并奉上红包一封略表心意。按照上海的行情，"心意"少则五百，多则一千甚至更高，代价也真不小。

不过，付出也有所回报。不经意间了解到一个有趣的变化：洞房花烛夜的主题已从古时候的"春宵一刻值千金"，让位于如今的"春宵一刻数千金"。新婚之夜，最令新人兴奋的事是三部曲：拆红包、数钱、展望未来。

都说女人善理财，新婚之夜或许就是她们"精明"生涯的开始。出类拔萃的新娘不但头脑清醒、数钱迅速，初步显示出当家理财的才干，还能巨细靡遗，很快计算得出结论——关于这次婚宴的投入与产出，以及获得的盈利，甚至今后的投资、消费方向等。

有人描绘了一幅洞房花烛夜的美丽画面：在朦胧、浪漫的情调台灯旁，幸福的新人像是秋天的松鼠，快乐地守着一大堆坚果——至少一百，多则数百封红包，在大红的被面上熠熠生辉。新人的笑容原本在摄像镜头前掏空了，满脸疲惫，这时重又焕发出丰收的衷心喜悦……

"没有钱是万万不能的"——这绝不仅仅是拜金主义者的心声，几乎每位新人都会发出如此感叹。近年来，结婚费用节节攀高。在上海，共筑一个爱巢没有七八十万几无可能。这对工作仅寥寥数年的年轻人来说，实在是个不小包袱。于是，通过广邀亲朋好友参加婚礼，收受红包成了转嫁经济危机的捷径。

自古以来，婚宴有两个要素：一是联络感情，扩大社交；另一就是在经济不发达情况下，作为自发的援助方式，亲朋好友自愿送点钱财。如今，这种自愿似乎变了味。有人开始质疑"朋友就是财富"的古训，有人将收到的"婚礼请柬"比作是"罚款通知书"。当然，更多人将此作为人情投资，"质疑"只是为图一时之快，背后发发牢骚而已。现在，结婚送礼的内容越来越丰富，除了红包，还有送金银首饰，送福利彩票的等等，不一而足。而最近一则有关国外保险公司打算将"爱情险"作为抢滩中国家庭大市场主打险种的传闻，更是让新人和怀揣请柬赴宴的人们多了一种选择。

在国外，夫妻结婚二十五年后不离婚就可获得一笔不菲的奖励，这绝非天方夜谭。在英国，约二成的新婚夫妻投保了这种爱情险。传闻入耳后，上海的不少新人颇感兴趣，纷纷表示：花钱买约束，双方心里都踏实。

"圈钱"成功了，爱情"保险"了，春宵中的新人们一定会更加地甜美、幸福。

茅　杰(2001.10.6)

票子 面子 车子

电话那头朋友张先生说起新买的车，想像得出他是如何眉飞色舞。前两天，他刚开着心仪已久的座驾"赛欧"美滋滋地回家。

张先生夫妇均是证券公司的工薪族，月入共达万元。张先生怀揣驾驶执照已有三五年，早想有辆自己的车了，去年上海通用赛欧轿车一下线，看着照片和介绍他们眼睛发亮，一商议马上就去预订。

只要看看那些靠在漂亮轿车旁大摆甫士的老照片，就可明白拥有自己的轿车对数十年前的上海人而言，这是一个遥不可及的梦。轿车，至今在相当大的程度上，仍是财富、权力、身份的象征。

据调查，上海七成家庭在今后五年内想买车。"衣食住行"，排

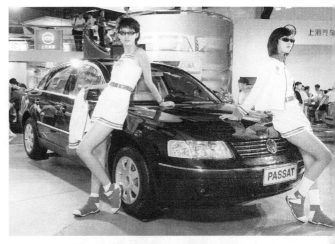

也该排到"行"的改变了，而且能拥有自己的车，何等的颜面光彩。就像80年代黄金重开买卖以来，穿金戴银，无疑是一种美，更是一种财富的象征，上海黄金消费多年来位居全国第一。黄金首饰还是衣饰的一部分，后来"食"也改善了，"天天像过年"。住房难也逐步缓解，上海的楼市这两年分外红火。该轮到行，轮到买车了。

每两年举办的上海车展，是上海市民尤其是车迷争相议论的一大盛事，观众更是摩肩接踵。昨天开幕的第九届上海国际汽车工业展览会，万商云集，规模五万平方米，远超以往各届。今次车展有史以来首次实行观众购票入场，

主办方说，这是为了限制入场人数，保证安全。尚未开展，求票的人已让主办方招架不住。车展热，不就是预示着私人购车热流的涌动？

国产"家庭轿车"无疑是本次车展的最大亮点，除了上海通用的"赛欧"，还有夏利、羚羊、北斗星、英格尔、吉利美日、风神蓝鸟、悦达，各款"家轿"竞放光彩。

价格大多在十万以内，有的只有四五万。应该说，上海大多家庭买四五万的车都是力所能及的，可是否都能心动掏腰包呢？

看来并不太乐观，除了在性价比、质量等方面可能离期望值还有距离，"买得起用不起"更是让上海人欲购还罢的一大心病。只要车子一上路，保险、燃料、养路费、泊车费，名目繁多的收费就在等着你，且开价不低，谁让你买得起车有钱呢。票子还不多，面子要，经济利益也不能不要，那就再等等吧。

这就出现了一个怪现象，尽管家轿市场的购买力厂商心知肚明，却不期然地还是高价车旺销，低价车价格一路下滑，却仍然难有起色，车市还是面子和票子的市场。

票子会有的，车子也会有的，面子嘛，对真正富足的人而言，就并不那么重要了。改善生活环境，改善生活质量，才是上海人最期待的。

沈林森(2001.6.19)

上海消费新热点：租人

这几年，租赁业在上海越来越红火了。从租房、租车到租电器、租家具，租赁的形式为人们省下不少的时间、金钱和麻烦。

眼下，租赁的内容已经从"物"延伸到了"人"，出租"专业服务"正在成为一个热门话题。

家庭请客，可以"租"个厨师，这种专业厨师上门服务的行当炙手可热。住在浦东的王女士家这

天宾客盈门，桌上摆满了凉菜，"租"来的厨师正在厨房里忙活。王女士搬家已经两年了，还没有请朋友到家里来吃过饭。一次在朋友家聚会，才知道有提供上门烹调服务的公司，所以就打了个电话联系。饭后，王女士称赞道："菜烧得不错，价格也比上餐厅便宜不少，最关键的是，人轻松了许多。"

率先在上海推出这种上门烹调的佳宴餐饮服务有限公司经理庄先生介绍说，客户只要打个电话，就可以根据公司提供的菜单点菜，从买菜到厨师上门制作烹调，包括一次性餐具以及饭后的清洁工作，全部由公司一手包办。主人尽可以在家陪客人谈天说地，而不必忙着做饭冷落了客人。

这家公司从1997年4月开业，到目前为止，已经为几千家居民提供了服务，而且订量还在不断上升。从公司发放的质量跟踪表和对客户进行电话访问的情况看，客户对公司提供的服务普遍感到满意。庄经理说，下一步计划是扩大规模，开设网点，加大企业形象宣传。

家政服务业其实也是租赁业的一种形式，尤其是时下十分盛行的"钟点工"。在上海，由于家政服务员的主要工作是"买菜、烧饭、洗衣"，因此被上海人亲切地称作为"马大嫂"（买、汰、烧）。据提供劳务中介服务的百帮公司朱先生介绍，家政服务行业还未能进入专业人才交流市场，目前从业人员一般以上年纪的妇女为主，能吃苦耐劳，但所能提供的服务内容比较简单。现在，一些经过专门训练、持有家政服务证书的涉外"星级保姆"已经出现，走进

了上海数以千计的"洋家庭"。

上海高层建筑早已过千，这些大厦需要清洁人员来为它们"洗脸"，因此专门"出租"专业设备和经验丰富的从业人员的大楼清洗公司也就应运而生了。

还有专门"出租"会议司仪和接待人员的公关公司，"出租"家庭教师的"家教中心"，"出租"婚礼司仪和摄像师的婚礼服务公司等。上海与人有关的出租业可谓形形色色，五花八门。

随着市场经济体制的逐步完善，时间、技术技能，甚至好的点子、主意，都具有了商品性而成为服务贸易的重要内容。服务行当是社会发展的推进剂，而这些出租专业服务的行当由于资本、技术进入壁垒低，更为劳动力的大量进入提供了便利条件。

另一方面，随着城乡居民收入水平的提高，上海居民的服务费支出增长迅速，除了服务费用的上扬，经济条件逐渐改善的上海人越来越乐意花钱买"服务"，也是服务业迅速发展的重要原因。随着对服务产品的市场需求不断扩大，这些提供专业服务的行当会在国民经济中扮演越来越重要的角色。

方　圆(2001.2.26)

沪郊农村渐城市化

对大多数农家来说，住楼房、吃时鲜、穿漂亮、用家电，已是几年前就普遍的事了。如今，随着农村经济富裕，农民手里的钱更多了，不少人花钱买舒服，日子过得越来越"潇洒"。

农家雇保姆

上海郊区松江县泗泾镇农民阿根，自小父亲去世，母亲为了养活十岁的阿根和八岁的小儿子，进市区一户人家当保姆。斗转星移，一晃几十年过去了，阿根兄弟俩早已成家立业，生活富裕。阿根为了让老母和自己摆脱冗繁、琐碎的家务缠绕，出钱雇了小保姆。

在一家中外合资企业当业务员的龚某，妻子是乡办厂的会计，两人时常出差，女儿在家无人照顾，于是请来了小保姆代劳家务。下班回家，早已有热饭热菜侍候。据了解，沪郊农家雇用保姆，大都是种田大户、饲养专业户、小加工场业主等，也有的是家有老人、病人需要照料、服侍。农民说，这就叫"花钱买潇洒"。

村女添颜色

这些年，富裕起来的农家，过量的营养摄入，使许多农家女产生了新烦恼。看看自己的丰腴体态，一副"富贵相"，为此而忧心忡忡。于是看报纸、找杂志，知道了练健美能使女性保持柔美苗条，相约参加健美培训班，上课专心听讲，训练风雨无阻。大多农家

女，比较注重的还是面部美容，争读美容书籍，交流美容技巧。所以，农村各类化妆培训班，也成为农家女热衷的去处。近年来，沪郊还办了不少舞厅，ＫＴＶ包房，生意越做越旺。每当华灯初上，打扮得漂漂亮亮的年轻人，结伴而来，跳舞、唱歌，自娱娱人，已不是都市青年人的专利。

细心观察，沪郊农民的"生活潇洒"不仅仅停留在表面形式。尤其是年轻人，开始注重为自己创造一种高雅的"生活氛围"，"居室文化热"于是在沪郊农村悄然而生。

居室文化热

松江县花木场一女青年，学得一手栽培、嫁接、造型的娴熟技术，又钟情于插花艺术，经常去市区花店、宾馆观摩插花艺术造型。如今，在她那间独居的"闺房"里，特地辟出一个"插花角"，经常变换着各种插花艺术造型，自我欣赏，认为这是一种享受。沪郊五四农场，建造了近百幢粉红、淡黄、天蓝色的三层小洋楼，卖给职工。住进了城里人都没有的别墅式小洋楼，许多年轻人喜滋滋地用书画装饰客厅，在一面墙壁布满各种艺术品，使舒适的小家充满了文化艺术的气息。

在沪郊农家出现的"居室文化热"中，不少爱好者收集青瓷、景泰蓝、根雕艺术、海螺、贝壳、古玩等等。

尚　央(1994.4.22)

"急吼吼"与"笃笃定"

中国入世，上海无疑成了世界瞩目的焦点，各世界跨国巨头更是在中国的桥头堡——上海，加快了投资步伐，纷纷设立研究和发展中心。目前，已有四十多家跨国公司在上海设立了研发中心，其中在最近一个月之内"突击"成立的就有五家。

日前，IBM和上海交大合作成立新e代信息技术中心，拥有百年历史的雀巢集团最近在上海开张了设在中国的首个研发中心，比尔·盖茨则在不久前宣布把上海的微软亚洲研发中心升格为全球研发中心，阿尔卡特在和上海贝尔合并的同时承诺将创办全球的研发中心，在上海投下三十多亿美元的德国拜耳公司也在浦东设立了聚合物技术中心。

如此多的跨国公司"急吼吼"地调整投资策略，无非是利字当头。在如今全球经济一片疲软的背景下，中国却呈现出"风景这边独好"的态势，特别是如今中国已经加入了WTO，融入了世界经济的大家庭之中，以后在中国投资风险将大大降低，潜在的经济利益不可估量，而上海是目前国内的经济、贸易、金融中心，抢占了上海，无疑就可在中国市场上"居高临下"，所以也就难怪外国的"大亨"们如此急不可耐了。

老外兵临城下，来势汹汹，既挟着大把大把的美金，又有着丰富的市场经济经验，看来本地企业真的要面临考验了。

或许是中国入世的过程太曲折了，"狼来了"的喊声不知道叫了多少遍，等到"狼"真的来了，我们的心态已经疲掉了，当本地企业还沉浸在一年能造多少吨钢材，能出多少辆汽车时，洋人却已悄悄地调整了投资策略，由过去的投资制造业转向开发"脑力资源"，他们的眼光投向了上海的软环境优势。

经过多年的发展，上海劳动力价格的优势早已不很明显，但丰富的人才资源，发达的交通网络，畅通的信息交流，上海却是翘楚。将这些优势整合起来，为企业的发展提供后劲，远比投资一个制造业项目及重要，也更能体现上海的优势，更能为抢占中国市场提供动力。

反观本地企业，不是"木知木觉"，就是在苦等上头的政策，这种麻木不仁、准备不充分或是"笃笃定"的模样很令人胆寒。中国入世后，国内企业如何"与狼共舞"

是个大难题，国内各方都对上海寄予厚望，希望上海能成为主力军，应付入世后面临的各种困难，但这需要付出很大的努力，尤其是上海企业更要打起十二分精神，迎头赶上世界潮流。

张　明(2001.11.15)

"美国邮局" 搁浅上海滩

宝驿是上海一家普普通通的私营企业，号称是美国"PostNet"公司直接授权的中国大陆地区总特许人。去年末，该公司因超越经营范围，进行信箱出租、收取平信、包裹单、EMS快件等业务，违反了《邮政法》和《商业特许经营管理办法》的有关规定，被上海工商管理局依法查封。惩处"挂羊头、卖狗肉"的非法行为，从法律角度看，毋庸置疑。可耐人寻味的是，宝驿公司的几位客户在接受当地媒体的采访时，对宝驿的服务质量赞不绝口。而事实上，只有十几平方米经营面积的宝驿公司的邮件传递生意一直不错，每天的经营额都在三千元左右。

上海的邮政部门在"除宝驿而后快"的同时，是否还有其他的感受？但对消费者来说，宝驿不错的经营业绩至少反映出上海老百姓对时下一些垄断行业强烈的不满情绪。效率低下、服务低劣、浪费严重、人浮于事、成本过高，这些一度是垄断行业在上海老百姓心目中的形象。究其根源，我想可用一句时髦话来说明：都是垄断惹的祸。

在短短的十年时间里，中国的电信网络规模就已超过日本，直逼美国。在取得辉煌成就的同时，电信却被人称为"吸血鬼"、"人民的公敌"等等。

好在我们已经进入了信息化的时代，外部高科技的力量正在对电信行业产生出强烈的冲击。互联网技术的飞速发展，对上海的IDD和DDD业务影响巨大。IP电话每分钟只有三毛钱，Internet电话，一小时的国际长途，所需费用仅是一小时的上网费用加上市内电话费，按现时的标准，只有区区十元人民币而已。上海的电信已经无可避免地、无可奈何地卷入了长途电话的价格大战。

在最新的电信资费调整中，迫于外部压力，电信行业对IDD和DDD的费用作了较大幅度的下调，但对于和上海市民利益最相关的固定电话费，电信部门利用自身的垄断地位，费用不但没有下降，事实上还涨了不少。

中国入世的大门即将打开，上海的各行各业也正未雨绸缪，垄断行业也已经明显地感受到了"山雨欲来风满楼"的气势，这

也充分说明了这一点：想让垄断行业的经营者彻底改掉"大爷"作风，让消费者真正体验到上帝的感觉，只能靠这两个字：竞争。

张　明(2001.1.23)

兔子爱吃窝边草

留一块青草地在窝边，以备不时之需时救济一下，这是兔子的生存之道。然如今不少上海人专门盯住身边的好友或者家人同学，喜欢和此类人做生意，尤其在保险、传销等行业中不乏个中高手。

保险行业竞争太激烈，"跑街先生"们自感做生意太吃力，一个在保险界通用、效果又非常好的方式就是不断招兵买马。这样做的一个好处是不断输入新鲜血液，而刚招进来的"菜鸟"大多有七大姑、八大姨，等到这些资源耗尽，大部分的"菜鸟"是无法再去开发新的客户，运气好的还能呆在公司，大部分是要走人的。如此不断反复，公司的客户就会成倍增加。

爱吃窝边草的现象在保险界是最为典型的，但不是独有的，在其他一些领域也存在类似情况，比如开口向朋友借钱又坚决不还的、结婚时不管认识多久就下"红色炸弹"的等等。有人甚至将此等现象作了一个归纳总结，称之为"朋友走动、资金滚动、效益带动"。

朋友亲属之间交往，彼此间来个互帮互助，这很正常，但是眼睛只盯牢对方的皮夹子或者好位子，用得到时是朋友，得益之后就拍屁股走人，这也是司空见惯却又是不正常的事情。

以前上海人用稻草袋包装名贵的工艺品，外界斥为"经济意识不强"。如今的这种"爱吃窝边草"的现象，却是走向了另一个极端，这种经济意识"不断增强"的表现

是悲还是喜，在功利主义盛行的今天，值得思索。

"爱吃窝边草"的流行使得朋友间的交往显得很功利，彼此间无法用真诚和真心换得愉悦感，但这和这座城市处在经济改革潮流中是密不可分的。

最近有报道说，上海人的"走亲眷"意识正在不断淡化，取而代之的是社区间市民的友好交往和交流，探究个中原因，上海人的"爱吃窝边草"不能说是绝对因素，但也应该是个重要因素。"远亲不如近邻"是句老古话，但出现"近亲也不如近邻"的情况绝对是个怪现象，因为快节奏的现代社会更需要亲情、友情和爱情的滋润，这也体现了社会文明真正的进步。

张　明(2002.7.18)

高楼大厦透出小家子气

曾有上海人去欧洲一游，回来后直喊没劲，说是欧洲的高楼还不及上海多。上海近年来无数高楼大厦乃至超高层拔地而起，造型各异，七彩纷呈，着实令人眼前一亮，这颇让阿拉上海人有些个自豪。

这些大楼挨个看上去，的确称得上漂亮，高大堂皇，很有些富贵气，显示出主人的气派。看多了，却不免让人觉得缺了些什么。

信步走过"万国建筑博览会"的外滩，各幢大楼一字排开，有的挺拔，有的宽厚；有绿色的尖顶，有灰色的圆帽；有的厚重，裙墙是一块块粗重的未经雕琢的花岗石，有的雅致，镂刻着细致繁复的洛可可图纹；有高潮，有低谷，跌宕起伏，犹如一曲优美的交响诗。或

许，这就是有个性、有对比而又和谐的魅力。也曾经激赏过上海火车站花岗石广场的大气，一色的大石板，不事雕琢，就像男人的服装，质地一流，却又不刻意修饰。

而近年新起的大楼，印象中外墙无非是玻璃、铝合金、磨光花岗石当家，用材雷同。虽然形状不同，风格上却如出一辙。

任何艺术，都是由多种风格多种形式组成，尤其是在这开放的多元化的社会。音乐有高雅的古典乐，有通俗的流行曲，也有节奏强烈的爵士乐。人们欣赏的，不光有交响乐，也有协奏曲、小品；要有高亢明亮的花腔女高音，也要有浑厚沉稳的戏剧男低音。建筑艺术同出此理。

上海地价高，楼往高处长，无

可厚非。但在风格上，本人以为这么多建筑设计师恐怕不太会"心往一处想，劲往一处使"，那就只能是因投资者、业主的审美心态所致了。建筑上的风格趋同和花哨，会隐隐透出一种浮躁的斗富心态，有小家子气之嫌。

上海的服装，流行的步子迈得很快，名牌意识也浓厚起来。但一味追逐流行，不免千人一面。要是矮胖女人挂吊带肚兜，粗腿箍一袭超短一步裙，那是很有些滑稽的。紧衣窄裤曲线毕现，固是一种美，宽袍大袖长裙飘逸，也是一种美。一味追逐名牌，也使街头假冒名牌泛滥。有质料低劣的"范思哲"，也有线头杂乱的"ESPRIT"。

建筑是城市的衣饰。从众和浅薄是建筑艺术的大敌。上海的石块弹格路现在据说全要被平整的水泥路代替，不知该悲还是该

喜。欧洲建筑大多不高，也不华丽，但有个性，让人回味。美国人在建筑、器物的造型用料上，追求一种闪光的感觉，欧洲人对此是很有点瞧不起的。日本"无印良品"的兴起，可能也反映了真正富足后的心态，不唯名牌，不炫耀。

外滩有幢中国银行大楼，通体花岗岩垒起，厚重而又挺拔，多少年来一直是上海的标志性建筑，图案曾出现在无数的产品上面，尤其是历史文化积淀，更使她身价不凡。但与之同名的一家银行却宁愿花大钱另起新楼，而不愿以同样的资金置换入驻，原因据说是楼是老楼旧楼，设施又落后。人各有志，不能勉强，但实在令人忍不住要大呼遗憾。手头还有个例子，罗康瑞在上海市中心将一大片传统的石库门房子正予以改造，内部设施装修一流，外观又保

留原有的青砖黑瓦的韵味。这样的楼房，身价恐怕不是那些大同小异的高层酒店可望其项背的。据悉，已有不少大款争相打探，租售前景十分看好。可见，真正有个性的建筑风格才能博得人们青睐。

诚然，规划部门在城市建设的布局上、建筑的密度和高度上责无旁贷，尤其是主要景观区域和涉及天际轮廓线的群筑群体，要高低结合、错落有致，精巧粗犷搭配，既对比，又和谐。这里，建议规划部门是否可请画家、艺术家参与？可是，就建筑风格的多样性而言，投资者心态的改变和素养的提高，可能是一个更为迫切的课题，这就是，心态上少些浮躁和炫耀，审美上多些底蕴和大气。

上海有着海纳百川的传统，相信，今后会有更多大气的、风格多样的优秀建筑出现，如博物馆，如大剧院。

沈林森(2000.8.15)

上海缺的只是水吗？

　　一连数天，申城都笼罩在绵绵细雨之中。漫天飞舞的雨丝，让上海人颇感不便，心情也多少有些糟糕。但更糟糕的是，上海不得不面对这么一个残酷的现实：已被联合国列为本世纪全球饮用水严重缺乏的六大城市之一。

　　上海，你真的缺水吗？

　　从地理位置和城市供水状况看，上海北临长江，黄浦江、苏州河穿城而过，城乡河道纵横，天然水量可谓足矣。至于自来水，近年来投入百多亿元新建、扩建、改建了一大批水厂设施，供水能力达到了七百二十万立方米，超出日常用水需求量约四成，在世界大城市中位列前茅。

　　但上海并不能沾沾自喜，如下数据让人多少有些汗颜：人均拥有水资源一千零四十九立方米，仅为全国平均值的40%、世界的1/10；人均可用水二百立方米，甚至还落后于北京。

　　正如专家所言，上海真的已有了"水质型缺水"的隐忧。大量排污导致河道普遍污染、过量开采地下水、人们节水意识薄弱等都是缺水的主要原因。

　　上海，你缺的难道就只是水吗？记得去年夏天用水高峰时，上海有关部门暂时提高了用水价格，立刻有不少单位改用污水浇灌绿化。抛开污水浇灌造成的冲天臭气暂且不论，经济杠杆的作用由此可见一斑。在如今一吨自来水的价格还不及区区一瓶矿泉水的时代，要主动地节约用水，对上海人而言，经济上的动力似乎不够。

如果说上海人缺乏节水意识，我不敢苟同。这些精明的人们有着"节水"的"优良传统"，几十年来，想出了许多锦囊妙计。比较典型的画面是不少上海人的家中都有一个大脸盆，置于终日拧开的水龙头下方。仔细观察这水龙头，拧得真是恰到好处，既可细水长流，又不至于让水表指数攀升。仅仅这样一个水龙头，每年就能"节约"三十六吨自来水。

上海人的"节水"意识，夹杂了太多的私欲，太多的小家子气，而并非一种强烈的社会责任感，非一个人成熟的文明意识的驱使。惦记自家水表的指数无可厚非，但更要关注上海的水、全国的水、乃至地球上的所有水。

水，尽管非常需要，但更需要的却是一套科学的管理体制和机制，一种全民的素养以及由此而产生的认知水平。

以往，人们是缺什么就珍惜什么，现在看来，这种看法已过于简单浅薄。不管是可以看见的如水、空气、林木以及野生动物，亦或是难以量化的如文化、传统以及民族利益等，与其等到未来付出巨大的代价来保护，且未必能回天有术，还不如从现在做起，从我做起。

茆　杰(2001.2.8)

韦唯失声与吃客黑遁

看上去，题目中的两件事风马牛不相及，可是只要你愿意，就能把它们联系在一起。

近日，沪上一家报纸上有这样一则报道：本来计划在上海大剧院举行的韦唯独唱音乐会，因为韦唯的突然失声而将无法进行。票已经卖出，几小时后计划中的音乐会就应开演，怎么办？上海广播交响乐团、著名美声歌唱家廖昌永、著名钢琴家许忠等应邀临时救场，为观众补献了一场高质量的文艺节目。

让人感动的是，当主持人宣布当晚节目变更时，全场观众表现得十分理解和宽容，无一退场且毫不吝啬自己的掌声。

有趣的是，这页报纸的背面，又为我们讲了个完全相反的故事。

入夜，上海浦东一家火锅城突然停电，餐厅的三个楼面漆黑一片。几分钟后，照明恢复，可原本在用餐的二百多吃客早已无影无踪，留下的是上万元未付的账单。曾有吃客向出面解释的服务员说："我们不向你们索赔精神损失费已经是非常客气的了！"

把"韦唯失声"和"吃客黑遁"联系在一起的，决不仅仅是它们刊载于一页报纸的两面。或者换个说法，它们的所代表的分歧，也决不是分处一页报纸的两面那么简单，那是人生态度的不同。

其实，大剧院的观众是有权退票的——你所提供的"服务"（表演艺术也可称得上是精神服务吧）与我"订购"的不同，我当然可以拒绝。

或者，黑遁的吃客们也是有权 "索赔" 的，毕竟黑灯瞎火，万一吃进去个勺子也挺危险的。

可观众们留了下来，带着宽容和理解，欣赏艺术家的演出，愉悦了情操；吃客们一哄而散，留下未付的账单，满足了肚肠。

这里并没有把情操和肚肠一分高下的意思，只不过，不一样的选择给人造成了不一样的印象。

我们讨论市民素质提高的问题，也有很久了。从呼吁遵守交通规则到倡导良好卫生习惯，从来都是要求上海人主动地去 "失去" 些什么。可这次是有些不同的，这回的问题是，作为权益受到损伤的一方，应该抱着什么样的态度去对待。

我们期望的是宽容与理解。

宽容与理解并不意味着是非不分的乡愿，它所表现出的是一种平和的心态，大度的气质；宽容与理解也并不代表对权益受损的懦弱无能，能够宽容的人是因为他有宽容的资本。

细细想来，不肯宽容和理解的背后还藏着两个字—— 浮躁。

浮躁使人不能心平气和，对别人的错愆，对意外的失误。

城市是人的集合地，人的生活态度构成了城市的生存态度。上海以成为国际化大都市作为发展目标，海派文化也一直以自己的兼容并包为骄傲。可是这座城市想过没有，不浮躁是建设过程中应有的态度，宽容和理解是海纳百川必需的气度。

前一则报道中这样评价：这 "体现了上海大剧院观众的良好素养"。

的确，玲珑剔透的上海大剧院，和许多或宏伟或典雅或新或

旧的建筑一样，令上海人引以为豪。每每身处其中，总让人不由自主的端敛行止。它们给这座城市的居民带来了美好的视觉感受和宜人的艺术熏陶，对市民素质的提高也不无助益。可我总觉得，如果单单把"大剧院观众"从上海人中剥离出来，平空迫人生出"艺术殿堂"的神圣之感则未免有些附会。

另外，也并不是所有的顾客都走了，有一对母女留了下来等待结账，她们说："吃饭付钱，天经地义。"

想起孔子称赞弟子颜回生活清贫而"不改其乐"。这种不假外物的自然流露，才是我们所应当期待的吧。

高　亮(2000.8.17)

尴尬的发票

在我的印象中，香港人无论做人还是做事，认真是出名的，但几个月来遇到的一些事情，却又叫我产生"怀疑"。因为某些地方香港人的马虎也叫我有点吃不消。比如，香港人开的发票就是出奇的简单和随意。

由于工作关系，我经常要到邮局买邮票、到文具店买办公用品、到书摊买报刊杂志、到照相馆冲印照片等等。因为这些东西都是公家用的，我一般都要求商家开发票，以便回去可报销。尴尬的是这些发票十有八九是不能在上海公司报销的，因为这发票太马虎了，说是不符合上海财务制度。每次回上海报销，都要为了发票和他们解释，甚至要想其他办法去弥补。

我知道上海对发票的管理是很严格的。因为有一些人专门"喜欢"钻发票的空子，上海开发票必须要写大写数字，而且好多发票都是统一印制的。前几年开始就连单位支票的日期也规定要大写，为的是堵住发票的漏洞。

香港用的是繁体字，初来乍到是让人感到有点不适应，时间一长却也有点"喜欢"看繁体字了。但香港人开发票却都是简单得不能再简单的阿拉伯数字，而且好多发票也不是统一规格的，大小不一，五花八门，随随便便的。

前不久有位香港人到上海去办事，因为他此行是给上海一家公司"牵线搭桥"，所以事先说好，来回机票由上海方面负责。他订的是双飞票，香港订票处给他一张发票。尽管我没有看到这张发票，但我可以想像出这是一张怎样的发票。果然他拿着这张发票到上海去报销时，上海公司的财务说这发票上海不能用，一定要凭机票才好报销。而他手中的机票还要飞回香港，因此只有等回香港后再把机票寄回去，或者以后有机会到上海来再解决。

本来也是很正常的，尽管有点麻烦，心里也有点不舒服，但也是没办法的办法，因为不能违反财务制度。再说这个香港人一时

三刻也不缺这点钱，晚几天就晚几天，没什么大不了的。问题是他这次上海之行业务谈得不是很顺利，他以为是上海人借机故意刁难，因此闹得很不愉快。

他说在香港从来没有碰到过这种事件，这发票为啥不可报销？香港公司都是凭这种发票报销的，就你上海这家公司特别严格？他很不高兴地对我说，这家公司不"上路"，说话不算数。俗话说"买卖不成人情在"，当初去的时候就说好可能不会一次就成功，就他们这种"势利眼"态度，以后谁还敢和他们有来往？尽管后来我对他耐心解释，他好像有点理解。尽管此事最终还是"圆满"解决，但他心中留下的阴影是难以消除的。

一张小小的发票闹得双方有误会，又差一点闹僵。这是谁也想不到，谁也不希望看到的。仔细想想双方都有道理，都没有错。如果真要责怪的话，那就是开这张发票的人。但也有点说不过去，香港人都已约定俗成，他们的发票就是这个样子的，能不能报销是你们的事。当然，假如你到香港金店去买珠宝的话，那里的发票就正规多了。看来，发票事虽小，里面还是有许多名堂的。

丁建平(2001.12.7)

上海的生态热

新闻需要有热点来炒作，当悉尼奥运会曲终人散后，上海的各大媒体除了有关审议本市"十五"计划及欢迎沪籍奥运选手凯旋等报道外，一切渐渐趋于平静。

但在这风平浪静之中，却又溅起两朵不小的水花：国家决定停止在"北大荒"开荒和首届全国动物运动会。停止开荒与召开动物运动会，似乎是风马牛不相及的，为何能同时吸引挑剔的上海媒体和市民的注意力呢？一言以蔽之，源于上海人日益强烈的生态意识和对回归自然的渴望。

"北大荒"三个字，上些年纪的上海人是再熟悉不过了。新中国成立后，为了解决四亿人的吃饭问题，大批的上海知青义无反顾地离家北上，与来自全国各地的数十万城市青年和转业官兵一起，开垦了二百万亩的商品粮基地。他们中的一些人，后来索性在"北大荒"扎了根，现在，每年从这儿运出的粮食高达六十五亿公斤，可供香港和澳门的总人口吃足足四年有余。

但过度的索取也激怒了上苍，如今，"北大荒"所在的三江平原，湿地面积已缩小了60%。丹顶鹤、东方白鹳等濒危水禽和多种候鸟被迫迁徙他乡。为此，中央政府决定停止"北大荒"垦荒，以保护好现存的上百万公顷湿地，并计划在三年内对十八万公顷不宜耕种的耕地进行退耕还林还牧。

前些天，上海媒体采访团前往"北大荒"，发回的诸多报道中，除了介绍在当地落户的上海人的情况外，主要集中于保护生态环境、停止垦荒之上，由此引发了此间一场新时代"北大荒"精神的讨论。

再来说说动物运动会，最近在上海野生动物园举行的首届全国动物运动会，引起了巨大反响，此间各媒体发表了大量的文字、图片和影像资料，每天前往观看的游客也轻松突破了万人。

狗熊赛车，猕猴爬竿，猎豹跳高，鸵鸟竞走，大象拔河，小狗跨栏……动物选手精彩而滑稽的表演让众多游客忍俊不禁。但仔细想想，此间吸引人之处更在回归自然的氛围。

在这儿，游客置身于车厢里，而动物们则自由自在地随处游荡。你可看到长颈鹿伸长脖子迎接游人；大象温和地向游客致敬；奔跑最快的动物——猎豹迅猛地猎杀小

动物……

在步行区，还有来自澳洲的袋鼠，亚洲的梅花鹿，非洲的节尾狐猴，南美洲的金刚鹦鹉等众多温顺的动物与你亲近；有经过驯养的狮、虎、熊、豹、大象等十余种动物与你合影；甚至还可以到动物幼儿园里抱抱可爱的宝宝呢。

与地处市中心的上海动物园相比，野生动物园位于市郊，且动物的品种也不如前者丰富。如此多的游客（每年仅从自江苏、浙江的游客就达六十万人）千里迢迢纷至沓来，看中的正是这里"回归自然，人与动物和睦相处"的旅游特色。

野生动物是与我们共居地球村的左邻右舍和朋友。然而，长期以来，人类为了满足自己的过度贪婪进行的疯狂猎杀以及与近代工业文明生之俱来的污染，使野

生动物赖以生存的家园受到了毁灭性的破坏。更有甚者，我们认友为敌、用枪弹、毒药对付这些可怜的生灵，把它们推向灭绝的边缘。

目前，在我国就有四百多种野生动物处于濒危和处于受威胁的状态。殊不知，断送朋友便是毁灭自己，人类也正一天天把自己的生存后路堵死。

对人类来说，许多野生动物极具经济价值、游乐观赏价值、文化和美学价值、科学价值、生态价值。仅以生态价值而论，野生动物是整体生态链中不可缺少的一环，它们的消亡将会使这一链条松动，可谓"牵一发而动全身"。野生动物群走向濒临灭绝的边缘，将使生态系统的平衡遭到破坏，人类的生存环境也必然受到严重影响。因此，从根本上说，保护野生动物，最终就是保护人类自己。一旦野生动物在这个星球上消失，那么人类的绝迹也就不再遥远了。

近来，不仅在上海，在全国各地都兴起了生态热，这看似偶然，其实却是经济和社会发展到一定程度的必然。前些日子在内蒙古采访时，当地人曾告诉我这么一个有趣的现象：解放初，内蒙古百废待兴，当地的狼群经常越境到苏联、蒙古等国觅食；如今，却是对面的狼群"非法偷渡"前来"改善伙食"，而且一来就乐不思蜀。

随着社会经济的发展、生态热的升温以及《野生动物保护法》等法规的实施，相信不久，开荒将不再是一种光荣与时髦，历遭磨难的野生动物不再朝不保夕，我们共同生活的地球，也将重新变得和谐与安详。

茅　杰(2000.10.19)

上海人到"乡下"定居

如果你是初次到上海，在城市的郊区有可能会听到这样"奇怪"的对话："你这是去哪里？""我到上海去。"其实，这里的"上海"，专指上海市中心那数十平方公里的繁华商贸区，从这日常对话中不难体会到上海人心目中的城乡差别。

长期以来，上海中心城区的许多市民一直以"正宗上海人"自居，对农民甚至哪怕是城郊结合部的居民，都多少流露出些许不屑一顾的鄙夷气息，虽然事实上上海的根正是在城市的郊区。

而如今以后，越来越多的"正宗"上海人将有计划地去"乡下"定居了。在不久前举行的市人大会议上，市长徐匡迪宣布，城市今后的发展重心将从中心城移至郊区，她的主要发展空间为沿江滨海城镇及产业发展带、郊区的新城和中心镇以及崇明岛三大板块。其中，"十五"期间上海将致力于实施郊区城市化，重点加快进行郊区新城、中心镇的建设，把一百至二百万的市区高、中收入人群迁往郊区定居。

"十五"期间，上海的设想是在市郊重点发展松江新城以及安亭、高桥、朱家角等九个中心镇，让中心城区的市民自愿下乡。并在2020年使上海成为由一个中心城区、若干个二十万人口以上的新城，以及二十多个五万人口以上的中心镇等构成的现代城市群。

如何让"上海人"自愿下乡呢？市长徐匡迪自有办法。他说，实施郊区城市化是经济发展的必然趋势。关键在于提高市郊城镇的基础、交通、公共等设施的建设标准和管理配套水平。以"汽车城"安亭镇为例，有许多家住市区的居民在当地的上海汽车工业集团总公司工作，他们拥有较高的收入，且多数配备了私人轿车，如果各项措施到位，让他们卖掉市区的住房，用同数额（甚至更少）的钱在郊区买一套别墅居住显然是再高兴不过的了。

不过，借鉴国内外城市、地区的建筑风格和管理方法，因地制宜地塑造城市的特色至关重要。否则，就好比是以往造农民新村一样，"70年代盖二层的砖瓦房，80年代贴上马赛克，90年代加个欧式的屋顶"，换汤不换药。为此，上海新城和中心镇的建设将采用国际招标的方式。目前，汉堡市已竞标成功，他们的方案是采用类似德国中小城镇的模式建造安亭"汽车城"，而荷兰也将主持浦东外高桥保税区"高桥新城"的设计。

在内部的座谈会上，市人大代表、上海市社科院社会研究所所长卢汉龙教授和徐匡迪市长就"城乡一体化"和"郊区城市化"进行了探讨，并达成一致："郊区城市化"模式，实质上就是"城乡一体化"的模式。卢汉龙告诉记者，有关研究表明，当城市的人均GDP不足五千美元时，人口是向市中心流动；而当人均GDP突破五千美元后，人们就应向郊区分散。西方发达国家的许多城市，在经历了工业化、城市化后，也已步入了郊区城市化的进程，首先是社会上层，接着是中产阶级。因此，"上海人"去郊区定居并非社会的退步，长期以来形成的"城市化"就是"现代化"的习惯思维必须改变。

上海人常将自己生活的这座城市称为"大上海"。何以为"大"？看来，绝不能再蜗居于区区数十平方公里内了，上海人，到"乡下"去吧。

茅　杰(2001.2.18)

上海人的书房

上海过去一直住房拥挤，一家两代、三代人挤在一个单元房甚至一间房里都不足为奇。那时候不要说有一间书房，能够拥有自己的一张书桌，在每日喧嚣之后的夜晚，在家人微微的酣睡声中，能打开昏黄的小台灯，读几页自己喜欢的书，已经是莫大的满足与享受了。

近几年，随着上海城市建设的加快和生活水平的提高，上海人的住房条件得到了很大的改善。三口之家拥有一套两室一厅或三室一厅的住房，已很平常，爱书的上海人也有条件拥有自己的一间书房。定做一排木制的书架，摆上自己喜欢或者工作需要的书籍，再放上一盆兰花，或者盆景，也可以是一把宝剑，来营造一下书房的气氛。

书房中的书籍、摆设可以充分显出主人的情趣、品位与爱好。朋友赵女士，是一家美国上市公司的上海区经理，她曾在美国生活多年，书房里却是满满的中国历史书籍，从《资治通鉴》到《二十五史》应有尽有。我很疑惑：难道这个在美国读了很多年书的人连一本英文书也没有吗？她把书架前排的中文书移开，顿时就解开了我的疑惑，原来摆在中文书后面的都是英文原版书。英文让她想到的是工作，只有在需要时才翻一翻；而平时坐在书房里看到满架的中文历史书，则让她有归属感和踏实感，得到内心上的宁静。

上海人除了家里的书房，还拥有一个"公共书房"：上海图书馆。这座位于淮海路上的新型建

筑，是上海的十大标志性文化设施之一。大书房的门口，是一个名为"智慧树"的不锈钢雕塑，象征着人脑的阴阳两朵花瓣，在阳光中闪耀着金属特有的光芒，似乎在向有灵性的上海人诠释着知识就是力量、智慧就是魅力的含义。

"公共书房"里有经济技术、报纸杂志、古籍等多个阅览室，每个阅览室的布局装饰也不同，营造出不同的阅读气氛。古籍阅览室里摆的是泛黄的历史古书，桌椅也是古色古香，如果再有一杯酽酽的香茶，让人很容易有回到古代书房的感觉。经济技术、报刊杂志阅览室里则是现代人的写字台和舒服的扶手椅，可以让人自由自在地把书摊在桌子上，尽情体会遨游书海的乐趣。读书读累了，还可以到楼上的视听阅览室里，看一部电影或听一段名曲，体会一下现代书房里新型的阅读方式。

上海图书馆是上海人最喜欢的书房，在这里申请借书证的读者已经超过一千万。知识分子喜欢到这里查阅资料，尽管是网络化时代，但在图书馆里查找资料，大家还是感觉资料全面而且可靠。学生们喜欢到这里，大厅里、阅览室里都有为他们摆放的圆桌、圈椅，在这里复习功课有一种读书的气氛。寒冷的冬夜、炎热的夏日，这里都有各种年龄、各种职业、各种身份的人在这里地攻读。

图书馆窗外的大草坪上，树立着一尊铜雕——孔子，这位万世师祖用他那睿智而安详的目光注视着每一位读者。

上海人的书房多了，大了，对书的需求量增加，卖书的书店自然也多起来。这些书店也应该算一种书房，因为它们都允许人们在这里自由地阅读。坐落在福州路上的上海书城，高贵、典雅，七层营业楼面经营着中国八百多家出版社的各类新书，堪称大型书店的典范。这里每层楼都设置了一些可舒适阅读的座位：有椭圆形的矮柜，也有摆着背垫的藤椅和长椅，让人们在原木和油墨的混合气息中阅读最新出炉的新书。

还有连锁店型的小书店，如诚品书店，虽然只有几十平方米营业面积，也放了几把圈椅。店里还放着舒缓的音乐，让你在音乐声中徜徉书海，即使看一天也不会有人来干涉。

时代在进步，书房的形式也在发生变化。一些年轻人已经习惯靠电脑来收发信息，查阅资料，可能未来他们的书房将不再有书架和书，而只是一台连接互联网的电脑。相应地放置这台电脑的办公室、家里和大街小巷的网吧，都将是他们的书房。

不管时代怎样变化，书房总会在上海存在，而且形式会越来越多样化。上海人在这里通过阅读获取最新的信息和技能，来适应时代迅速发展的需要，也可以在劳碌之后，舒缓一下紧张而浮躁的心情，获得精神上的解脱和放松，更为从容平和地去面对激烈的竞争与明天繁重的工作。

房爱军(2000.7.4)

孙子书包　爷爷背

那天是上海入冬以来最冷的。下午四时刚过，离放学还有一刻多钟，打虎山路小学门前已聚满了人。细瞧大多是爷爷奶奶辈的，寒风下个个翘首以待。一会儿铃声响起，铁门洞开，孩子们如出笼小鸟，飞奔而出。爷爷奶奶们此时老眼并不昏花，纷纷从群童中拉出自己的小皇帝，头一件事便是接过那沉甸甸的背带书包。有的人家还是出双动，爷爷帮背书包，奶奶或拉手或扶肩，二老一小亲亲热热把家还。

如果不是家长相助，低年级学生对那越来越沉的书包是不堪重负的。然而一位年轻母亲说，回到家里，比书包更重的压力还等着呢！她的孩子刚读一年级，上学前天天看卡通片，现在每周看

一到二次算是奢侈。因为学校规定，当天教的语文课回家要诵读十遍，英语和汉语拼音又时常搞在一起，让刚出幼儿园大门的小朋友无所适从。灯下看着孩子茫然的目光，她只能放下自己要做的事情，当起陪读生，每天晚上给孩子辅导功课一小时。

小学生如此，初中生的压力就更胜一筹了。上海测绘院的一位副院长对笔者诉苦说，他女儿上初三，学校的题海战术已殃及他们做家长的。除主课外，各种课外习题每天有几十道。深夜十一点了，女儿面对一大堆未做完的习题摇头苦笑。他只得叫醒妻子一起帮女儿大干快上。这时女儿只提一个要求："你们写的字不能太漂亮啊！"父母自然心领神会。

前几天，普陀区来了几名参加学习交流的澳洲初中学生。其中有的希望住在上海同学家里体验生活。他们碰到的难题就是早晨起不了床，接待学校只得派专车接。再就是上海的课程进度要比澳洲快，那里五年级的课程，上海三年级学生已经读过了。难怪那位副院长说，他在国外的朋友教育孩子时常说："不听话，送你到国内念书去了！"而过去，我们是用"狼来了"吓唬孩子的！

曾记否，"给中小学生减负"在全国展开过大讨论。然而现在我们只能用收效甚微来自嘲了。究其原因一言难尽。一位名牌中学校长坦然："学生负担重，我们比谁都清楚。可我们当老师当校长的，肩上所承受的压力，局外人又知多少啊？"以前，这个学校的初中生升重点高中比例很高，可是去年，开办不久的一所民营中学，升重点高中的比例一跃超过了他们。名誉感、危机感，如千斤重石压到头上。当然，他们身上压力又很快转移到同学身上。

令记者意外的是，不少学生面对如此重负并非完全是逆来顺受，甚至家长们也是一样。前面讲到与国外进行交流的那所学校，校方曾考虑照顾一下外来小客人，临时减去上午第一节课。风声一出，却招来一片反对声，同学们把少上一节课视为莫大损失！由此可见，不从考试分数至上的教育体制着手解决问题，要给中小学生减负是难以奏效的。

盛斯柳(2002.1.8)

申城考试多

翻开报纸，就会发现这段时间上海最热的话题是考试。

7月份上海的高中毕业生们将迎来他们人生中的关键一步——高考，紧张的不仅仅是他们自己，无数家长、师友在为他们焦虑。有关如何复习备考、填报志愿、心理咨询和营业保健的文章铺天盖地，各种健脑补心的保健品也趁机大做广告而且效果奇好，一种补脑的胶囊在上海已经卖得脱销。

6月初的上海高考咨询会设在八万人体育场，据说是这个上海最大体育场建成以来，首次真正意义上的八万人盛会，场面热闹情况可见一斑。

其实高考只是把这座城市的考试热推向一个高潮。在上海，各式各样的考试，从年初到年终，从来就没有断过：有学校里的升学考试，有学位攻读考试，有职称考试，还有注册会计师、资产评估师等资格考试，再加上电脑、外语、钢琴等专业考试，一年里这个城市到底有多少种考试恐怕没有人能说得清。

各种考试都有很多人参加。

上个星期天，是同等学力申请硕士学位考试的日子。我原以为不会有很多人，到了设在华东师范大学的考场，乖乖，平日寂静的校园，今天却是热闹非凡，成群结队各种年龄、各种身份、各种职业的人夹着资料涌入学校；由于进出大门的车辆太多，警察们不得不临时设立一个交通岗来维持秩序。听监考的老师介绍，参加这次考试的上海考生有一千人之多。

　　考试已成了人生一道道的"关卡"，见证着上海人的进步成长。同在一个在职研究生班里读书的王奇升，今年已经参加了中级职称评定考试、证券从业人员资格考试和这次的申请学位考试，9月份还准备去考注册会计师资格证书。复旦大学经济学硕士毕业的操舰，今年又参加了在职博士研究生的入学考试，准备去进修经济学博士课程。

　　考完大学，还要去考读硕士研究生、博士研究生资格；工作中还要考中级职称、高级职称；随着知识的更新技术进步的加快，前面肯定还会有各种新的课程等着他们去读，相应地就会有新的考试等着他们通过。

考试的目的性很强，可以拿更高的学历、职称和资格证书，自然就会有更好的就业与人生机会。在这个竞争日益激烈的城市里，这无疑是非常重要的。考试也有考试的好处，为了通过各种考试，上海人不得不断补充知识，更新技能。知识经济时代，知识的更新越来越快，参加一些考试，啃几本书，补充补充营养、强化学习一下，也有利于跟上这个日新月异时代的步伐。

其实人生也就像一场考试，生活中处处充满了竞争和考试的机会，老板的面试、一份商业合同、一项科技攻关和生活中数不尽的矛盾都是考试的内容。为了应付这些考试，你就得不断地准备、不断地积累；通过了考试，人才会进步，人生也会更精彩。

上海这座城市，也像人一样在面对着各种各样的考试。在财富论坛、亚洲企业年会等国际论坛上，在上海举办的各种交易展览会上，上海人的风采、城市建设、市容环境、组织运作状况等方方面面，每天都在面对着来自世界和国内各地人的品评与检验；上海要成为国际经济、金融、贸易中心，则要在吸引人才和资金、调整产业结构、创造一个良好的经济运营环境等方面，接受世界各国经济界、企业界人士的考试与选择。只有作精心充分地准备，通过这些大大小小的考试，上海才能拿到国际大都市的证书，更为坦然、自信地面对21世纪的竞争。

房爱军(2000.6.20)

"性文化展"的尴尬与无奈

一年前，上海私人性文物收藏家刘达临在南京路上开设一家中国古代性文化展览馆，展出了九百多件中国各个朝代的性文物，向观众介绍了中国在"性"这一领域里独特的文化历史，揭开了人类繁衍过程中鲜为人知的一页。

可以说，这是内地首次集中展示中国古代的性文化。为此，著名社会家费孝通赞誉这个展览是"五千年来第一展"。

我已多次看过这个"五千年来第一展"，倒不是自己对"性"特别感兴趣。有时外地朋友来，无地方参观，就会想起带他们去看"性文化展"，结果都会大为赞许。一些朋友参观后，连连向我表示："见所未见，闻所未闻，大开眼界！"一位朋友连用三个"妙"字

表达他的感受；还有一位朋友看后说："理解了很多，学到了很多，是一个值得再观看的展览。"而我每次参观后，也都会受到强烈的震撼。

刘达临收藏的这些性文物，近几年来，除已在沈阳、大连、广州、合肥、无锡等内地城市展出外，还漂洋过海，到过台湾地区、德国、日本、澳洲、荷兰等地展出，都被当地媒体大肆报道，引起轰动。台湾地区的报刊用大标题比喻，这个展览是"中国老祖宗来台展性趣"；柏林报纸的标题称："中国文化展示了它的巨大魅力"、"柏林掀起了中国古代性文化热"。

然而，这样一个受到海内外观众欢迎的展览会，在上海开展一年来，却频频遭遇无奈，处处受

到限制，每走一步都如履薄冰，大有被扼杀的危险。

据主办者称，展览馆开馆初期，他们在所处大楼南京路先施百货公司正面，竖立了一块标识牌，标明展览馆的位置。但不久，这块标识牌就被要求撤下。理由是：有碍观瞻。展览公司只能将其移到大楼侧面一个很不起眼的位置，使许多慕名而来的观众，到了楼下还找不到展览馆的所在。有一位日本人，在网上看到上海有这么一个"性文化展"，在南京路上来回打转，都未找到。

主办者吃足没有广告"指路"的苦头，要求在报上做广告，也得不到批准，说是"性产品不能做广告"。在此情况下，他们于2000年5月先施百货重新开业之际，再次向有关部门提出，张挂霓虹灯招牌的申请，并将"性文化展"改成"生殖文化展"，希冀能获批准。但是，仍遭拒绝。

无奈之下，公司只得硬着头皮，将这块未经批准的广告牌挂上了南京路。当日，即遭到有关部门干预。最后，展览公司打了个"擦边球"，使出了将广告牌倒挂的下策，企盼引起路人的注意。结果，这块有争议的倒挂广告牌，成了南京路上的一大"奇观"，并引起众多传媒的关注。

现在，倒挂的广告牌也已被撤下；且已有人带话给展览公司，还想不想在南京路上呆下去？

由于"性文化展"开馆一年来，既没有广告，也没有指路牌，躲躲藏藏，遮遮掩掩，故参观者寥寥无几。从去年8月至今，总共才一万多观众，其中一半为外国人，一年门票收入按每位三十元计算，约人民币三十万元。而荷兰的一家性博物馆，一年仅门票收入就达八百万美元。

与此相比较，这个展览在外省市展出时，参观人数踊跃，广告宣传申请也很快获得批准。

上海大学社会学系副教授张钟汝在接受媒体采访时表示，她对展览做广告被禁感到疑惑不解。她认为，对性文化进行教育十分必要。她本人也曾参观过展览，感觉展

览的内容学术性相当强，展览没有必要改称"生殖文化展"，应该大大方方地标明"性文化展"，因为这才是展览的本来面目。张教授反问，既然许多外国参观者都是通过海外媒体得以了解这个展览，为什么我们国内进行宣传却要受到限制。

另一位性学专家赵鹏飞表示，国家计生委、卫生部提出到2001年实现所有

育龄男女享有生殖健康的目标，
这与开展性文化教育密不可分。
他说，在海外性博物馆是相当常
见的，其标识牌也相当醒目。在
上海出现这样的情况，实在令人
费解。

　　刘达临很坦率，他谈到自己
几十年来节衣缩食，甚至变卖家
产收集这些性文物，目的是想通
过展览，弘扬中国文化，使人们认
识自己，认识社会，认识历史，破
除对性的神秘感，以自然、健康、
科学的态度对待性问题。但他坦
言，中国在"性"问题上，"门"算
是开了，性教育也得到了认可，但
"门"开得不大，总认为"性"是
危险的，弄不好有副作用，会犯错
误。他认为，由于管理部门存有这
种思想，这也是今日"性文化展"
陷入困境的关键所在。

　　"性"是一个古老而永恒的话
题。我们期待"性文化展"所面对
的尴尬与无奈，能尽快消除。

　　　　　　干　谷(2000.7.27)

听乐小记

平时在上海，不怎么上音乐厅听音乐会，总觉得现场演奏与欣赏唱片相比，往往会带来失望和遗憾，即使是唱片版的同一乐团也罢。一是音响效果难与录音棚相比，二是嘈杂的氛围环境令人难以静心入神。

昨晚英国BBC苏格兰交响乐团来沪演出，世界顶级乐团可不能错过。据在英国听过该团演奏的朋友说起，那声音纯净透明，简直无与伦比。

上海大剧院宛如晶莹剔透的水晶宫殿，巨大的抛物线形楼顶，仿佛在向天空挥洒着跌宕起伏的旋律。红地毯上，鱼贯而入的乐迷个个神采飞扬，西装革履。

当世界著名指挥季托夫手中的指挥棒轻轻一挥，单簧管牵引着小提琴滑出一连串的美妙音符。引子在低低地盘旋回荡，渐渐地，旋律的轰鸣弥漫了整个大厅。德沃夏克的B小调大提琴协奏曲，那把1695年制造的名琴在低吟浅唱，年轻的大提琴手，一会儿神色迷离地望着指挥棒的跃动，嘴角一抹若隐若现的微笑，一会轻轻闭上了已蒙上一层薄雾的双眼。演奏者是那么忘情，那么投入，那么专注。

一切都仿佛消失了，演奏者和听众，只有音乐的精灵自由自在地飞翔歌唱。整个大厅，除了乐声，还是乐声，这是一个音乐纯净的天堂。陶醉之余，直至连邻座的咳嗽声也被严严实实捂在手中，这才忽地诧异，数千听众，自始至终居然没发出过一下手机或拷机

声。虽非首次入内，却此时才发觉，这座富丽堂皇的音乐宫殿里，连过道上也铺上地毯，行走时足音杳然；座椅也很"安静"，没有坐下时的轮轴吱扭声，也没有起身时座椅翻起的啪啪声。

环境熏陶人，环境影响人，环境改造人，诚哉斯言。

在全国只有八部样板戏的岁月里，幼小的我只能在那位引导我走向文学殿堂的诗人家中，才能聆听到老式转盘唱机发出精妙的古典交响乐，以及风格多样的外国歌曲，那是一个艺术和文明同时干涸的年代。70年代中期，美国费城交响乐团首次来到与世界文化隔绝多年的国内，音乐厅里，连走道上都挤满了如饥似渴的抑或仅仅是极为好奇的听众，很难说是在品味和欣赏。

近些年来，海内外来上海演出的艺术团体越来越多。听音乐，开始被视为有身份的雅事，"乐迷"的队伍也在壮大。不过，剧场和音乐厅却继承了中国厅堂会看社戏的传统。嗑瓜子的哔剥，吸饮料的嗤溜，嚼小吃的悉索，以及拷机的嘟嘟，手机的铃铃，声响的种类决不逊于台上的乐器。交响乐乐章之间的掌声彩声，也常让台上的指挥们哭笑不得。音乐会听得让人烦心，常会对泰然自若大吃牛肉干的邻座施以白眼。

自己也有遭人白眼的时候。那次急匆匆赶去剧场，正静下心来欣赏舞剧，拷机突然响了，前面两个老外扭头翻翻白眼，我涨红了脸急忙撳掉。老外扭头时的神情令我脸红，令我难忘。从此，进剧场、音乐厅前，总会早早地关掉拷机手机。文明是道德规范在社会生活中的体现，有着一个从众的环境约束。一地垃圾，你爱整洁的美德可能无从发挥；而在净无纤尘的大理石地面上，也很难想像手中的废纸果壳能扔得下去。都说老外们如何如何文明，但在国内，不少老外也随着人流一般潇洒地穿红灯过马路，照样毫无愧色。

沈林森(2000.11.21)

外滩夜景

上海某绿化小区一角

时尚之潮

时尚之潮

京沪争领内地时尚之潮

Colourful Shanghai

北京和上海，一直是内地的两个时尚都市。北京有首都优势在手，上海得欧美风气之先；北京豪放大气，上海精致洋派。在进入新世纪后，这两个引领内地时尚之潮的南北大都市都在力显风采，北京当仁不让——千年历史与现代文明交融的泱泱皇城，大气磅礴、豪放有致；上海成竹在胸——30年代的"东方巴黎"、今日最受欧美承认的现代都市，洋派韵味，精致浪漫。

说起北京的流行时尚，秀水街、三里屯、隆福寺这三条街可谓声名在外，这里不仅是北京街头时尚的桥头堡，更深得演艺界时尚人士的欢心。秀水街以名牌和外贸货品为特色，三里屯以原创中式时尚独树一帜，隆福寺则以最新最快版本的欧、港式时尚闻名，相对于高级商场而言，这里的时尚更加鲜活、更加年轻。

与北京的秀水街好有一拼的是上海的华亭路，华亭路情结已在无数上海人和外地人心中深深扎下了根。华亭路的货品与秀水街十分相似，其克隆国际大牌的本事更是丝毫不输秀水。近日，华亭路搬到了襄阳路服饰礼品市场，华亭路的流行生命开始新的进程。

隆福寺的对手则是上海人民广场地下八米深处的迪美广场和附近的香港名店街，这里绝对是上海年轻人的时尚圣地。而且上海人的精打细算在这里也有体现，迪美广场里有几家专门制作发型的小店，琳琅满目的各式发夹，无穷无尽的创意，成就了上海年轻的男女

时尚之潮

果愿意还可以拍下来，贴在铺子的玻璃橱窗上。看着橱窗上那让人眼花缭乱的一张张笑脸，会让人由衷地感到，上海人对美、对时尚的热爱是无处不在。迪美广场比隆福寺棋快一招的还有最近刚刚流行起来的仿水晶贴，这个由世界著名的水晶品牌施华洛世奇发明并大力推广的水晶玩法在迪美进入了寻常百姓家。花钱不多，就可以得到各种颜色、各种形状的仿水晶贴

孩子的一个个扮靓梦想。只要花人民币二十多块钱购买店里的发夹，就可以免费做一个特别的发型，如片，随便贴在衣服上还是脖颈上、肩膀上，一定会有闪亮出场之感。这个游戏在北京目前还只局限在

国贸等一些羊绒品牌和施华洛世奇的专卖店里。

在流行时尚的较量中，最为北京人乐道的是三里屯。这条人文气息浓厚的小街是北京原创中式时尚的大本营，一批新老设计者共同培育出不衰的中式时尚，并从北京向全国渗透。上海虽然也有一些具有东方元素的店铺和个人品牌，但却在上海浓郁的欧洲气息中难以突围。

今日上海的开放度不断提高，与外界的交流日趋频繁，而上海白领已达到二百万，一大批民企老板和股市成功者更是意味着巨大的消费潜力。目前上海的人均GDP达到了四千美元，这是个与中等发达国家接近的数字。北京当然也有相似的情况，不同之处在于，北京的消费能力结构呈金字塔型，上海则是橄榄型，两头小、中间大。

这两个风情各具，都让世界频频惊叹的城市，谁将在未来大放异彩，谁主新世纪中国时尚之中心?时尚人士说，也许要等到中国现代化实现之时才有答案，至少目前尚难分出高下。

方　圆(2002.3.21)

时尚之潮

上海人像／体艺术

怎样才能 "应知故乡事"？ 比如眼前上海当代艺术双年展，我能找到的最快途径，是读法国驻沪记者发的通讯。

亏了《解放日报》嗜好猎奇。我得悉上海官方的、"野蛮的" 艺术展，每日至少三十来个，盛况空前。一大堆地下艺术家，套句 "文革" 流行语：乘了双年展的东风，吸引招徕洋记者、洋画商。上海文化大跃进，因为有了题为《Fuck Off》的画展。一个三十七岁的北京人，大庭广众前，往皮肉上钉一棵植物——他脊梁上，早已用红烙铁，打上了自己的社会保险号码。

人体艺术嘛。这回最出风头的，是一个工厂仓库里

Colourful Shanghai

举行的"Usual, Unusual"。清一色光屁股男人照片。有的焦点是肛门，有一张是男人腿间淋淋流下血来——他也有月经！

只有上海，胆敢"琵琶起舞换新声"。《Fuck Off》组织者骄傲宣称："也许这城市要人接受她国际大都会的地位，更加开放。在北京或是其他地方，这还是不可能的。"

是的，上海永远抢在中国其他省份前面。光景在目，倏忽万状。今日body art惊众。谁还记得二十八年前，上海最豪华的"人民照相馆"橱窗，大书"艺术人像"？

照得最健康最优美的，是纺织厂劳动模范、白衣天使、老人家。中国才刚开放，每天就涌来一二十对新郎新娘，婚纱留念。女人顶着40年代的白纱冠，手捧马蹄莲。男人租西装，经济实在太拮据了，只租上衣，减为一元人民币……

真骇人，上海人也活过这等寒碜日子？未有超音速飞机之前，大家当然只能坐火车。

1979年上海艺术人像，"礼失而求诸野"。我是在整理尘封的法国Le Photographe月刊时，偶然发现的。二十一年前，一位法国摄影师，万里迢迢，专门采访了人民照相馆会讲法文的古先生。交流切磋，十分尊敬中国同行的灵巧与认真。

如今上海摄影，前卫百倍。法国人却淡淡扔下一句："奇形怪状兼伪文化(Kitch)的现代主义，这城市尚有很多路要走。"

高　洁(2000.11.14)

时尚之潮

又见旗袍

上海就是这样的奇怪。在你呼吸的每一口空气中，到处洋溢着追求标新立异的气息；细细品味，却又散发着淡淡的怀古情调。如今，这股情调已从前些年的酒吧、萨克斯管和老照片轮回到了旗袍。

又见旗袍，这种雍容、沉静和骨子里的风情。

岁末年初，七十年前曾风靡一时的旗袍忽然间又成了最时髦的服装。上海的女人，如睡醒了一场春梦，揉揉惺忪的睡眼，床边放的还是那一波畅如流水的旗袍。

旗袍，旗人所着之袍也，最早为满族男女老少之服装。现代意义上的旗袍，正是发源于上世纪20年代的上海滩。那时的旗袍，没有腰身和曲折的线条，正如张爱玲所描述："严冷方正，具有清教徒的风格"。然而，就是在这样的"严冷方正"里，却孕育出了日后的万般风情。

记得一位作家曾这样写道："上海是雌的。"既然上海永远是宠爱女人的，那么，最能体现女人味的旗袍在此风靡也就无足为奇了。

旗袍果真是适合上海女人的。削肩、纤腰、骨感一点的人能穿出纤细动人的韵致，肉感一点的人则是丰腴盈润。即使是年纪略大，略显发胖的女性穿着，也仍然一派优雅福态。

没有哪种服装能像一袭旗袍那样将女人的妩媚典雅、山水韵律体现无遗。中年女人的风韵，二十来岁的青涩，一袭旗袍总能穿

Colourful
Shanghai

出百样风韵，老少通吃，历久弥新。旗袍之于女人，始终是无可取代的。

在上海市西南一条幽静的马路上，坐落着一家名字与旗袍般楚楚动人的中式服饰店——"绿野仙踪"。老板娘向君三十出头，是一个典型的娇小玲珑的上海女人。在她看来，自七十年前海派旗袍的诞生促使旗袍成为中国女性的"国服"后，旗袍似乎一直和上海，特别是上海女人有缘，它构成了上海风情的一部分。

旗袍与上海的缘分，除却上海女人清瘦玲珑的身材特点，还在于她们的文化习惯和内在气质。上海女人会打扮是全国出了名的。

即使在全国一片蓝色海洋的"文革"年代，上海女人一身合身的蓝，在领口和袖口上别具匠心地配上薄如蝉翼的尼龙花边，照

样可穿出风情万种。她们倩影优雅地穿行在旧租界地的旧建筑中,一时那强硬的政治口号声也淡化了不少……

向君告诉记者,旗袍潮今日在上海滩的再次涌动,源头来自香港:1997年起,董特首太太身着旗袍的雍容华贵形象在上海的演艺界和外企白领小姐心中荡起圈圈涟漪;近期由王家卫、梁朝伟和张曼玉合作的港片《花样年华》的上映,更是像一阵旋风吹得上海女人心潮澎湃。

现在,上海的旗袍店已从1997年的三家猛增至近百家。上海的女人们,也正美美地裹在旗袍里妖娆着,玲珑着。此间一位阮小姐,在即将远嫁香港之前,还特意定制了八件各式旗袍,从手工绣花的传统旗袍到样式改良的新潮旗袍,款式各异。而慕名从香港、东南亚和欧美飞来上海定制旗袍的华人也与日俱增。在向君的"绿野仙踪"里,这部分的营业额甚至占据了半壁江山。

文至收尾,一个念头不经意间从脑海中掠过:上世纪30年代,当海派旗袍开创"黄金时代"之际,上海以远东第一大都市之势巍然屹立;如今,当我们又见旗袍风靡之时,是否预示着上海也将迎来发展的又一个"黄金时代"呢?

茅　杰(2001.1.11)

Colourful Shanghai

上海老调

一

60年代末期，我以海外文艺工作者的身份，参加一个文化观光团，行次到了上海，住在外滩的"和平饭店"。早晨推开老式的窗子，眼底便是平缓流动的黄浦江，从远远的西边天底绕过浦东，准六时，外滩的大钟便沉雄地，缓缓敲起《东方红》的乐曲。这是上海解放后二十年,我第一次踏足此地,对上海滩与黄浦江的向往与亲切感,都是来自照片、电影与文学作品,还不懂得怀旧。倒是同行中一位年长旅伴,不时生起浓浓的怀旧情绪,尤其是初抵上海的那天黄昏,接待的人安排我们在饭店大堂侧边的老酒吧开会完毕,各人鱼贯出来,只有老先生仍然站在舞池中央,默默望着那个狭小的歌台,怔忡良久。

后来他告诉我，这里原本是个欧洲色彩浓厚的酒吧，每天从黄昏开始直至深夜，歌台上都有个五人小乐队，不停演奏爵士乐，每夜有一二名歌手唱老蓝调。台下的小舞池，在闪烁灯光下有男女相拥起舞。或快三，或慢三，或华尔兹、或 OB 喳喳；舞池旁边与偏厅，必是座无虚席，人们喝酒、吸烟、聊天与谈情……

老先生还说，酒吧内的欧洲宫廷布置都保留着，木地板与皮椅子都一样。不同的是音乐没有了，繁华没有了。在这个新年代，一切洋调调都是靡靡之音，是腐朽的资本主义色彩，不复存在了。而他怀念的，也不是那些灯红酒绿与加力骚节奏迫人而来的夜晚，而是那时的老式音乐旋律，以及蹉跎的人事与岁月。

那时候我还年轻，不大能体会得这份怀旧情思，所以对老先生的絮絮叙述，也只有聆听的份儿，心底里实在不大了了。

二

重临上海，已经是三十年后的昨天了，外滩的黄浦江边，平地升起了个江滨公园，对岸的浦东，也耸立着许多现代建筑物，尤其是那座擎天矗立的明珠塔，与旧日的记忆对照，实在有点匪夷所思。而身处的外滩，北京路、南京路与福州路，新老建筑间杂，马路上人车争道，入夜更是灯火辉煌，昔日是冒险家的乐园，今日又见十里洋场，繁荣景况早又回来了，而且，到处都奏起怀旧的洋调调。可惜我当年那位同游旅伴已经作古，要不然，此时此刻，应该会勾起他更多值得缱绻低回的记忆，

Colourful
Shanghai

路边打着遮阳伞的茶座，背后是老欧洲式的店子，对面一列法国梧桐，浓绿的叶子把阳光遮断，茶座前面不时走过双双情人，这是我最爱的休闲情调了。此外还有广东路七楼上那家法国餐厅的阳台，意大利蛇纹石桌子配上古旧的高背藤椅，栏杆外尽是老欧洲式的屋顶，春和日暖的下午，斜阳下来一壶黑咖啡，是多么浪漫的洋调调！可奇怪的是，心里总是记挂着和平饭店那家老酒吧。

而我，在经历了几十年人事之后，也会有很深的同感了。

初抵上海，识途的朋友领我去情调独特地方可就多了，衡山

还是在飞机上的时候，便听得邻座的人在谈"和平饭店"老酒吧。原来该酒吧早在80年代初便复了业，还有六位老年乐手每夜演奏爵士乐曲，所奏的都

时尚之潮

是四五十年代的流行名曲，1986年更被美国《新闻周刊》选为世界最佳酒吧……这便勾起我当年初临老酒吧的记忆，尤其是开会人散后那片空寂，都是深刻的。现在与其说我对爵士老调有兴趣，倒不如说想看看我那位旅伴在年轻时经历过的场景与气氛，怎地令他有这么深的怀恋。

三

"和平饭店"的老酒吧，营业时间由夜后八时至深夜十二时，夜夜座无虚席。我们几个人能够入座，也经过一番张罗：黄昏时去购票，守门的说早给预订光了，一副爱理不理的模样，问他可有其他办法，他说可以想一想，但票价加倍，包一杯饮品，钱要先付，入场时才拿票子。眼看生意好到可以炒黄牛，也只好就范，相约在踏入酒吧时把不好的印象抹掉就是。

我们进场稍迟，真不敢相信自己的眼睛，分明是三十年前那个老旧酒吧，还是那些带点宫廷味的桌子及椅子，还是那些吊灯那个调酒间，可那时灰沉沉、空寂寂，颇有奢华过尽的况味，现在包围着我的，是影影绰绰的仕女身影，闪烁的彩灯与哀怨的色士风伴小号，一下子便使人回到老远的年代。旋律似曾相识，却又似懂非懂，是悲剧色彩的南美黑人即兴爵士，是演变过来的芝加哥爵士，还是新奥尔良爵士，着实无从分辨，可是那些旋律间强烈的切分音，则是老爵士乐的特点。人还没坐下，便已经落进了老吧独特的氛围中，有点迷惘了。

我们的桌子在偏厅，举目可以看得见正厅的歌台与台前的小

Colourful Shanghai

舞池。窄小的歌台上,端坐着几名老年华人乐师,都穿着长袖白恤衫与西裤,结深色领带,应是四五十年代的老模样吧?他们都一本正经,腰板挺直地坐在台上,只专注于眼前的乐谱与乐器,台下是否有人跳舞,侍应是否把顾客点歌的条子传到歌台的小几上,他们全都视若无睹,即使后来吹奏一曲60年代流行的《我们再来跳扭扭》,舞池中的男女扭动得快要疯狂了,甚至拍掌与轻声呼啸,他们依旧目不斜视,正襟危坐,许是夜夜欢乐,经历多了吧!

开场一阙蓝调,由低回的小提琴与小号,勾勒出阳光普照下浓浓的南美式的忧郁。接下来是《德州黄玫瑰》,以奴隶身份来到北美的黑人,看着他们美丽的女主人把泪滴洒在黄玫瑰上,单簧管与低音提琴吹奏出无奈的人的

叹息。然后是出现在赤道上的《香蕉船》,载了满船香蕉与满船阳光,虽然没有歌声,仿佛使人听得见法兰仙纳杜拉沙嘎粗犷的咏唱……

一连串的老曲,还有搁在眼前带了些许缺角的饮杯、老式的墙饰与天花。邻座迟暮美人的流盼眼波……往日的欢笑与悲伤都被勾起来了,还是抖擞起来,去跳一曲《田纳西华尔兹》,珍惜眼前纸醉金迷的一刻吧。这些,是否便是我那位已作古的旅伴,曾经独自站在空寂陈旧的小舞池中所努力要追忆的片段?

紧接年迈华人乐师,后半节上场的,是一个菲籍与萄籍小乐队。站着弹吉他的萄人男歌手,摇着两条长腿,引吭唱出猫王皮礼士利的名曲《今夜寂寞吗》,伴奏的是萨克斯铜管与单簧管,班卓

时尚之潮

的拨弦与沉沉的鼓,掌着似有还无的节奏,往日的岁月像轻风拂过心头,兴起的浪漫与孤寂情怀,便像沉睡的岩浆,刹那间喷薄而出,逼人眼泪。接下来的一曲老歌《早安,心痛》,钢琴配着唇号,又有低音提琴、沙槌与铜摇带出急促而强烈的节拍。尽管舞池内已经挤满了相拥的舞伴,可是那哀哀而高亢的旋律,以及那些自我抚慰的曲词,熟悉得教人心酸。唉,往昔的欢乐,往昔的悲伤,原来流逝的时光也不能磨灭。

从来怕听古老爵士的蓝调,偏是这一夜,乐队中来了一位"蓝调皇后",长号一引,便是那首《狂野怨曲》,以中年女歌手的粗野嗓音,满带倔强的沧桑神韵,在射灯的蓝晕下,诉说着心底的悲哀,而这悲哀,是永恒的吧?要不然,几时歌手一唱,台下的男女全都屏息,连舞池都变得空寂了呢?

接下来是《雨的旋律》、《生死恋》与《圣行者》——够了够了!最后把《灵魂舞》的强烈沙槌与铜鼓节奏撇在身后,走出老酒吧,走出"和平饭店",深夜了,原来夜上海照样灯火辉煌。

刚才仿佛进入了时光隧道,才一步跨出来,人又回到新世纪的黄浦江边。站在江滨公园往远处看时,月下那道宽阔弯曲的河道上,有一艘小汽艇引着一艘豪华邮轮,正缓缓向这边驶近,人这才渐次回过神来。

张君默(2002.4.2)

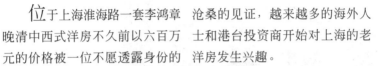

沪上老洋房　越老越吃香

位于上海淮海路一套李鸿章晚清中西式洋房不久前以六百万元的价格被一位不愿透露身份的人士买走；而在不久前举办的"洋房展销月"上，一套开价一千二百万元的花园洋房在一周内竟接待了二十多位看房者。

或许是出于对海派历史文化的情有独钟，或许是对上海百年

沧桑的见证，越来越多的海外人士和港台投资商开始对上海的老洋房发生兴趣。

据了解，在上海市中心，有久远历史的老洋房大约有四五百幢，最集中的地区是徐汇区和长宁区，大约占70%左右。其中以武康路、衡山路、岳阳路、永嘉路、复兴西路为最多，其他如多伦路、华山路、虹桥路等地也为数不少。比较著名的有：1932年英籍犹太人建造的古典式"沙逊别墅"，1904年至1910年建成的"哈同花园"以及1936年建成的"马勒住宅"等。这些洋房不仅有不可

者主要限于海外名流、实力人士，以及一些投资公司。

近些年尽管上海的老洋房市场已从前几年的"地下操作"浮上水面，但目前还处于艰难的起步阶段，房源紧缺的状况直接抑制了洋房市场的发展。

比拟的地段优势，其纯正的欧式风格、居住意境也不是现今能简单克隆的。

这些洋房目前大部分为政府部门或公司企业所使用，其中约有一百幢左右可供交易，但当中半数尚有人居住，目前已完成动迁可直接上市的有四十多套。其面积从二三百平方米到上千平方米不等，整幢价格一般在四百万元人民币至二百万美元不等。令人咋舌的价格，使老洋房的购买

造成房源紧张原因有二：由于老洋房属稀缺资源，卖出一幢就少一幢，因此国家政策并不鼓励买卖，具有历史价值的私人老洋房的交易要经过安全部门审批等一系列手续，国家还制定了相应的地价税、综合税等收费标准，加大其在房产市场的流通难度。其次，部分老洋房的实际情况与求购者的标准相距甚远。由于建造年代大多在半个世纪前，有的建筑已

Colourful Shanghai

相当陈旧，买下后重新装修的开销是笔不小的数目。而且有些老洋房已翻修过，不再有求购者期待的庭院深深的感觉，显得"味道不足"。但不管出于何种原因，对于踊跃的求购者，目前洋房市场还是显出"僧多粥少"的无奈景象。

在目前挂牌上市的老洋房中，有前几年被投资者买下，现在抛售的，据说其升值幅度非常大。有人认为，尽管老洋房市场很窄，但随着WTO的来临，其吸引力会与日俱增，老洋房面对的将是国际化的市场。据估算，如果投资出租，回报率可达15%左右，如作为餐饮、酒吧等商业用途，回报率可能会更高。

业内人士认为，作为上海历史文化见证，今后通过市场方式来保护老洋房，是两全其美的做法。卢湾区已开始与房地产投资企业联手，通过对当地成片老洋房的全面动迁、改造，重新整合老洋房资源，使之焕发新的魅力。

方 圆

上海有条衡山路

如果你问在外资公司工作的马小姐，周末最想去的地方是哪里?她会告诉你："衡山路!"如果你问来自美国的约翰，他最喜欢"泡"的酒吧为哪间?他会拉你去衡山路的"MANDY'S"——衡山路正吸引着众多上海白领和一大批在沪打工的"老外"。

始建于1922年的衡山路，由法公董局修筑，原名贝当路，1943年10月更名为衡山路，如今的衡山路已是沪上一条闻名遐迩的特色街，路两侧高大、浓密的法国梧桐树，红褐色的人行道，高雅别致的路灯，欧陆式的建筑楼宇，使衡山路颇具"香榭丽舍大街"的异国风情。

清静幽雅休闲街

衡山路说长也不长，说短也

Colourful Shanghai

不短，蜿蜒约三公里，恰是连接徐家汇和淮海路的黄金通道，不过，她既没有淮海路的人流，又没有徐家汇的喧闹，无形之中令她独具清静幽雅的氛围。

近年来，这条街的两侧如雨后春笋般兴起各种特色商铺一百六十余间，其中休闲娱乐设施就有百余处，有咖啡厅、酒吧、茶室、特色餐馆、保龄球馆、网球中心、电影院、特色文化吧等。尤以咖啡屋和茶室居多。如寒舍、绿茵、雨之林、圆缘园等茶吧，有MANDY'S、哈噜、唐人街等酒吧，有丽舍、好运等咖啡吧，有捷艺等花吧，有耕读园等书吧，还有各种布吧、陶吧、楼吧、美发厅等休闲场所。

各种特色餐厅更是应有尽有，有来自澳洲的维东岩烧烤，有来自美国的连锁店星期五餐厅，有来自越南的西贡餐厅，有大型的红蕃主体音乐餐厅，还有英国人开设的沙华利西餐厅以及环境优雅的香樟园、金鱼翅坊、锦亭酒家、福炉等。

各种高雅的娱乐活动亦平添几分休闲风采，如欧登保龄球馆、富豪东亚网球场、外高桥俱乐部、衡山俱乐部等。

所有这一切使衡山路明显有别于上海的其他著名街道，其凸现的浓重的休闲特色已在沪上独树一帜。

浓郁高雅文化街

具八十年历史的衡山路，蕴蓄着浓浓文化气息。沿街两边长长的油画艺术长廊悬挂着百余幅18、19世纪的欧洲风景油画，当你漫步其中，真有移步换景之感，油画长廊和夜晚的投光照明，把衡

时 尚 之 潮

山路装点成一条典雅的艺术风景线。

衡山路两侧还有许多历史悠久的"老建筑"。这里有上海历史上第一幢商品住宅——何香凝题字的"华侨公寓"。

衡山饭店（毕卡第公寓），建于1943年，是一座钢框结构综合性公寓建筑。1949年改建，至今已接待了许多国家的元首和国内外著名人士，被称之为"城中城"，与上海大厦（百老汇大厦）、和平饭店北楼（沙逊大厦）、国际饭店（四行存储大楼）、锦江饭店北楼（华懋公寓）等十大饭店称雄上海。另外还有近代优秀保护建筑，如西湖公寓（华盛顿公寓）、集致公寓（会斯乐公寓）、凯文公寓等。

衡山路更有遮隐在浓郁树丛中的古老"欧陆风情"的花园别墅。这些被宽阔的草坪、绿树环绕的

迷人宅邸大都是为了满足当时达官贵人的居住要求而诞生于三四十年代，与脱胎于中国传统的三合院、四合院的"大众化"石库门里弄住宅相比，更显得豪华气派。位于衡山路东平路口的一幢法国式花园别墅，宽广的露台和三心拱圈构成其鲜明的建筑特点。1927年12月3日，蒋介石、宋美龄联姻于此，并题名为"爱庐"。

宗教文化在此街亦有历史的积淀。衡山路53号国际礼拜堂就是以其历史悠久、风格独特、装饰典雅而著称于世。该堂建于1925年，砖木结构，镶嵌冰梅纹玻璃，建筑色彩明朗和谐，环境幽静，充满浓厚的英国教堂气氛。

所有这些不同时期、不同风格、不同功能的"老建筑"和斑驳的法国梧桐树影，相互映衬，营造出衡山路深厚的历史文化底蕴和独特迷人的意境。

都市旅游新景观

为使衡山路装扮得更为独特，上海徐汇区政府已斥资六百万元进行保护性的改建和开发。该区已对衡山路的商业网点进行沿线商业规划，调整不符合业态规划的网点，在重点引进娱乐休闲类商家的同时，适当配以旅行社、金融等服务业网点，以完善衡山路特色街的功能开发。据透露，该街已被市政府正式定为上海重要的旅游新景观区之一。

宋　健(1999.7.26)

时尚之潮

上海老街古韵浓

上海豫园地区一条具有浓郁民族风情的步行街——"上海老街"自去年农历端午节开街以来快一年了。到访这里的怀旧客一批接着一批，终年不绝。究竟有什么对他们有如此的吸引呢？

原来，这里就是一百多年前的"庙前大街"，乃上海城最繁华、最热闹的地方，它东接十六铺码头，西连豫园。想当年，这儿商贾云集，灯火辉煌，夜夜笙歌，热闹非凡。

如今重现在人们眼前的"上海老街"，位于南市区老城厢和老城隍庙前的方浜路上，绵绵蜿蜒东西约八百二十五米。

老街的东段展示清末民初上海开埠时的街坊，西段则一派明清仿古建筑，沿街开设了百余家特色商店和旅游娱乐项目。这里有仅能在怀旧影片中才能难得一见的钱庄、商行、金店、布庄，还有酒肆、茶馆、影楼、戏台，甚至连鲜为人知的水烟馆都有，真可令游客大开眼界。

沿街的建筑虽是现代"假古董"，但一样予人一种原汁原味的感觉：店面排门板、花边滴水，高高的马头墙，处处无不透出一股古韵。

数十家百年老店以其独特的

历史内涵吸引着游客驻足，彩绘的宝号牌匾都是"老上海"们耳熟能详的：老同盛南北货、协大祥布店、春风得意楼、丁娘子布庄、童涵春国药号和荣顺馆（即上海老饭店）等。游客在此购物消费不用怕会被"宰"，尽管放心兼且称心。

说到"春风得意楼"，恐怕能说得出其当初盛境的人不多了。在民国初期，这是一家在上海滩上数一数二的大茶馆，三层堂楼可容纳一千茶客，楼上楼下三个书场一齐开档，评弹艺人日夜献艺，捧场客不绝，这样的规模恐怕在当时的江南别无他处可见。

如今在这里所见的是当今上海人的新派生活：喝茶、打牌、下棋、聊天，少了一份喧哗和嘈杂。毕竟时代不同了。

走进"上海老街"，就像走进了时光隧道：历史在这里凝固，时间倒流到20世纪初叶，那股浓浓的旧时风情，那层厚厚的文化积淀，还有那些在高楼鳞次栉比的现代社会环境中，显得特别耀眼的红柱飞檐和粉墙黛瓦，令人心驰神往，流连忘返。

如今的"上海老街"已成为一条吸引中外游客观光、娱乐、购物的旅游风景线，也是游客们了解上海历史风貌和民俗文化风情的一个最佳切入点。

以前人们常说"不到城隍庙，不算到过上海"。现在城隍庙已拓宽至整条老街，看来应当改改口了：不逛老街，等于没到上海。

"上海老街"、南京路和浦东世纪大道一起，已成为大上海新旧两个时代的缩影。

吕　炜(2000.6.3)

时尚之潮

穿街走巷：名人踪迹申城寻

上海的历史犹如万花筒般绚丽多彩，每个历史时期的风云人物以及文化名人，在此地的大街小巷留下他们踪影的多不胜数。都市旅游何处游，不妨跟我一起骑上单车，穿街走巷去寻觅那些已渐渐被人淡忘了的回忆……

繁华的商业化大都市，这恐怕是所有到过上海的各方人士共同印象。一点不错，崭新宏伟的摩天大厦、霓虹闪烁的商业区、四通八达的高架路，无不展现着上海日新月异的变化。人们都说，建筑是一个城市的脸面。近年来，上海的脸变得更新，更漂亮，变得更国际化了。在各种以上海新貌为主题的明信片上，东方明珠、金茂大厦、国际会议中心等现代化建筑已成为新上海的标志，成为上海

人的骄傲。

上海，自幼在我的印象中就是一块神秘的土地。中国近现代史波澜壮阔的画卷在这里展开，几乎所有在这段历史上出现的名人都曾在这里留下足迹。这里是人文荟萃之地，也是冒险家的乐园，同时还是孕育革命火种的摇篮。

在这里的大街小巷，洋房民居里曾上演着多少运筹帷幄、勾心斗角和生离死别。如今全都灰飞烟灭，然而历史总会以各种方式显示着它的存在，它悄悄的沉积，隐藏，凝固在故居、遗迹中，构成了这个城市独一无二的文化底蕴。它们记录了历史，它们的存在顽固地撩拨起人们健忘的记忆。面对这些建筑，你将不由自主地

思忆起在那历史瞬间凝结的事件，的心。
并追问着它真正的意义。

我先来到了虹口区。从喧闹

上海的
商业区，天
天涌动着难
以计数的人
头。我避开
繁嚣，骑上
一辆破自行
车，带上一
张坐标精确
的市区街道
地图，穿行
在上海的大
街小巷中，
追寻着故人
的遗踪——
我要触摸上
海的心灵。这是我在上海生活的
整整八个年头中，第一次用心体
会在这浮华外衣下一颗沉稳跳动

1881-1936

的四川路拐
进山阴路，
我就被一股
幽静、悠闲
而又有些许
陌生的气息
所感染，这
里没有公共
汽车，偶见
骑着自行车
的人稀稀落
落地在小巷
中穿行，马
路边散落着
几家杂货铺，
老人们搬着
板凳、躺椅扎堆儿聊天、说笑，周
围间隔种着梧桐树的院落里，是
一排排的新式小洋房，鲁迅、茅

盾、郭沫若、丁玲等文人们曾在此居住。

在山阴路133弄9号，一条幽静的弄堂尾部，我找到了鲁迅的故居，这是一座三层、砖木结构、坡屋顶的新式弄堂房子。一座三层楼的小公寓。鲁迅先生从1933年4月至1936年10月19日逝世为止一直居住在此。中午时分，尽管只有两个参观者，导游还是放下了手中的饭碗，热情地为我们介绍屋里的每件家具和摆设。我轻轻抚摸着这些陌生而又似曾相识的物件，恍若觉得自己回到了鲁迅生活在这间屋中的那个时代。

在山阴路尽头我找到了内山书店的旧址，现在是一家工商银行的储蓄所。进门左侧墙上悬挂着一张鲁迅先生和他的挚友内山完造恳谈的油画，沿着漆黑的楼梯上二楼，里面陈列着鲁迅和内

山先生的一些珍贵的照片。

在离山阴路不远的多伦路也有着大致相似的环境格局，不过这里被改造成了多伦路名人街。路面由石子铺成，路两边的旧洋房已修葺一新，街上安装了旧式的路灯，还有一些与居住在这条街上名人有关的雕塑，加上卖着字画书籍的店铺，使人感觉有些刻意安排造作的味道。

相比之下我还是喜欢复兴中路、思南路、南昌路一带的气氛。

思南路让我真正体会到何谓"幽雅"。道路两旁茂密的法国梧桐，在围墙和枝叶之间，得以窥见一座座别具特色的小洋楼，路上行人闲散，竟然还能听到间或几声清脆的鸟鸣声。

孙中山先生的故居就坐落于附近的香山路7号，这座建于1918年，二层砖木结构建筑物，前带大

草地，是许崇智赠给孙中山先生的。1920年孙中山和宋庆龄得以入住，直至1923年2月孙中山北上。

大名鼎鼎的周公馆也就在附近不远的思南路107号，这在当时是中国共产党代表团驻沪办事处，一座法国式洋房。1946年7月至10月，周恩来往返于沪宁之间，均下榻于此。

当时，伟人们在这里的高墙内，所进行的可谓是一场没有硝烟的战斗。与我一起参观的，间或有几个外国游客，我们轻轻地走，细细地看，静静地听，似乎怕惊扰了这里的主人。

这一带还有着不少未曾开放的名人故居，像思南路87号梅兰芳故居，南昌路100弄2号陈独秀故居兼《新青年》编辑部。南昌路136弄1号曾住过文学大师巴金，稍远一点的马当路尚贤坊40号那里有郁达夫旧居，郁达夫就是在此与王映霞一见钟情，终成眷属。

徐志摩与陆小曼结婚后，于1926年12月夫妇俩来到上海。在南昌路136弄11号当时颇为有名的"花园别墅"西式小洋房租了一层楼。现在的大门旁挂着一个小小的牌子："徐志摩曾住在此处"。在那里我驻足

时尚之潮

片刻，抱着侥幸的心理希望还找到浪漫诗人的一些蛛丝马迹，但只见乌漆大门掩着，抬头所见二楼阳台上晾着一些衣物，片刻一位穿着睡衣的妇女走出门来，疑惑地看着我，令我尴尬地仓皇离去。毕竟故人已逝矣。

究竟还有多少名人故居隐藏在茫茫的大街小巷中，已难一一寻觅。想着，想着，不知不觉拐进了人潮汹涌的淮海路，一瞬间时空交错，令人感觉恍若隔世……

徜徉在西去的一段闹中取静的淮海路，缓缓前行，一路上竟然也会有新发现。

比如，淮海中路1517号是清末大臣盛宣怀的故居，现为日本国驻上海总领事馆。这是一座颇具新古典主义风格的建筑。后来军阀段祺瑞也曾寓居于此。

淮海中路1843号是宋庆龄先生的故居，宋庆龄从1948年至1963年一直住在这里。这是一座典型的美国殖民地式建筑风格。

李鸿章故宅在不远处的华山路849号，人们习惯称之为"丁香花园"。丁香花园共有三座楼房，并建有船舫亭榭等园林建筑，是典型的中西合璧建筑。

除此之外，在上海还有宋子文故居（岳阳路145号）、蒋介石故居（东平路9号）、张学良故居（皋兰路1号）。

星移斗转，虽然人不应只沉湎于过去，但没有历史的城市是无根的，浮躁的。繁华的上海令人激动，然而没有了这些像大"上海之根"一样的另一类风景线，上海也无所谓之上海，但愿这道风景线永不消失。

许　蓬(2000.10.21)

静静的海伦路

再有几天便是国庆和APEC峰会了，申城无处不披彩。小小的海伦路也不例外，这几年，上海城市面貌每天都在发生着变化，路宽了，车多了。不过，城市建设不是逢屋拆屋、逢路劈路、冲锋不止的"战车"，曾不止一次地为"历史"让步。延安路高架就为中共"二大"旧址专门拐了个弯；而正在兴建的"明珠线"的溧阳路站，在海伦路五百零四号"沈尹默故居"前也有意识往里弯了一截。

早年的海伦路是一条相当僻静的小马路，夹在四川路和溧阳路之中，一般的人都不曾注意的。而沈宅于一排临街欧式风格的三层楼房中，也不怎么起眼。即便在近年市政大改造中，海伦路也未见拓宽，只是路面平整了许多。明珠线建成后，偌大的"溧阳路站"将使八方人群在这里汇聚川流，而海伦路、"沈尹默故居"亦将出历史的"深闺"而露脸了。

沈尹默早年留学日本，倡导白话诗，和陈独秀等同为《新青年》编委之一。曾任北大、北京女师大教授，北平大学校长等职。上海解放后仅三天，陈毅市长冒着街上零星的枪声来到海伦路，于是沈尹默成为陈毅市长解放后专程访问的知识分子中第一人，由共产党人和知名人士共演的新"将相和"，在上海知识界为一时佳话。

随后沈尹默先生应陈毅市长之邀，成为市文物保管委员会员；后又被中央政府聘请为市人民政府委员，并当选历届市人民代表

时尚之潮

及市人民委员会委员、政协委员。1956年加入中国作协、1960年被国务院聘为中央文史馆副馆长。次年倡议成立市书法篆刻研究会，选为主任委员。1971年春病逝。观沈尹默先生一生，乃一介书生，擅长书法。仅在1929年始出任河北省教育厅厅长一职二年，后即辞职返北大任教。

因此"文革"中曾被迫在家门口张贴"认罪书",孰料刚一贴出就被人揭去,当稀世墨宝珍藏。一而再、再而三,无奈只得央别人代抄了之。若此闻无讹,当属"文革"中顶级黑色幽默了。

在海伦路两旁,原本有不少硕粗的梧桐树。料想当年的沈尹默挥毫之余,推窗可以透过梧桐的枝叶,眺望马路对面的儿童公园,应是蛮有诗意的。由于建造轻轨车站的缘故,梧桐树暂时不见了。相信车站开通前,这里又会是一派郁郁葱葱。只是轻轨列车从屋子上方"隆隆"而行,怕难觅原有意境。海伦路还会静静的吗?

时间过去了半个多世纪,海伦路上的沈宅犹在,但陈毅元帅和沈尹默先生均已作古。当年陈毅市长登门拜访时,不知他的车是从四川路还是溧阳路驶到海伦路沈宅前,当然这并不重要。重要的是此举说明,尚未走出硝烟的共产党人,对待知识、知识分子的尊重和关心。尽管以后曾有过很大波折,但终究恢复了知识在历史上的原来地位。在中国、上海走向现代化的道路上,已很少有人怀疑知识和知识分子的作用。

今年的十一,国庆和中秋重合,据说是百余年所难遇之事。而一个共产党的元帅在攻城掠地之时,拜访一个善金石、擅书法的专家,共同探讨未来这个城市的文化历史发展,同样会是个流传百年的故事。

陈茂生(2001.9.27)

时尚之潮

豫园不厌百回游

凡中外游客游上海，豫园乃必瞻之名景。这座建于明代的至今已有四百一十四年园龄的名园，百年前饱受战祸，特别是 1842 年英军攻陷上海时，竟令此园几遭毁灭性的破坏。据当时的文人目击所记，乃有："一望凄然，繁华顿歇"的悲惨实景描述。后来的屡经兴废，也均见于园志所记。直至 50 年代初期，上海市政府斥巨资重修，乃一举恢复了该园素负盛名的"三穗堂"、"仰山堂"、"万花楼"、"点春堂"、"玉玲珑"等四十八景点，从此成了海内外闻名的沪上名景。

借十余年改革开放之美，今日豫园景区一带，更成了"豫园文化"所在地暨富蕴人文色彩的新商业区，特别是豫园的内园经已

公开开放后，游客更是纷至沓来，大有踏穿门槛之势。

豫园入口前的九曲桥及湖心亭茶楼，向来是游客最心仪的景区和休憩之地，九曲桥形制和含意奇特，加上新添加的喷水装置令湖中水花日夜溅空，甚具美趣，故留连桥上不忍而去者，日逾万

Colourful Shanghai

计，以至有时真个挤得来摩肩重足，无法畅行。湖心亭茶楼，名声更响，单单观赏挂于二楼壁间的各国元首近年登楼品茗时的珍贵留影，便知其气度不凡矣。

豫园内景，可谓集明、清园林之秀、奇、清、幽等特色誉世，一檐一柱，皆有来历，特别是其闻名的"龙墙"，可谓是江南建筑中的一绝，那尊虽卧墙却似乎欲腾云而去的砖雕巨龙，更是令中外游客在此惊叹。步入"点春堂"，那种古色古香的气息扑面而来，观景也观史，此时此刻，人们仿佛听到了一百多年前的小刀会起义者犹在此纵声大笑呢。

自从豫园内园开放后，游客们已可看到此园盛时情景，及明、清士大夫们的优闲享受；特别是上海独一无二的古戏台，在此静立片刻，大约还可隐约如闻四百

年来的阵阵歌舞之声。说来也巧，记者来游时，适逢江西景德镇的瓷乐队来沪表演，故而当场享了耳福。

豫园外的老商场区和新商城，交相辉映，各具特色，同样是来游豫园的中外客人观览和购物之乐境。豫园的美食，近百年来更自成特色，来游豫园而不尝尝这里的诸种小食美点，便不免虚此一行了。

夏智定(2001.3.3)

时尚之潮

江阴路：花鸟市场掠影

上海人鲜有不知江阴路花鸟市场的，这条紧邻南京路的仅得百米长的小街，虽是曲曲弯弯，却也缤纷多姿，举凡花鸟虫鱼奇石珍贝等，果然是应有尽有，令人目迷五色，应接不暇。

据上海旅游业部门统计，每年来自海外各国数以百万计的游客，无不以游赏江阴路花鸟市场作为不虚此行的一个标识，也惟有在此江阴路上，可尽窥上海市民们的生活竟有多么的丰富多彩。

秋深矣，可此时的江阴路花鸟市场，更是游客们大有收获的时刻。请看，在江阴路一侧的花木摊档上，花农们捧出了一盆盆

红如火焰的红枫盆景，如此秋光独占之妙卉，果见购者不少。小型盆景中的红槭，此时也因叶片上染满了红扑扑的秋光，同样是观赏者心仪之品。

秋虫唧唧，在江阴路上又自

成一景，许多吟秋的鸣虫，在此一起来个大合唱，其中有来自河南的叫和大黄蛉，也有捉自江苏一带山坡上的金铃子、油葫芦，齐齐于此振翅献歌，高吟低和，煞是有趣。

上海市民中，有不少是蟋蟀爱好者，近年贮此虫者情趣渐高，已很少有人居奇以之相斗而赌钱的了。人们花几元至十几元钱，连罐一齐捧回，养在家中，秋夜静谧，但闻此虫长吟声声，居然一片天籁矣。

江南的月季花，逢秋仍艳；而秋兰登场，也是上海那一批养兰高手的心头之好，因为，来自浙江深山的养兰花农，对兰花的生长和移植最是拿手，人们从他们手中购得的兰花，果然别蕴一种山野气息。

近年，上海市民赏石者日多，

也带旺了这一独特的收藏行业，位于江阴路尽头的那家规模已日见其大的奇石店，其店堂中赫然高悬一匾，上书"亚太第一石"，而当你含笑跨入，店主人家也自会笑脸相迎，说道"买不买无所谓，一齐来赏石便是石友！"风雅如此，令人心仪。

江阴路，永远情趣盎然、生机蓬勃，难怪海内外游客纷纷举起手中的相机或摄像机，长留眼前之景，心中之情。

夏智定(2000.10.28)

时尚之潮

休闲小吃街：吴江路

(陆辉摄)

到了上海，若想领略一下"老百姓"们在家庭以外的饮食生活，最好去吴江路休闲小吃街。

吴江路在市中心地段，和著名的商业街道南京西路相邻，分成东、西两段。休闲小吃街是东段，全长只有273米。

这一段路在解放前名斜桥弄，虽只是条弯曲的小街，但却有过辉煌的历史。清末时"洋务运动"的主将之一、人称"上海滩第一豪门"的邮传部尚书、太子少保盛宣怀的宅第便建造在这里。在这条小街上建宅居住的还有他的女婿上海道台（相等于上海市长）邵友濂和人称"上海地产大王"的巨商周湘云等。但这些辉煌都早已消逝，盛府和邵府已拆除改成民居，住下了上千户人家，周湘云住宅改成医院诊所。后来，沿街满布饮食摊档，杂乱无章，环境卫生很差，给居民带来困扰。上海市政府有关部门研究和规划之后，在1999年把这里开辟为休闲小吃街，并禁止所有机动车通行。眼下，已有五十多家餐馆和小吃店，鳞次栉比地排列在这条经过改建和美化的小街上，其中大多是小吃店铺，有馄饨店、生煎包子铺、云南米线、东北水饺、成都风味小吃、小笼汤包、重庆麻辣杂拌、苏式红汤面、川味火锅等，并有更多店家供应各种冷盘和家常炒菜。几乎所有店家都在门前安放了露天餐桌，如此一来，入夜后便显得人气更旺。在春、夏、秋三季的晴天里，许多餐馆门里门外都座无虚席，营业时间竟要延续到午夜之后。

这条小吃街能吸引众多顾客的主要原因是价格廉宜，三四元（人民币）一盘的凉菜，五六元一盘的炒菜，四五元一樽的啤酒，每人花上十五至二十元便能饱餐一顿。有凉有热，有酒有馇边吃边聊边唱，可以消磨上两三个小时，这样的消费，是大多数市民都乐于接受的。

树　莱(2002.7.13)

时尚之潮

酷爱 "白相" 的上海人

上海人喜欢"白相"，酷爱出游，已远近闻名。

今年"五一"由于连放七天长假，申城出游市场再现火爆行情。据有关部门的统计显示，"五一"约有三十万上海人出外旅游，或结亲伴友，或四代同行，去享受浓浓的春意，去饱览河山的美景。

如此多的上海人集中外出"白相"，使原本想打"假日消费"主意的旅游商都有些招架不住。且不说上海周边的城市南京、杭州、苏州、无锡等地酒店、景点频频告急，已在节前纷纷挂出"免战牌"；就连旅行社推出的那些原以为很少有人会光顾的长线旅游，如西藏珠峰藏北游、宁夏西部风情游、山西平遥古城游、云南腾冲火山热海游等等，也都是条条线

路爆满，不得不将送上门来的客人"回掉"；有些市民利用长假索性出境旅游，以致于又造成东南亚、港澳一带的游线全部"满座"，澳洲、新西兰、韩国等地的线路，更是有客无机票。

"五一"长假再次引爆的出游热，使得上海市政府不得不动用当地媒体，呼吁市民不要在节日集中外出。而上海周边的一些城市，则利用旅游网站，提醒上海人在此期间出游，因接待能力有限，会住得不称心，玩得不尽心，希望

Colourful Shanghai

上海人多多包涵，与申城一海之隔的佛教圣地普陀山，更在网上告诫上海游客："不要存有侥幸心理，'五一'来普陀山旅游，肯定连一个多余的床位都没有！"

上海人集中出游，一年中有四次，包括元旦、春节、"五一"和国庆，而连同平时双休日出游算在一起，估计一年出游人数在一千万左右，其中十多万人出境旅游，故上海已成为目前国内最大的旅游客源地而受到海内外旅游商的青睐。在江浙两省旅游市场上，上海游客的数量已连续几年稳坐"第一"。

如此巨大的客源市场，当然会令那些旅游商怦然心动。

据悉，主管旅游的上海市旅委，去年一年就接待了十多个省市六十多批旅游促销团，今年一至四月又接待了十七批，近至一年要来上海促销几次的江、浙、皖三省，远至新疆、甘肃、陕西、河南等省。而且，都是由省市领导亲自带队，阵容庞大，在豪华酒店召开新闻发布会，又在闹市设摊向市民发放宣传品，有的省市还分别与上海签订了旅游合作协议。一句话，希望上海人多多到他们那里去"白相"。

颇感意外的是，上海人出游市场的潜力，亦开始令海外的旅游商垂涎三尺。除已对内地公民开放的东南亚、港澳及韩国、澳洲、新西兰，纷纷在上海开设旅游常驻机构及频频进行推销活动外，一些目前尚未对中国公民开放的国家，亦抢先一步来上海促销。仅今年头四个月，已有日本、瑞士、埃及、英国、法国、荷兰、德国及北欧等十多个国家的政府旅游机构来上海推销。瑞士国家旅游局

时尚之潮

的一位官员表示，中国加入WTO开放出境旅游是早晚的事，上海是中国最发达的城市之一，上海人生活富裕，这个市场任何一个国家都不会放弃。

上海每年为全国各地的旅游市场送去一千万人次的客源，当然，也希望全国各地的游客到上海来"白相，白相"，互惠互利。因此，上海从两年前就提出了"吸引千百万人游上海"的发展都市旅游的目标，并开发组合了一批具有都市旅游特色的产品，将都市风光、都市文化和都市商业融合在一起，以此吸引更多的中外游客。

同时，上海也开始走出去，到内地其他城市及海外招徕客源。在近两年中，仅上海市旅委就组织了四十二个团赴世界二十多个国家和地区促销，组织上海都市旅游促销团赴北京、天津等九个省市推销，并先后与这些省市签订了政府之间的旅游合作协议，取得了显著成效。去年，上海接待入境旅游者一百六十五万人次，创汇十三亿六千五百万美元；接待国内游客七千五百万人次，回笼人民币七百二十亿元。旅游产业总收入已达八百三十二亿元，旅游增加值已占上海GDP比重的4.9%，分别比上年增加16.4%和0.3%。

上海人外出旅游，外地人、外国人来上海"白相"，使政府旅游部门和旅游商忙得不亦乐乎，也带动了上海旅游业的蓬勃发展，使旅游业成为上海第三产业中最具活力又极具发展潜力的新兴产业。

千　谷(2000.5.3)

Colourful

上海滩销金窝侧写

　　和街上的冷清相对照，家家夜总会却显得热闹非凡。虽然夜总会没有灯光，只点蜡烛，朦胧之间，人影幢幢，但的士高刺激的奏乐，给黑暗中的男男女女带来莫名的兴奋。借着微弱跳动的烛光，或突然间的一道舞台切光，分明看到里面的姑娘个个艳光照人，极有风情。　据说，在夜总会的上海姑娘不少素质很高，很有悟性，并能说一口流利的英语或日语。不知为什么，她们心甘情愿到夜总会搵食，是为了赚多点钱?还是想钓一个金龟婿?

　　请我等到沪采访的一位地产商风趣地说，许多漂亮的上海姑娘到宾馆酒店做事，但一个月后全不翼而飞，有的飞到外资公司当秘书，有的飞到外商家当"金丝雀"。他说，当初他在上海开的一家酒楼"梦上海"，登报招聘女服务生，前来报名的女孩有三千多人，论漂亮是一个赛过一个。一个月后，他发现那些漂亮女孩都通过酒楼这个社交场合觅到了好去处。他诙谐地说，如今"梦上海"剩下的女孩都属于长相一般的了。

在夜总会搵食的上海姑娘似乎都长着一双火眼金睛，在众多的来客中寻觅目标，总是相当准确。她们不一定要找老外，因不少老外本身也是来沪打工的，并非十分有钱，尤其是那些黑皮肤老外更无人问津。总之，是要找一个有钱人。

说实话，上海姑娘确是与众不同的，总是带有大都市的洋气。

在夜总会搵食的上海姑娘，操业虽和南方一些开放城市性质一样，但她们看人的眼光却更高一筹。这不也说明上海姑娘的"精明"之处吗？

诚然，改革开放后，夜生活的方式也一并引进中国各个地方，并产生了一个有趣的现象，哪个地方的外商多，哪个地方的姑娘也多。甚而至于出现了这样一个怪论：既要搞经济建设，就要牺牲一代女人。当然本文毋须讨论这个论题，事实是总有那么多女人甘愿牺牲，换取荣华富贵，包括精明的上海人，不过又有多少能获取幸福就不好说了。

夏　阳(1995.11.11)

上海 "大世界" 受冷落

你还记得上海"大世界"吗?

前不久,我的一位外地朋友来上海,他提出要去看看"大世界",我这才想起我自己也许多年没去"大世界"玩了,少说也有十年没进去过。"大世界"如今怎么样了呢?你还记得上海"大世界"吗?

"不逛大世界,等于没到大上海",这是一句曾经流行于海内外对上海"大世界"游乐场的评语。上海"大世界"从20世纪初就以她光怪陆离的娱乐、竞技特征吸引着四面八方的来客。少见的升降电梯、可笑的哈哈镜,还有弹子房、回力球、杂技、杂耍以及各种戏曲节目等等。我们从60年代开始记事的人已经无法揣摩20世纪初"大世界"的精彩意义了,不过

从70年代末期开始,到80年代末期,上海"大世界"游乐场的繁荣还是再现过,我们也曾经排着长队等候在游乐场的门外,曾经有过急切地期盼着快点走进那花花

时尚之潮

世界的心情。可什么时候又对她无所关心了呢?每天从她的门前走过多少次,有许多时候都是一点也不经意地走过,至少,在我的印象中"大世界"似乎已经无人问津了,也许我的朋友对上海"大世界"还记忆犹新。

上海改革开放以来,已经有更多的新兴游艺项目兴起,从电子游戏机到太空飞船,从迪斯科到卡拉OK;从打落袋到保龄球……都在满足不同文化层次的消遣娱乐爱好。然而,新时期人们的娱乐游艺不仅仅这些,电视的发展对过去传统游艺、娱乐项目是最直接的冲击,人们可以不出家门而直接享受到这些娱乐、游艺节目的乐趣。还有就是新时期的上海游艺、娱乐设施遍布了上海城乡的各个地区,而不仅仅是"大世界"一个场所了。为此,人们渐渐忘却了曾经风光过的"大世界"游乐场了。

上海"大世界"的确被人们所忘却了,然而,上海可有什么"新世界"为四面八方的人们所关注呢?有否什么新的"大世界"来替代老的"大世界"呢?是否有人说起:"不到×××,枉到大上海"呢?有,这也是我那位朋友说的:"上海的金茂大厦、上海的东方明珠、上海的浦东国际机场、乃至上海的地铁、上海的南京路步行街、上海的小区建设、公共绿地等等,都是上海的'大世界',如今人们来上海,不仅仅是看一看'大世界'游乐场了,可看、值得看的'大世界'太多了。"上海有这么多新的"大世界",人们忘却一个老的"大世界"也算不了什么。

叶 航(2002.7.2)

Colourful
Shanghai

摩托的士

沪上大街小巷经常是公交车、卡车、出租车如潮涌。有时在十字街口被红灯挡住，瞬时便会排成长蛇阵。

在上海办不得急事。诸君如需赶火车、坐飞机、观精彩表演、约女友相会，都需预留足够的交通时间。

"摩托的士"于是应运而生。它穿梭在大街小巷，在车与车的空隙中长驱直入。有时紧贴着车身，忽地一下就超越了过去；有时在车尾猛地刹车，绿灯一亮便扬长而去。在交通过于拥挤的大上海马路上，"摩托的士"灵活、快速，充分展示其存在的价值。

据传沪上第一批摩托手至今已全军覆没，丧身在车轮底下。但摩托车牌照仍呈几何级数速度增加。私人摩托车牌照从X起头，依次排列为X、Y、Z、V，近日又排至U。每个字母后是一万张牌照，照此推算，沪上奔驰的自备摩托车有近五万辆。这中间除极小部分是个人使用外，其余大多都明里

时 尚 之 潮

暗里当上了"摩托的士"。

"摩托的士"有明显的标志：在空驶的车子后座或车头上，悬挂着一顶头盔。摩托手年龄大致在20至40岁之间，没有女性，大都极爽气，一般不讨价还价。问其收入，笑而不答。他们中相当一部分是有职业者，偶尔用摩托载客，只是为了补贴摩托费用，每日有个百把元钱便差不多了。亦有职业摩托手。一位二十三岁刘姓青年称：是辞职后专门开摩托的，每月收入是原先在厂做工的八倍。

沪上人士对"摩托的士"爱憎不一。有称其给沪上交通紧张状况雪上加霜，亦有称其为缓解运力紧张助上一臂之力。公交车司机对其十分讨厌，因其常在车前车后穿梭，使原本神经系统高度紧张的司机们更加提心吊胆。而那些挟着公文包急于赶路的人，则对"摩托的士"有所偏爱。交通警的态度最为微妙，一般只要不闯祸，不在他眼皮下做生意，他便眼开眼闭。有时亦会突然招手让其停下，行个礼，请罚款。

"摩托的士"在沪上是一种非法经营，既无执照，也不上税。已有消息称，公安部门将颁布规定，摩托车后座一律不准带人。这对那些正在兴头上的职业摩托手无疑是个打击，同时亦使因有急事需赶时间的人只得望车兴叹，抱怨不迭了。

曾　华(1997.1.11)

轻歌劲舞泡吧族

有 "东方巴黎" 之称的上海，在改革开放、市场经济的春雨滋润下，许多新的休闲方式、交际方法、文化形态萌发出土，不知不觉中，酒吧文化也融入上海人的生活。现在，酒吧的形式多种多样：迪吧、轻吧、玩具吧、茶吧、陶吧，也都成了 "泡吧一族" 的天堂。

"轻吧"，指的是专门放轻音乐的酒吧。上海茂名南路上的一个小酒吧，音乐声不算响。恰到好处地衬托出彼此的交谈。懂行的人说，在这种"轻吧"，音乐不是放给人听的，而是为了使你和朋友的交谈不让别人听到。

酒吧里的一切，仿佛都是红色的。红窗帘、红领结、红红的烛光甚至连空调，都是红色的外壳。楼上，每个客人坐的椅子，都被设计成车轮状。楼道的一侧，贴满着上海滩二三十年代的 "香烟牌子" 仕女图，头顶上，几支大红灯笼高高悬挂。中式的布局，加上洋派的音乐，掺杂在一起，让人产生奇妙的感觉。不夸张地说，走进这种 "中西合璧" 的酒吧，客人就已经有点醉了。

朱先生经常来这个酒吧，他说，自己已经三十出头了，上海滩那些 "迪吧" 适合二十岁左右的小青年去，自己喜欢到 "轻吧" 来。"泡吧，其实泡的是一份心情。"

小酒吧还吸引了很多外国客人。他们大多是到酒吧来领略一下夜上海风情的。坐在吧台的一角，上海交通大学的留学生Michael显得很悠闲。他说，自己周末出来，一般都是固定的酒吧、

固定的座位。"这是一个很好的地方，DJ 都是外国人，音乐不错，氛围也很好。我在这里认识了很多中国朋友。"

坐落在衡山路的"迪吧"，已成为不少新朋旧知打交道的"驻点"。在这里简直堪称"云蒸霞蔚"，一千多平方米的大厅里聚集了近千人，不大的舞池里至少挤上了上百人狂摇乱摆，有的甚至得侧身而舞，真有"下饺子"的感觉。在舞池里，奇装怪服是"IN"的标志。黑眼珠的红发少年，冬天穿着吊带衫的女子，大热舞池里还戴帽扮酷的人，无论是看者还是被看者都其乐融融。

在喧闹中，又一首舞曲开始震撼人们的心脏。有的人开始疯狂地摇摆，有的则闭目自舞。舞池的墙壁上杂乱无章地装饰了不少玻璃碎片，在灯光下远远望去仿佛成了一扇扇镂空的窗口，又像热浪中无数冷冷的目光。音乐声越来越急促，人们的情绪也越来越亢奋，几个人开始随音乐喊叫起来，喊叫声不断增大，更多的人加入进来，最后几乎全场都在"酒吧大合唱"。当凌晨两点到来，音乐停止，灯光大亮，原来光怪陆离的环境显出了本来面目。寻常的墙色，寻常的布局，寻常的泡吧人。

小小一个酒吧，却蕴藏着丰富的内涵。建设好这个窗口，对上海的文化娱乐市场管理和对外文化交流，有着不可低估的作用。

方　圆(2001.2.3)

上海：万众告别1999

快了，快了，新千年的脚步声越来越清晰了。

此刻，是本世纪末的最后一小时。我在黄埔江边的露天酒吧中，独自一人，品尝着新旧世纪交替前那一刻的滋味。

太平盛世祥和景象

此时，上海大剧院内，回荡着斯特劳斯交响诗《查拉图斯特拉如是说》中"日出"的旋律，表达了在这个千年开始之初，人类追求解放的呼喊；南京路步行街上，火炬方队正巡街表演，五彩的橱窗和亮丽的灯箱，勾勒出太平盛世的景象；和平饭店的老年爵士乐团，六位平均年龄七十三岁的乐手，正用萨克管、小号演奏着《现在是时候》。一百五十多位不同肤色的客人，用耳、用心聆听着《现在是时候》——正是千年只一回的时候。

我向浦江对岸望去。黄浦江中停泊着参与世纪盛典的军舰，

时尚之潮

正在施放焰火水雷；东方明珠电视塔的塔球上，落下如泻的瀑布焰火；天空中，礼花齐放，璀璨斑斓，其燃放量据说是今年国庆节燃放时的四倍。

东方明珠塔下，上海的"当家人"正和七千名上海人一起，等待新千年的到来。黄菊书记刚去看望了沪上几家主要媒体，徐匡迪市长忙完了"捉虫"大事，现在，他们坐在人群中，向1999年告别。

此刻，他们在想些什么？

邓公设计宏伟蓝图

中国改革开放总设计师邓小平曾在90年代初，为上海设计了一幅宏伟蓝图：到本世纪末，上海要交出关于物质与精神的两张满意答卷。老人家当时不无遗憾地表示，开发浦东，我们晚了一步。

尽管晚了一步，但上海人极其聪明，他们从"晚"中抓住了机遇。十年中上海的变化，用"天翻地覆"无以概括，用"没法想像"不能表达。

相信九泉之下的老人家会感到欣慰。世纪末的上海，心齐劲足气顺，政通人和。"当家人"总揽全局，上下齐心形成整体合力，把个上海整治得"此景只应天上有，人间哪得几回见"。百姓心平气顺，安居乐业。多年前，我曾随黄菊书记夜巡正在建设中的上海博物馆，其时，有百姓自发呼喊：黄书记，阿拉上海人感谢你。此情此景，在世纪末的最后一小时，竟又清晰地凸现在我眼前。

情人墙成就有情人

黄浦江水静静流淌，见证着

Colourful

Shanghai

沧海桑田，星移斗转。

我徜徉在黄浦江畔，感受世纪末最后一刻的气氛。身旁是一对不知名的中年夫妇，静静地站着，长久不说一句话。我试着与他们攀谈，才知他们来这儿怀旧，说是"来这个孕育过爱情的地方向世纪末告别"。

想起来了。黄浦江边的防汛墙曾一度是世界知名的"情人墙"。

70年代至80年代中叶，"情人墙"成就了无数对有情人。那时，上海没有酒吧、没有娱乐总汇、没有宽敞的住房、没有花前月下的场所。"情人墙"成了最好的谈情说爱之地。面对着黑黢黢的黄浦江，一对挨着一对。有形容说，两对恋人之间的空隙不会超过十公分。他们在这儿"私订终身"，酝酿新生活的开始。

这样的"爱情文化"孕育出的上海人，尽管懂得节俭、懂得谨慎，却未免由于空间狭窄而导致眼界和胸襟的狭窄。但是他们怡然自得，因为有黄浦江，他们把一切上海之外的人统称为乡下人。

现在，他们中的代表，来黄浦江边祭奠过去的岁月。中年夫妇告诉我，他们都在金融界工作，有三房二厅居室，儿子是高中生，已被选派到英国学习一年。他俩带着手机，打算在今晚十二点整与儿子通话。他们笑称这是"黄浦江与泰晤士河的世纪对话"。

是的，我亦有约会，约定今晚最后一小时与石礼安通电话。

上海速度世纪佳话

石礼安是上海地铁总公司总经理，"上海速度"的实践者。

时尚之潮

上海曾是最向"长辈"尽孝的孝子，曾是步履蹒跚的老妇。交通拥挤，道路阻塞；办事须盖一百个以上的图章，懒散无事干的人吃着国家的大锅饭。

四年前，上海有了第一条地铁，全长二十一公里；世纪末，上海有了第二条地铁，全长十六点三公里。两条地铁构筑成纵横十字交叉的地下快速有轨交通框架，成为上海的地下大动脉。

大动脉中，血流畅通，给上海注入了新鲜的活力。

黄浦江上的南浦、杨浦、奉浦大桥；上海半空中的内环、外环两个圆圈，和画在内圈中的十字

——南北、东西高架；新建成的高架轻轨铁路、还有石礼安率数万建设者建成的蛰伏于地下的"大泽龙蛇"，令上海速度大大加快。过去从虹桥机场到浦东陆家嘴地区，快则一小时，慢则没法说，现在只需十五分钟；过去交通管理是限制高速，现在上海百余公里道路已实行最低限速。

重要的是，速度的加快，既提升了工作效率，抚平了怨气，亦深刻影响了上海人的行事方式乃至思想观念。

空间的扩大和时间的加速，改造了老一代申城人，造就了新一代上海人。在世纪末最后一小时，他们以各自的方式，告别过去，埋葬所有对上海人准确或欠准确的评价，以奋发的姿态，平和的心境，笑迎新一年的开始。

23:55，浦东滨江大道上的"世

纪钟"屏幕上开始了三百秒倒计时读数。

本世纪只剩下了最后五分钟。

过豫园九曲桥祈福

上海的老城厢豫园九曲桥畔，伫立着二千名有幸在 2000 年最早踏上九曲桥的人，传说走过九曲桥能一世顺遂。因人流拥挤，管理当局不得不采取"封桥"措施。

第一八佰伴新世纪商厦的餐厅中却有另一番景象。幽幽烛光中，故交新知相对而坐，遥想过往烟云，憧憬未来前景，静悄悄地等候新千年的到来。

上海的"大客厅"人民广场上，成群结队的人群大声唱着、叫着，孩子们在人丛中追逐嬉闹，成人坐在喷水池旁的石凳上。

一百年前出生的老太太周莲卿在一个七十八岁、一个七十三岁两个儿子的侍奉下，在家中等待她一百岁生日的到来。上海有二百多位百岁老人，但在新千年元旦庆贺百岁寿辰的，却仅此一位。

龙华古寺、玉佛禅寺、静安古寺、南市文庙等，聚集了无以计数的听钟人。他们等待着、等待着新千年的钟声响起。人群中，许多人闭上了眼睛，相信他们是在心中许愿：祝愿新年吉祥、祝愿国泰民安。

月明风清夜，黄浦江上由十艘快艇和"新世纪"号游船组成的"世纪船队"拉响了汽笛，新年的钟声响起来了。

再见，1999。

曾　华(2000.1.1)

时尚之潮

上海蛇年新事多

蛇年新春以来，上海冒出许多新鲜事，从一个个侧面显现出这座城市的活力。

推出廉租屋

蛇年春节刚过，上海市政府就宣布，今年将全面推广廉租住房制度，凡是符合民政部门确定的最低生活保障线标准并且住房困难的家庭将获得政府的租金补贴，自行在社会上租房。根据新出台的政策，一家四口蜗居在十平方米小屋的贫困市民丁凤仙，每月得到补贴四百二十四元，又租下了一间二十四平方米的新居。

巡警网格化

上海警方试行的"网格化"巡逻让上海市民又新奇又增强了安全感。这种制度把城区划分成一个个零点三至零点四平方公里的格子，由固定民警进行全天候高密度巡逻，对市民求助、救死扶伤、突发事件作出快速反应。2月5日，市民萧阿叶的孙子离家出走，焦急万分之时，萧阿叶接到电话："网格"民警帮你找到孙子了！

输血靠自己

上海仁济医院新近施行的

Colourful
Shanghai

"给自己输血"手术引起了上海市民的浓厚兴趣。医生回收患者在手术时的失血，经过处理后再全部回输到患者体内。仁济医院院长张柏根说："自身输血可以避免经血液传播的疾病，也可避免异体输血引起的不良反应，是最安全的输血方法。"

生果平过菜

爱吃水果的上海人最近大饱口福，因为不少水果比蔬菜还要便宜。目前，上海市场上红富士苹果的价格比黄瓜低，金橘的价格比西红柿低，生梨的价格比苦瓜低。同样让上海人看不懂的是，春节旺季价格平平的鲜花，过了节却行情陡涨。除了因情人节而走俏的玫瑰外，康乃馨、百合、郁金香等时令鲜花的价格都有涨升。

产妇请顾问

好事母婴服务社的负责人余大新这几天每天要接几十个电话，来电都是打听如何雇请月子保姆的。目前上海每天要诞生一百多个婴儿，而那些70年代出生的年轻父母面对襁褓中的新生儿大多手足无措。好事母婴服务社先后培训了八百多名母婴护理员，但要求上门服务的产妇家庭已经排到了4月份。

买彩票赚

上海市福利彩票发行中心在蛇年的第一个工作日就赔了钱，在众多"彩民"中传为美谈。2月1日，上海电脑福利彩票"天天彩选四"开出的中奖号码恰恰为

时尚之潮

"0201"，让那些喜欢选择当天日期投注的市民幸运地每人获得一万元，使得彩票中心"赔"了三十四万元。上海市福利彩票发行中心副主任余建国说，现在上海的彩民超过了股民，募得的大量资金为上海的社会福利事业作出了巨大贡献，因此彩票中心也为"撞大运"的彩民高兴。

美发厅擦鞋

以引领时尚著称的淮海路近日也爆出了到美发厅擦皮鞋的新鲜事。邻近雁荡路步行街上的中原美发厅专门设立一个高级擦鞋角，让来美发的顾客从头到脚焕然一新。此招果然吸引了许多在淮海路办公楼上班的白领，有的时候来擦鞋的顾客多过来美发的，一个擦鞋工一天要擦四十双皮鞋。

靓仔卖女装

让六位年轻的男营业员来卖女士内衣，是近日出现在上海一家知名商厦的新鲜事。这个新招引来颇多议论。赞成者说，男士看内衣眼光不同，可以给女士更好的参谋，而且方便了男顾客。反对者说，女性内衣属于私密性的东西，很忌讳陌生男士的介入，男营业员会增加女士的顾虑。还有市民说，这又是一种商业炒作行为，真难为了那几位男孩子。

"变调如闻杨柳春，上林繁花照眼新"。随手撷取的点点滴滴新鲜事，折射出上海令人振奋的变化。

陆　斌

老人院里的千年钟声

千禧年来临之际，记者赶到上海嘉定区的众仁老人院，和老人们一起度过了千年庆典。

众仁老人乐园是由上海市慈善基金会兴办的，"众仁"取的是"众人拾柴火焰高"之意。值班的袁建中副院长告诉记者，这里住着一百五十多位老人，平均年龄有七十七岁。老人们有老人的乐趣，他们有的喜欢看书，有的看电影，或者写字绘画，或者打门球活动活动，他们用自己习惯的方式来过这个节日。

老人乐园的房子都是别墅式的，每间住两位老人。客厅里摆着沙发、电视机、VCD等一应家具电器。卧室则很简单，只有两张床和一张书桌。张玉珍和老伴住在一间底层朝南的房间里，这位七十一岁的阿婆原来在上海口琴厂工作。健谈的她拉着记者说，你来之前我的大儿子、儿媳妇和大孙子刚刚走，我对他们说，咱们能遇上千禧之年实在是幸运，这要十几代人才能赶上这个节日。现在在国家正是兴旺的时候，我们老人就更有福气了。

阅览室里，几位老人戴着老花镜在认真的看着一叠报纸。墙上挂着老人们自己作词作曲的歌谱，墙角放着一架钢琴。头发花白、皮肤白皙的萧老师是40年代的大学生，她说自己年轻时候在重庆，饱经战火和动乱，因此几乎没有留下过什么记忆深刻的元旦。前几天看报纸，上海买金条有三百多人半夜排队购买，深感我们国家的巨大变化。国家稳定富强

了，老年人才会颐养天年，她深信下个世纪的中国会更好。

走进孙诞先、田一寿老人的房间，孙先生正在伏案写字，田女士则在细心画着一幅冬梅图。这是在老人院里喜结连理的一对新婚夫妇，通常老人公寓一个房间的两张单人床，在这里并到了一起。孙先生早年是《国民新报》的记者，曾因揭发美军士兵强奸北大女学生"沈崇事件"而名噪一时。八十五岁老先生的新闻敏感性不减当年，对当今时事仍有自己见解：中国必须要以科教兴国为核心，并用东部的人力物力带动西部，中国才能在下个世纪成为世界上数一数二的强国，才能不再受欺辱。对于新世纪，他更看重青年的发展，寄语青年人要多一点长远目光注重素质提高，而不仅仅只顾扒分。他正计划写一本《中国百年沧桑》的

书，今天晚上则准备看一个通宵的电视来度过这个特殊的日子。

老人院里一间由古庙改成的茶室古色古香，里面贴满了书画、摄影等各类作品，都是老人们自己的作品。袁院长说就在这座茶室里，老人乐园刚开过迎千禧大会。现在的茶室已经空无一人，只有绛红的幔布和大红的金字。老人们也陆陆续续回房休息，他们中可能只有少数人会看电视坚持到深夜。养老院里似乎听不到千禧年的钟声了。

但我仿佛隐隐听到了这钟声，它就发自于这些饱经风雨沧桑、更多深沉凝重的老人心中。"只有国家富强了，老人才能颐养天年"。这声音是那么强，那么重，并不时在我身边回响。

房爱军(2000.1.4)

神户学子返家过年
—— 申城过年特写

今年春节，申城难得好天气，日日艳阳高照，神清气爽。

申城人说，过年的感觉是"只需要一种放松，一种闲适，一种对节日的认可和与节日的真正的交融。"

从神户归来的受惊的学子，便真切地拥有了这种"放松"之感。

亲情洋溢

大年夜傍晚，鲜花、眼泪、亲情充溢着上海虹桥国际机场到达大厅。

大厅中，一条横幅格外引人注目："神户学子，你们受惊了，欢迎你们回家过年。"

傍晚5时30分，班机从大阪飞抵上海，第一位走下飞机的是北京籍留学生张克勤，手捧骨灰盒，神情疲惫。其妻子在神户地震中遇难，他亦在塌陷的房屋中深埋十余小时后获救。这次在上海中国青年旅行社和青年报联手举办的"帮助神户学子回家过年"特别援助活动中，张克勤成为第一个接受援助者。他什么都说不出来，"只想见见自己的孩子"。

一位从神户归来的女学生称：那儿上海籍的学生还有二百六十多人，他们死里逃生，大都渴望回家过年，"上海有关方面组织的援助行动真是雪中送炭"。

据悉，大年夜和初一两天内，还有一批学生陆续回国。

时尚之潮

邮电繁忙

今年春节有六天假期的申城人放松至极，优哉游哉。

上饭店上宾馆吃年夜饭，成为越来越多人的选择。

吃过年夜饭，上海长途电信局国际台和程控设备机房进入一年最忙时，到处一片拜年声。长途国际台提供，在国际长途拜年电话中，尤以海峡两岸为最多。与此同时，无线寻呼或市内电话亦从年三十晚八时后进入最忙时，至初一上午统计，共接收拜年电话六十万个之多，以BP机拜年更不计其数。

除夕夜，申城各邮局内亦是人声鼎沸，贺年封如潮水涌进，邮政部门员工挑灯夜战，"乒乓乒乓"邮戳盖印声与鞭炮声混合，响

至初一凌晨。随后，数万只贺年封被投送到市民家中。

今年春节，申城还推出礼金电报服务项目，除夕有千名用户使用了这项服务，礼金额达二十多万元。

一张张从五十元到五百元的邮政储蓄单，通过电报在初一送至亲朋好友手中，变成了一份份沉甸甸的亲情。

身在异乡

大年初一，上午九时。

一辆"大巴士"从上海外滩出发，由北向南缓缓行驶，车头挂着一块"外地民工游上海"的牌子，格外引人注目。

被邀请参加这个游览活动的有来自钢铁、纺织、建筑等行业的二十五位外来民工。

Colourful
Shanghai

　　他们只是申城几十万打工家族中的代表。

　　他们饱览申城秀色，个个喜气洋洋。

　　从大别山区来的打工仔樊立新、杨如宝，和其余四十八位老乡一起在上海废弃物老港处置场工作，整天与垃圾打交道。初一清晨，他们中的五位代表从东海之滨的老港处置场赶到外滩。樊立新表示，看看上海，想想老家，差距太大了，今后回家乡要把在上海学过的知识带回去。

　　还有万名外地民工，年初一成了上海"大世界"游乐场的新年首批宾客。

　　"大世界"各个表演场所和游艺项目，全部对外地民工开放。来

时尚之潮

自江苏的陈亚权称：以前只听其名却无缘亲身游历，这次留在上海过年，无论如何要去白相一次。

白相城隍庙

从除夕到正月元宵，去城隍庙游览朝拜成了上海地区的民俗文化特征，在被移作他用二十九年之后，城隍庙今又露相。

为游人写一幅"好年好景好吉利，新年新岁新气象"春联；请客人喝一杯"元宝茶"；一阵欢快的唢呐声中，一乘四人花轿缓缓而来，徐徐落定，扶下来的竟是一位八十岁的老太太。见她手拄拐杖，凤冠霞帔，笑得合不拢嘴："六十年前出嫁时坐过一回花轿，今朝白相城隍庙又坐了一次轿子，越活越年轻了。"

老城隍庙从年三十开放后，烧头香的竟达三千多人。一直到年初二，香客们还源源不断与刚迎进庙内的城隍老爷、城隍娘娘见面，敬香祈求国泰民安。

认认大上海

年初三，申城依然"过年气氛正浓"，上海人为自己设计了一档别致的节目：走亲戚宁可绕远路亦要带孩子乘一趟地铁；有的租辆小车，沿"申城第一环"内环线转一圈，顺便再看看杨浦、南浦两座大桥。他们说平时没空，节日补补课。

在"上海地图年年更新"的今天，利用节日假期，安排这样一档"认认路"的节目，确亦是申城人的生活需要了。

曾 华

上海大剧院

上海城建展览馆

上海博物馆

上海八万人体育场

Colourful

申城人物

吴邦国：倡上海人"换脑子"身体力行　黄菊：上海当家人的五个角色　陈良宇：希望这一棒更精彩　陈至立："科教兴国"战机下走马上任　徐匡迪：你将怎样当市长？　林元培：敢争世界第一的人　江欢成：天斧神工明珠璀璨　陆吉安　"桑塔纳"大功臣　黄贵显：上海证券市场拓荒者　陈逸飞　把画笔延伸到银幕上　廖昌永：今夜星光灿烂　吴邦国：倡上海人"换脑子"身体力行　黄菊：上海当家人的五个角色　陈良宇：希望这一棒更精彩　陈至立："科教兴国"战机下走马上任　徐匡迪：你将怎样当市长？　林元培：敢争

申城人物

吴邦国：倡上海人"换脑子"身体力行

"吴邦国书记，我对您有意见。"今年早春的某一天，在上海是届人代会期间，一位女记者正巧与上海市委书记吴邦国同乘一部电梯，逮住目标便轰出一"炮"。

"您曾答应接受我的专访"，女记者师出有名。

"噢，下个月上北京开全国人代会，你去不去?要去，我一定助你完成任务"。五十二岁的中共中央政治局委员极爽快地作了承诺。

于是，阳春三月，女记者在北

京如愿以偿。那女记者就是我。

平民意识

其实，敢于对吴邦国说"我对您有意见"的，并非记者一人。

出现在上海公众面前的，是一个温和的市委书记形象。脸上经常挂着微笑；与人交谈时，语气中常含有征询意味。要不是他身边经常有两名年轻英俊的保卫人员，并不太看重官本位的上海人也许会忘了他是一位中央要员。

吴邦国的平民作风，特别令沪上新闻界满意。碰上有摄影记者为其照相，吴邦国会采取配合态度，放慢语速和手势动作。他对自己的形象直言不讳"我这个人不漂亮，小眼睛，瘦"。

然而，"不漂亮"的上海市委书记自有其独特的魅力，那魅力来自他的平民意识。

吴邦国为人随和。有时在社交活动中，有人向市委书记献花，他会把鲜花转献给正巧在身边的某位女士，并玩笑说"我一个老头要花干吗"。

尽管位居中央政治局委员，但吴邦国常会不顾保卫人员劝阻，穿街走巷，微服私访。他爱蹓马路，有时还光顾私营小店，下基层参观工厂，去农村探望农户，逛集市了解行情。去年初夏，吴邦国连续两个月，先后去青浦、奉贤、金山、南汇、松江、崇明六个郊县考察。他跑了三十多个乡镇，考察了五十多个基层单位，与农夫农妇聊天，向乡村干部调查，掌握了大量第一手资料。

在吴邦国办公室里，有一张上海郊县地图，地图上用铅笔画了密密麻麻的小方块。吴邦国说

申城人物

自己已经把上海郊区的每个县都跑到了，地图上点小方块的乡、镇、村，他都去过了。

吴邦国1941年出生于安徽肥东，那是中国腹地一块并不特别肥沃的土地。二十一岁时加入中共，三年后大学毕业参加工作，正逢"文革"，他被分配进工厂当运输工。从社会的最底层开始，他接触人生，认识社会，接受各种朴素、传统的中国文化熏陶。

三大爱好——香烟、网球、书法

他有过与大多数上海市民相同的生活经历，如住过"石库门"和小阁楼，用过马桶，烧过煤球炉。至今他还常回忆起当年早晨刷马桶、夏天傍晚端盆凉水，放在屋内"降降温"，然后搬把躺椅在马路旁和邻居聊天纳凉的情景。他并未因为今天的升迁而忌讳昔日的底层生活。

况且升迁后的他至今仍住在两房一厅的居室中，三代五口挤在一起；白天在市委办公厅上班，也只极其简单的办公桌加上几张沙发。吴邦国生活和工作的这两方天地，恰和他个人品性相似：没有富丽堂皇的装饰，没有达官贵人的显赫。

吴邦国称自己"爱好很多，但不登大雅之堂"。

吴邦国爱抽烟。吸烟不利健康的道理，他未必不知道，然而明知有害却仍照抽不误。或许抽烟更便于与别人沟通，或许抽烟有利于启发思路。

今年4月份，上海举行全市干部大会部署街道工作。期间，吴邦国到休息室里抽烟，正巧欧阳路街道主任在场。这位中国"最小的官"见到中央政治局委员、上海市委书记，顿时有点拘束，但见书记像谈家常一样一口接一口吸烟，一搭接一搭问话，便消去拘束，向书记诉起苦来。两支烟抽完，吴邦国上台发言。开口第一句话"同志们，刚才在后台，有干部向我反映街道工作存在三个问题，一是对全民绿化重视不够，二是街道干部职责不明，三是干部收入偏低，我想对这三个问题谈点看法。"

吴邦国讲了半个多小时。他所发表的意见，后来在街道工作中得到贯彻。这未必是两支烟给予的灵感，但至少是两支烟给市委书记提供了倾听基层干部苦衷的机会。

中国高官中爱打网球的不少，吴邦国亦为其中一员。星期日上午若无公务，必在网球场上度过。

他给自己评分"水平还不错"。

吴邦国总结打网球有三大好处。一是锻炼身体。他说自己很少生病，打完球睡觉很香，平时白天精神亦充足；二是可以广交朋友。穿上球衣拿起球拍，对手不论职位高低皆是球友。休息时切磋球艺，谈天说地，藉此交了不少朋友；三是多了一个信息渠道。吴邦国说他体会到，人在运动后，血液循环加快，精神亢奋，愿意多说话，说真话，他从中得到不少信息。因此他认为，打网球既是一项业余活动，兴趣爱好，又有利于市委书记的工作。

"对于我们这样的人来说，工作中有一个思想方法的问题。接触面广了，集思广益，触类旁通，对决策有好处"，吴邦国把爱好打网球的意义又提高了一个层次。

吴邦国喜书法，又是"好好

人",因此求他笔墨的人不少,有时求墨者甚至"立等可取"。他并不常常谢绝请他题词的要求。据说吴邦国用钢笔、铅笔写小字,未必能见其光彩,他擅长的是用毛笔写大字。

在上海,几乎没有任何关于吴邦国的轶闻、传闻,吴邦国没有"新闻"。他生活得很有规律,每天六点钟起床从不睡懒觉;晚上十二点钟睡觉,睡前喜欢翻翻书报杂志。"什么都看,小说、杂文,经济的、政治的。看长篇的没时间,只好看中短篇。前几天上海两位大学者王元化、余秋雨送给我几本书,很喜欢",吴邦国这样对我说。

"家庭?一个太太两个孩子,一女一男,一个念大学,一个读中专。"吴邦国不乏幽默,"我们家两男两女,两大两小,绝对是男女平等,老少平等。只是我常对他们抱歉,家里事管得太少。"

上海这座中国的超大型城市,在吴邦国这位执掌帅印的"平民书记"手中,正日新月异地改变着面貌。他的个人的性格已融入大上海的性格之中;他的温和、他的每一项实绩,使得有一阵颇多怨气的上海人气顺了,亦变得温和多了。

一个想当集团总裁的市委书记

吴邦国称自己重实干,能处理各种具体问题,因此"当个集团总裁最合适"。想当集团总裁还因为吴邦国是位学工科的清华大学毕业生。1967年毕业后在上海电子管三厂当过工人、技术员、工程师、厂长。以后又先后当过两家工

业公司的副总
经理，仪表局
党委副书记
等。长期在工
业战线基层工
作，积累起当
集团总裁的各
类资本。

　　然而，吴
邦国步入仕途
后，历任上海
市委常委，然
后副书记、书
记，一直是在
出思路出理
论，掌管大局、
较少琐事的职
位上，这使他
不无遗憾地萌
生出想当集团
总裁，"亲自操

刀"的愿望。

上海自开埠以来，五方杂处，藏龙卧虎。几代志士仁人，为上海的未来描绘了多种图景。吴邦国是个讲究实际的人，他在继承了前几任市委市府领导人"重振大上海雄风"的思路精华后，为90年代的上海确定了"换脑子、理路子、转机制、调班子"的发展思路。

上海人确实需要换脑子，尤其是早几年。长期在计划经济中运行，形成思维定势，对商品经济不熟悉了。

吴邦国主政上海后，提出要给僵化的上海人脑袋输入新鲜活泼、有生命力的商品经济意识。他自己身体力行，找来大部头的金融专著，仔细研读，还请来专家座谈讲解，对上海发展股份制企业、发展证券市场形成自己独到的见解，以至后来被圈内人称为"股票专家"。

现在上海人都有一种感觉，近几年上海发展的方向明确了，步子加快了，这便是吴邦国的"理路子"。

根据中央指示，围绕"一个龙头、三个中心"，以浦东开发开放为重点，上海确定了发展目标和战略重点。

吴邦国这样表述他的亦是上海的发展思路：

第一目标是国民生产总值平均每年增长10%；第二目标是把工作重点放到产业结构和工业内部结构的调整上，使之更趋合理；第三目标是形成浦东新上海的轮廓；第四目标是消灭申城现存的八十万只旧马桶、八十万只旧煤球炉，还清历史的欠账。

在工业战线摸爬滚打了二十年的吴邦国，自然对国有企业如何转换机制有一套思路。他曾多次提出，对该活的大中型企业让它活得痛快，对资不抵债，实在难以为继的企业，则置之死地而后生。吴邦国曾说过这么一件事：有家工厂资产只有二千万元，债券却有一亿多，曾换了好几任厂长，有的厂长甚至急得头发都白了，仍搞不好。这样的工厂谁管得了？一定要走破产的路子。吴邦国说，有外国人批评我们像慈父一般对待企业，这不行，不能当慈父。

作为市委书记，吴邦国深谙"谋事在人"之道。

市委书记关于上海发展的宏观思路容纳在他的十二字诀"换脑子、理路子、转机制、换班子"中，化作一道道具体指示和一个个实际步骤。

上海近年在加速发展经济的同时，大力倡导"精神文明建设"，力图使上海人在享受不断增长的物质文明的同时，亦享受到诸如人的道德水准、生活环境、高尚文化氛围所带来的愉悦。

事实上，上海已基本成功地做到了这一点。常有外地来客感慨上海经济秩序正常，生活环境平和，称上海在高速发展经济时并未使这座大都市变成"文化沙漠"。这与吴邦国的倡导不无关系。

吴邦国经常想的和说的有两件事情：干部廉洁自律，社会风气健康。

关于干部廉洁自律，吴邦国说那是上海市历届领导的传统思维。江泽民在上海时，经常告诫干部"上梁不正下梁歪，中梁不正倒下来"；朱镕基在上海时，在全市公开宣布，要纪律检察机关紧紧盯住全市五百零六个高级干部。

吴邦国继承了这些传统思维，又清醒地看到，上海这两年出现了不少新情况。一是干部直接参与经济活动多了，商业活动中的应酬也多了，除了正常必要的礼尚往来，干部能否抵制金钱、美女的诱惑？二是干部手中的权力大了，上海已实行市区"两级政府、三级管理"。一块土地批租给谁，不批给谁；批租的价格松一松、紧一紧，往往就是上百万美元的出入，干部能否抵制权钱交易的诱惑？

针对这一"一多一大"，吴邦国要求上海干部"不贪财、不贪杯、不受贿、不参赌、不好色"，认为那是每个党员干部最起码的修养。

上海的社会风气令人满意。有一位外商对吴邦国说，在上海，晚上带着钱，亦敢在外面行走。吴邦国听后很是感慨。他认为社会的稳定十分重要，如果社会动荡，治安混乱，世风日下，那什么人也不敢来，什么事亦干不了。

吴邦国曾多次坚持强调，上海不许开跑马场、不许开赌场、不许搞陪酒女郎、不许搞选美。他说有人责怪他太"左"，其实他是对人民负责。

曾　华(1994.6.22)

黄菊：上海当家人的五个角色

1938年秋，浙江嘉善黄氏一家为躲避战乱，来到上海。时值一名男婴呱呱坠地，其时院内黄菊刚开，男婴便以菊为名。

黄菊，名字很单纯，有点诗情画意，给人带来联想。

衣饰整洁得体，脸上常挂着笑容。

记忆力极好，大会演讲很少看稿子，用朗诵般的语调说出，音

色淳厚悦耳。

这，就是大上海的当家人
——黄菊给人的最初印象？

三年前，在他刚当选为市长
时，曾有一位年轻记者问他："您
是否如有些人认为的那样谨慎有
余，魄力不足？"

随着三年来大上海发生的每
一个变化，年轻的记者和所有的
上海人一起，看到了变化后面大
上海当家人的胸襟、才干和气魄。

上海人曾有过的那一丝浅浅
的忧虑，如今被深深地认同感所
替代。因而，他们对自己的市长进
入中央政治局高层并担任上海市
委书记一事，并不觉得突兀。"看
看上海的变化嘛"，他们如是说。

而我，则在进行了众多采
访、并去他的家和他夫人交谈
后，从其所扮演的人生多重角色
中，窥见了他的内心情感。大上

海的这位当家人，是个有思想，
有主见，有谋略，有气度的人。他
是多侧面的，他的思维，他的统
领全面能力，并非如他的名字那
般单纯。

角色之一：常当"组长"的市长

1963年毕业于清华大学机电
系的黄菊，在进入政界前，一直在
上海机电行业供职。他当过工人、
技术员、是恢复评定职称后的第
一批"工程师"。以后当上副厂长、
副经理、副局长。1980至1981年
间，他是国家经委派往日本AOTS
的第一批经营管理研修生。若不
是1983年3月进入市委常委，也
许他会是一个非常出色的高级技
术人员。

从担任市委常委起，黄菊先

後任市委秘书长，市委副书记，又任市政府常务副市长。1991年朱镕基迁升进京，黄菊接任市长。黄菊曾辅佐江泽民、朱镕基，协调、管家，参与了大上海发展的每一项重大决策过程，与当时的吴邦国一起，被称为是江、朱身边的"哼哈二将"。

黄菊笑指自己"我只是个小组长"。1986年接任常务副市长后，他当上了"电力建设领导小组组长"。当时，上海的电厂装机总容量不到三百万千瓦，电力成为制约上海发展的"瓶颈"。黄菊一口气干上了建设石洞口一厂三十万千瓦机组工程组长，石洞口电厂两台六十万千瓦机组组长、吴泾发电厂工程建设组长。"我是学电的，有缘分嘛。"就是这位"学电"的组长，把上海电力三百万千瓦提高到六百六十万千瓦装机容

量，打通了"瓶颈"。

为了上海汽车工业的发展，黄菊从1987年至今，一直任汽车发展领导小组组长，黄菊不无自豪地笑称，"我是八年一贯制"。他说："当组长主要是抓方针问题"。1987年抓了承包制，一年让税几个亿，让汽车行业自我发展；1991年抓了老"上海牌轿车"改新车型，生产能力由当年六千辆老"上海牌"发展到今年底形成二十万辆生产能力的新型桑塔纳。明后年再投入六至八个亿，后年可形成年产三十万辆车的能力。

作为"小组长"黄菊还统领完成了三个各投资近十亿元的钢铁改造项目。先建三十万吨冷轧薄板，再建国家重点项目三米三宽板，随后建三十万吨合金钢棒材。黄菊是从宏观思维上，掂量这个"组长"分量的：上海的钢铁发展

不在数量上，而在于保证五百万吨地方钢要上水平，多品种，以体现技术含量，适应需要。他认为"上海经济的发展就是要从质的提高上下功夫。"

1990年中央宣布开发浦东，他又当了三年浦东开发领导小组组长，挥笔书写浦东开发开放起步的崭新篇章。

抓一项，成一项，是黄菊对自己的要求亦成为他个人风格的写照。

角色之二："大路歌"的总指挥

改革开放以来，大陆民间曾流传"端起饭碗吃肉，放下筷子骂娘"的俗语，在上海则演变成"住房拥挤马路塞车责怪市长，造新房修马路仍然责怪市长"的矛盾现象。责怪归责怪，房子还是要盖，马路仍然要修。上海滩变成了一个"巨大的建筑工地"，黄菊指挥着千百万民工唱起了"大路歌"。

过去，上海市政欠账较多。几十年未回过上海的老人，回家依然"熟门熟路"，这实在令上海人汗颜。1991年黄菊当市长后，三年在市政建设上的投入，相当于80年代十年的总和。他的思路是"90年代还清老账，少欠和不欠新账"，"一个道路一个住房，既是上海发展战略上的大事，又是老百姓迫切需要的实事，必须抓好。"这是黄菊思考问题的基本出发点：胸中要有全局，心里想着群众。

从1991年市区第一项大规模改建工程以来，上海到处可见马路"开膛破肚"：华山路改造、江苏路拓宽，四平路（中山东一路）扩建、杨高路新修；南浦、杨浦两座大桥相继建成通车；成都路、内环线高架路上马……到处是机器轰鸣，到处是车辆改道。这几年的头号建设工程，他两个月去一次现场，有时晚上抽空先走一圈，第二天开个会，现场解决关键问题，确保工程提前完成。随着高楼大厦一幢幢矗立，马路一条条通车，上海市民从责怪到理解，从理解到感激。国庆前夕，黄菊深夜去即将完工的人民广场改建工地慰问职工，老百姓自发地鼓起掌，更有路人向着市长高呼"黄菊你领导有方"，民心民情可见一斑。

事后，记者得知，今年初小平同志视察内环线浦东路段时有人告诉他，上海人称黄菊是修路市长，小平同志听后点头笑了。

角色之三：勇于探索的地方官

进入90年代，在上海这样一个特大型城市，改革、发展和稳定都面临着许多新情况、新问题，所幸的是上海当家人在探索之路上胆子不小。

上海传统的产业结构以第二产业尤其以加工工业为主，1985年上海制定发展纲要时提出要发展第三产业。黄菊任市长后，根据上海特点，在全国长江规划会议上提出"优先发展第三产业、积极调整第二产业、稳定提高第一产业"的"三、二、一"战略方针。

他以三个方面作为抓手实现他的战略方针。

一是发展金融业。沪上金融机构从十七家发展到三百家，外

申城人物

资金融机构从四家发展到八十多家，还推行股份制，大力引进外资，使得上海的资金包涵容量增大、渠道畅通。

二是发展内外贸易。提出"大市场、大流通、大贸易"的构想，认定"只有商业繁荣之时才是上海经济振兴之日"。

三是发展通讯和运输业，今年起又发展咨询服务业。

黄菊从宏观高度阐述他的战略方针："上海发展第三产业并不以损失第二产业为代价，第三产业发展的基础是第二产业。而且，上海的第二产业并不仅仅局限于本地"，他进一步阐述："整个长江流域都是上海第二产业发展的腹地。"

黄菊认为，上海的工业，其产品市场占有率占全国三分之一以上的、综合技术水平含量高的以及起支柱性作用的要保留，初级产品要割爱。使上海产品的附加值更高，中心城市的作用更大，这是经济发展的必然。擅长于"干实事"的黄菊自

有其独到的理论。

中央有位要人近日在沪视察时称"观察了三年,上海实行产业结构调整的'三、二、一'方针是正确的。"

还有,上海在全国开了土地批租先河,当时亦议论不少。土地是国家的,能不能批租?批租拿回的钱够不够补偿拆迁费用?1992年2月,黄菊去市中心区第一块利用批租的级差效益改造旧区的现场视察,并发表电视讲话,用了半小时,反复解释土地批租的好处"拿人家的钱可以拆棚屋建新楼,建了新楼可以繁荣商业,可以改善市民住宅条件,可以实实在在地改变城市面貌。"

上海土地批租搞了两年,利用级差地租改造旧城区,使旧房改造从原来需要一百年才能完成缩短为十年,现在更可缩至七年

左右。这一做法亦受到中央要人的肯定"在上海这样的特大城市这是正确的"。

回顾过去两年走过的探索之路,黄菊称"我们在前年八月份就提出要寻找改革、发展和稳定的最佳结合点。"

改革无止境,发展无止境,探索无止境。黄菊坦陈工作中还有问题,要不断求索,"把最后的评价留给老百姓,留给历史。"

角色之四:"快乐小分队"的队长

黄菊称自己"爱好文艺,喜欢唱歌"。今年中秋晚会上,黄菊手持话筒,高歌一曲《敢问路在何方?》博得满堂喝彩。主持人笑问市长"上海的路在何方?"黄菊即兴作答"就在上海一千三百万人

民的脚下"，再次博得一片掌声。

黄菊还喜爱朗诵。夫人透露"有时在洗衣服时，他会一个人朗诵起诗词来。邻居见状说，哟，看你洗衣服倒亦是件开心事嘛。"

是届上海政府，市长和八位副市长个个大学毕业，年富力强，十分齐整。黄菊称之为"是一个快乐的小分队"，看来他则是"小分队队长"了。

在采访中，有一段对话颇能说明黄菊的待人接物，处世之道。

记者：您认为您个人的长处是什么？

黄菊：能容人，团结人。对人，是什么说什么。在班子中努力发挥每个人作用。

记者：您的工作风格？

黄菊：干一行，学一行；抓一项，成一项。

记者：您最讨厌什么事？

黄菊：扯皮，不负责任。

记者：您的心愿？

黄菊：为官一任，替百姓做成几件事，交给后人时问心无愧。

记者：您对自己当市长，现在又当市委书记怎么看？

黄菊：机遇。我看自己没有什么特别。在同龄人中资历也不深。我对自己的要求是勤学习，多思考，想大局，干实事。

黄菊告诉记者，他有个习惯，每晚八时半到十时半，必坐在办公室，或与人谈话，讨论问题，或翻看材料，整理思路。十时半至十二时，则和北京或同有关人士通电话，十二时过后睡觉，早晨六点半起床，很有规律。

后来又聊起他正在看的一本历史书，记者问是否做官从政都需要手腕？黄菊沉思着回答："主要是捧着一颗真诚的心，对待社会、对待世人。""当然亦需有领导艺术。从事工程的人需要技术，而从政却需要艺术。"

角色之五："睁开眼就是市长"的丈夫

黄菊的家，三层楼一个单元，两居室一厅。厅的一边是餐桌，另一半既是书房又兼会客室。

黄菊有一个女儿，在外读会计专业。家里仅夫妇二人，使得他有了空闲时间"睁开眼睛就当市长"。

大学数学系毕业的夫人余慧文快人快语，热心肠，直性子。和丈夫性格互补。

大上海这个家并不好当。"当家人"有时外出，每晚免不了打个电话"问问上海今天有些什么大事?""我是他倾听群众呼声的助听器"，夫人说。

"过去有段时间，在家里我烧饭，他洗碗，成了铁定的习惯。他每天中午回家吃饭，我虽然在单位里可以吃饭，但亦喜欢赶回家和他碰碰头。"

"碰头就是讲上海的事，老百姓的事。拿我当听众，征求我意见，这件事老百姓会赞成吗?那件事对老百姓有利否?"

"他这个人很少有发脾气的时候，有时几件事缠在一起，很烦人，我看出来了，就劝劝他;我不顺心了，他劝劝我。他很耐心、温和、宽厚，所以睡觉效果比较好。"

在记者眼里，黄菊和夫人似乎长得很像，像兄妹。余慧文笑着承认"有好多人都这么说。"

说这话时，余慧文眼里满是笑意。

曾　华(1994.10.26)

申城人物

陈良宇：希望这一棒更精彩

议论多时的"谁将出任上海市长"今天随着上海人民代表投下的七百三十一张赞成票终于尘埃落定。

在上海工作了三十多年、去年12月7日担任代理市长的陈良宇今天向"选民"们承诺，就任上海市长之后，他将首先关心一千六百万上海人民的利益，并全力建造一个责任政府和法治政府。

陈良宇今天说，他为自己"有机会为上海这座城市的灿烂明天而奉献力量，感到无上光荣和由衷自豪，同时也深感自己所肩负的重大使命和崇高责任。"熟悉陈良宇的人知道此话并非矫情。

陈良宇祖籍宁波，1968年毕业后长期在上海工作，从最基层做起，熟知老百姓"柴米油盐"；同时，作为市委副秘书长、副书记、常务副市长，他辅佐几任上海市委书记和市长，亲身参与了几乎上海的每一项变革。他说，此时此刻，他比任何时候都有更多的责任意识和忧患意识。确实，在上海人眼里，陈良宇是位比较低调、比

较实干的官员。

　　与他的前任相比，徐匡迪被称为"学者型市长"，陈良宇则似乎更侧重于操作和实践；而在多年前，也有人认为陈良宇与当时上海市长朱镕基有相同之处。也许，他俩长得有点相似，都是较高个都是瘦削脸；或者他们都属于那种"严肃型"干部，不苟言笑，比较严厉。但在今次人代会上，不论是小组讨论还是会见记者，陈良宇都面露笑容，春风怡人。尤其是在当选后与记者见面，秘书长尚未宣布开始，陈良宇自己已站到台上，结果被"送"回座位听完开场白后重新站到台上，与几天前美国总统在清华演讲后被送回座位听完校长讲话才离去之场景，颇有异曲同工之妙。

　　陈良宇今天宣布他的执政理念是十个字：忧民之所忧，乐民之所乐。他说，政府权力是人民给的，我要用人民给的权力，全心全意为人民谋利。他还强调自己会十分关注弱势群体，使城市社会保障覆盖面进一步扩大。

　　上海诸多官员还记得，当年朱镕基当市长时曾严肃宣布，我

就管住你们这些当官的。今天陈良宇也多次谈到要建立一个廉洁、务实、勤政、高效的政府。他说，一支队伍要战胜别人首先须战胜自己，规范别人首先要规范自己。接了上海市长这一棒，我首先自己要廉洁，以廉治人，同时也要带好政府组成人员这支队伍。

今天陈良宇还提出一个"三化"课题，即政府职能"强化、弱化和转化"。

何谓强化？陈良宇解释，就是政府要强行进入过去计划经济体制下没有进入的领域，比如对总体城市经济发展规划和产业政策的制定、社会保障体系的建设、社会公共产品的制造、政风政纪、提升人的素质等；弱化政府直接管理的微观经济，果断退出对社会资源的配置，发挥政府监督功能；把弱化后的功能交给社会中介去

做，实现一种转化，这样，就能把"无限权力政府"转变成"有限权力政府"，让政府和社会中介构成二元结构的社会组织，改变政府无处不在的状况。

上海市委书记黄菊作为今天的执行主席，在宣布陈良宇当选为上海市长后表示，七年前的今天，也是在这个地方，他把上海市长的接力棒交给了徐匡迪。"从那时开始到今天，是上海历史上发展最快、面貌变化最大、举办国际性大活动最多的时期"，因此，"徐匡迪的这一棒是出色的一棒。现在，陈良宇接棒起跑，相信他不会辜负上海人民的希望，祝愿他的这一棒成为更精彩的一棒"。

上海人有幸，持接力棒领跑的人都会跑得越来越快。

曾　华　张　明(2002.2.26)

陈至立："科教兴国"战机下走马上任

短发长裙装束的教育部女部长陈至立快步走过来，与记者握手，同时亮起嗓门致歉："对不起！对不起！迟到了一分钟！不过，是不得已而迟到。"原来她与女秘书刚刚从欧盟委员会驻华代表团举行的一个活动中赶来。

"很高兴见到你们。想问什么问题？"快人快语的她，落座后便开门见山。

当记者举起相机拍照时，她的直率再次表露无遗："今天形象不佳，算了吧。"

然后朗声笑起来。

陈至立赴广州调查研究时曾与之有过接触的中山医科大学校长也一同前来，他说，"以前叫陈书记，现在叫陈部长。"

陈至立今年五十五岁，出身福建一个教师家庭，毕业于上海复旦大学物理系，1988年任上海市委宣传部长，1997年上调中央。

陈至立接口而言："叫陈至立最好。"

接过记者的名片，她对着那张小卡片开了个"小大记者"的玩笑。

其言谈、举止和作派，均给人以自信、爽朗、幽默、亲切的感觉。好一位干练的女部长！

今年五十五岁的陈至立，出身于福建的一个教师之家，毕业于复旦大学物理系，有着研究生学历，直到80年代一直在上海从事科研工作。1980年，她曾到美国作过访问学者，回国后开始在科研院所和科技系统担任领导职务。

1988年开始，她出任上海市委宣传部长和市委副书记，主要分管宣传、文化、教育、科技等方面的工作。1997年8月，她从上海调来北京，就任国家教委副主任、

党组书记。其间，她全身心投入到这一国家重视、百姓关注、事关社会和经济发展全局的重要领域中，在半年不到的时间内，她已深入到八十多所不同类型的学校里进行过实地调查。今年3月召开的九届人大一次会议上，她出任由国家教委改为教育部的部长。

她上任之时，正逢中国政府决意大力实施"科教兴国"战略之机。新总理朱镕基在就职当天的记者会上表示：科教兴国是本届政府的最大任务。为此，比之前任，她肩上的担子自然更重一分。

朱镕基总理上任当天宣布，本届政府决定成立科教领导小组，他本人亲自任组长，副总理李岚清任副组长。

甫一上任，她即组织各方面

的力量，在调查研究的基础上，总结过往的经验，研究教育在迎接知识经济的挑战及实施科教兴国战略中所面临的突出问题和应采取的相应对策。目前，已经组成的研究小组正在紧锣密鼓地在更大范围内征询、调查、研究制定跨世纪的教育改革和发展的宏观发展思路和具体改革措施。

紧接着，教育界迎来了中国鼎鼎大名的北京大学之百年校庆，总书记江泽民出席纪念大会时，向全世界郑重宣布：为了实现现代化，中国要建立若干所世界先进水平的一流大学。

21世纪将来临之际——中国科教兴国战略的推出，中国向世界奉献有如哈佛、牛津一类国际一流大学目标的挺进，中国对数以亿计的下一代人进行素质重塑的工程这一桩桩响当当的重任，

便落在了这位主管中国教育的女掌门人身上。

总书记江泽民1994年就指出，落实教育优先的战略地位，是实现我国现代化的根本大计。总理朱镕基也在上任当天并宣布，本届政府决定成立科教领导小组，他本人亲自任组长，副总理李岚清任副组长。

时、势、人都正得其所。

鼓满风帆的中国教育大船，已然起锚开航。

陈至立接受采访时说，本届政府提出的"一个确保、三个到位、五项改革"，是跨世纪的工程，任务很重。江泽民总书记在北大百年校庆致词时说，知识经济已初见端倪。由此可见，在目前世界经济竞争和人才竞争日益激烈的情况下，教育担负的责任更重、更大。教育应在迎接知识经济的挑

战中，为国家发展提供更多更好的人才支持和知识贡献。

她强调，她的前任已经基本完成了教育法规的基本框架，在教育方面打下了很好的基础，现在关键是如何进一步落实"科教兴国"的战略部署。

她认为，国家和社会对教育的最大期待：一是培养数以亿计的高素质的劳动者；二是培养数以千万计的专门人才；三是培养一批具有创新能力、能在基础、应用、管理等科学、经营前沿领域出类拔萃的尖子带头人。

素质教育越来越被重视。陈至立认为，素质不仅是单纯的知识面问题，还包括精神、境界、意志、能力等等方面，学生要全面发展，不能只为应试而压抑了那些年轻而蓬勃的创造力。

陈至立认为国家和社会对教育工作的要求，一是培养高质素的劳动者，二是专门人才，三是尖子带头人。

面向21世纪，课程体系也要有大规划，大学的学科还有必要加以调整，不能太窄，要多交叉，以更适应造就国家和社会所需的专门人才。欲通过多种渠道建立一项基金，资助造就拔尖人才，把大学里优秀的学子，社会上出色的人才，国外学成归来的骨干纳入到培养拔尖人才计划中，给他们压担子，让他们有社会价值感，为他们解决工作条件，让他们生活无后顾之忧。

她指出，好的大学应对知识经济的增长有直接贡献。过去工业经济不可能的事，现在知识经济情况下，已变得可能而可观。比如，北大的"北大方正"、清华的"紫光"、东北大学的"阿尔派"等都形成了中国特色的知识经济增长点。她曾对美国犹他州的飞跃现象作过分析，过去的犹他州在美属落后地区，但由于该处大学的研究成果，现在软件中心和人造器官中心却都聚于此。由此可见知识经济的力量。

她说，大学应是科技创新的基地。现在的情况是，全国有一千五百所大学搞科技产业，总产值一百二十二亿人民币，但其中位于前列的十一家大型科技企业，

所创造出的产值就占70%。教育部设想，在未来的三至五年里，力争使高校高科技产值达到一千亿人民币，其辐射作用对国民经济的影响就会更大。同时大学在社会上的地位也会更加提高。

但她强调，眼下最重要的任务是：优化教师队伍的结构，提高教师队伍的整体素质。

采访还没有结束，另一批客人已经到来。她又要匆匆赶过去。

据董秘书说，陈至立的工作，每天都排得满满的。记者到董秘书办公室取相片时，只见秘书的大桌子上摊满了各种需处理的文件和信函，其忙可想而知。

告别时，中山医科大学校长邀她再去造访，陈至立的答复是："恐怕我首先得多往西北跑跑。"

马　玲

徐匡迪：你将怎样当市长？

2月24日上午，上海展览中心中央大厅。

此时，刚当选为中国这座特大城市新一任市长的徐匡迪，正从主席台第二排座位上站起身，一步步走向设在右前方的讲台。台下，八百四十六名市人大代表注视着他："徐匡迪，你将怎样当市长？"

向申城人承诺：在当市长的前三年里，要集中精力，

抓好住房、交通这两件事关全局的民心工程。

上海的交通难，上海的住房挤，这两道难题多少年来一直困扰着上海当局，困扰着上海市民，因此也一直是测试政府当局能力、魄力和民心向背的试金石。上海流传着这么一股"民众情绪"：谁能整治

好上海的交通,谁能改善老百姓的住房,百姓就给谁树碑立传。

徐匡迪当市长了。当选后的第一次就职演说,他就把自己抓好交通、住房这两项"民心工程"的决心公诸于众,言之凿凿。

抓交通从何着手?徐匡迪的思路很清晰:"解决上海的交通问题主要是发展公共交通,在短时期内发展私家车是不现实的。"

去年底,上海一条三十七公里长的内环线全线贯通,今年又有全长八点七公里的成都路高架桥将建成通车。徐匡迪称"今年要把南北高架线贯通,然后向郊区十条主要交通干线辐射。到本世纪末把上海交通的立体网络联结起来。"

除了把道路建好,教授出身的徐匡迪非常重视管理。曾在瑞典生活了一年多,又曾多次出访

国外的徐匡迪认为上海要向先进国家和地区学习。在他看来,东京、纽约、香港等大城市马路都不宽,车流量亦极大,解决交通问题全在于管理。反观上海,交通管理亟待加强。现行的交通规则要修改,市民的交通法规意识要强化。他确信,一番"软硬兼施"之后,上海的交通面貌必有改观。

徐匡迪就任市长后的第一个公众活动是参加上海"住宅发展局"成立大会。他借用古人名句表达自己的心愿:"建得广厦千万间,使上海千百万市民尽开颜。"

他向"上海千百万市民"保证,市政府要改善大家迫切关心的住宅问题,今年将建成八百万平方米住宅。政府将在供地、资金等诸方面对建造平价房实行政策倾斜。

出席住宅发展局大会,参加

植树绿化，就市民关心的教育问题发表演讲，徐匡迪上任头三天的公众活动使沪上市民对新市长"为政一任，造福一方"的许诺充满信心。

在电台同华东地区听众对话：上海将以其宽广胸怀，海纳百川，与周边地区互相协作共同繁荣。

徐匡迪上任第三天，来到上海电台，在一个特别节目里同华东地区听众对话。

徐匡迪表示，上海能有今天的繁荣，浦东开发能有这么快的进展，离不开全国，特别是华东地区的支持。他称，"上海在成为经济龙头辐射华东地区的同时，亦须接受反射。"

直播节目在继续，电话铃声接连不断。江苏、浙江、江西等听众向上海新市长提出一个又一个有关地区协作的问题。

徐匡迪不掩饰自己的真实想法，亦少有官腔。他直率地表示：政府的作用是创造一个良好的市场条件，而不仅限于制定政府间的相互协作计划。

尽管出生在浙江，徐匡迪毕竟在上海生活了多年。他对某些上海人将一切外地人通统称为"乡下人"深表不满。他告诫上海人"千万不要看不起不会讲上海话的人。""那些看不起外地人的言行和心态，实际上是小市民的劣根性，是殖民地文化的残余。"他大声疾呼："既要反对狭隘的地方主义，又要克服大城市人的盲目优越感。"

"大海不辞溪涧水，"徐匡迪说，"上海人要有海纳百川的宽广胸怀。上海的繁荣取决于周边地区的繁荣，华东经济振兴之日便是上海经济繁荣之时。"

向采访的记者坦陈，新官上任没有三把火，唯有一根接力棒；与前任有三处相同，但不讳言性格差异。

徐匡迪四年前走出高等学府之"象牙塔"步入政坛，1992年起出任副市长，辅佐前任市长处理日常事务并分管综合经济。其间既参与决策，又负责协调和组织实施。如今，新官上任，有没有"三把火"?

"没有，"徐匡迪说，"我没有三把火，只拿到一根'接力棒'。"

"上海的大政方针中央已定，几届政府一以贯之。在这个'球场'上我并不是个新手，还继续按'教练'的要求和'场上队员'的打法打。"徐匡迪如是说。

记者问："您与前任市长，现任市委书记黄菊经历不同，性格不一，共事是否有困难?"徐匡迪笑答："我们有三个相同之处。"

"我们都是邓小平改革开放理论的实践者。推进建设有中国特色的社会主义，在这一点上我们没有任何不同之处。在其他一些大事上，如市政府职能转变、土地批租改造旧城区、坚持浦东开发等等，我们的认识都是一致的。"

作为副手，徐匡迪不失为市长的"好帮手"。如今，一个当书记，一个做市长，徐匡迪认为，"我们俩都是相容性较强的人，遇事能互相商量着办。"

"第三个共同之处，"徐匡迪说，"我们有着共同的压力和责任感，都愿意在自己的任期内把上海事情办好，不辜负市民期望，亦不辜负中央对上海的期望。"

有三十一年高等院校任教经历的徐匡迪性格直率，说话坦诚。他并不讳言与黄菊性格不同之处。"可能我比较外露些，而他更含蓄些。"由于两人性格互补，徐匡迪又说："共事多年没有什么问题。"

他还向记者透露，他早在二十多年前就与黄菊相识了。当时，在大学任教的徐匡迪带学生去上海中华冶金厂试验一种新钢种，与当时在该厂管技术工作的黄菊有过一段合作。

70年代，他们曾联手搞科研；90年代，他们共同管理大上海，开始新一轮的"搭档"。

对女儿提出要求：永远不要忘记自己是个中国人。

徐匡迪是国内外有名望的冶金专家、教授，他熟悉两门外语，曾发表过数十篇论文，并有四部专著出版，对我国的特殊钢材生产研究做出过重要贡献。如今位居一市之长，仍继续他未竟的博士生指导工作。

今年五十七岁的上海市长说自己的成长得益于小学、中学所受到的良好教育。他向记者回忆说："有一位小学地理老师令我终身难忘。一次上课时，这位老师在黑板上画了一幅中国地图，说中国就像一片桑叶，日本就像一条蚕，正在一点一点地蚕食我们的东北、华北。"老师形象的比喻，打动了学童们的爱国心。几十年过去了，徐匡迪说起来犹如昨日。

徐匡迪的大学时代是在北京钢铁学院度过的。"当时正值中国经济建设的第一个五年计划，每天的报纸都是'钢铁元帅开账'，很有感召力。"徐匡迪至今仍为自

Colourful Shanghai

己当初的选择感到自豪："这个专业培养了我两个很好的品格：不怕艰苦、协作精神。"

后来徐匡迪被普遍认为"适应性强，协调性强"，原来竟源于他当初为自己选择的钢铁专业？

"我的生活很平常，但兴趣多样。从中学到大学，都是学校运动队成员。在当年北京高校运动会上八百米跑和二百米、四百米蛙泳都进入过前六名。学生时代拉过小提琴，大提琴，在大学是管弦乐队和合唱团成员。"言及此，徐匡迪不无遗憾"以后就没时间玩了，只能欣赏了。繁忙的公务间隙，欣赏一段音乐，实在是很惬意的。"

"太太许珞萍大学与我同校但低一年级，现任上海大学金相教研室主任，也是教授。她说她愿意一直教书直至退休。"徐匡迪这样评论他的太太"她认为自己是独立的，不愿以夫人的名义出面活动，我们有一个'君子协议'，我的公务活动她都不参加。"

谈及一双女儿，徐匡迪的慈

父之情溢于言表。"大女儿毕业于生物医学工程专业，后获得世界卫生组织的奖学金，去国外攻读硕士、博士，现在一所著名大学任副教授。小女儿学的是电子工程专业，现在仍在国外攻读学位。"

"我对她们有两个要求：一是永远不可忘记自己是个中国人，这是做人做事最基本的一点；二是一心学科学学技术。两个女儿说，老爸你当官，我们不回来，不要你的'阳光雨露'，什么时候你退休了，我们就回来照顾你。"

1937年徐匡迪出生时，举家为躲避战乱流离颠沛，逃难中降临人世的男儿取名为"徐抗敌"。后来，有一位老先生改"抗敌"为"匡迪"，取其匡扶正义，迪及平安，逢凶化吉之意。

面对内忧外患，徐家企盼这唯一的男儿能带来平安、吉祥。半个多世纪后的今天，面对新一轮的"三年大变样"，上海市民盼望新任市长能带来安定、繁荣。

已过"知天命"之年的徐匡迪自忖没有辜负父母双亲的厚望，亦自信不会辜负上海市民的期望。

曾　华(1995.3.22)

林元培：敢争世界第一的人

"三套方案……三套方案……到底选择哪一套？"

夜深人静，上海市政设计院总工程师林元培还在床上辗转反侧。

"三套方案。第一套方案是照搬南浦大桥的设计，既现成又可靠。但有缺陷：南浦大桥四百二十三米的跨径在杨浦大桥五百多米宽的江面上势必会有一个桥墩落在江中，那样既不美观亦需增加投资；第二套方案是将一个桥墩紧靠在岸边，拉长跨度至五百八十米，但岸边地下基础复杂，施工难度极大；第三套方案是两个桥墩都放在岸上，优处显而易见。但必须将跨径延长至六百零二米，这是世界桥梁史上尚未有过的记录，现时的斜拉桥世界纪录是

五百三十米，因此，风险亦显而易见。"

林元培面临着选择。

选择，一个常见的却是极难把握的字眼。

"当时，我真是连着好几夜睡不着觉"，林元培还记得那时为选择哪一套方案所度过的不眠之夜。

这时是1990年下半年，黄浦江上第一座大桥南浦大桥正按照总设计师林元培的设计在顺利地施工。第二座大桥杨浦大桥已铺下了图纸，等待林元培画下第一笔。

还是那个颇费踌躇的问题。

第三套方案不仅施工方便，工期缩短，投资最少，而且桥梁线型美观。唯一的，就是那个六百零二米，世界第一，林元培敢不敢去争一争？

"当然。"林元培下了决心，"我不能建造一座在设计阶段就留下遗憾的桥。"

世界第一的桥，必然会有世界第一的难题相随。

首先要解决的是六百零二米

跨径的内力计算。这是前人没有遇到过的问题。

林元培在研究中发现，现时国际上通行的古典桥梁理论面对大跨径桥已失去了它的相对真理性。如按照其公式计算跨径超过四百米的桥梁内力，造出的桥刚度不够。为此，他凭着扎实的数学、力学功底，凭着三十多年建桥积累的经验，提出了一套新的理论，林元培称之为"空间结构稳定理论"，用以计算大跨径大桥，刚度完全达到要求。

林元培称，"现在世界上超过四百米的大跨径斜拉桥逐渐多起来了，如果不用我的方法计算也可采用逐次逼近的方法，但繁琐得多。我这个理论则可一步到位。"对记者的询问，他笑称，"这個理論的原理我是公開的，只是保留了電算的程序不公開。"

在設計楊浦大橋時，林元培還對世界橋樑理論作出一項新貢獻。他曾對組成橋樑各個系統可能受力的三種狀態進行了排列組合，發現結果可有九種類型，但目前世界上已建成的橋樑只有八類，即：鋼架橋、拱橋、弦桿拱橋、簡支梁橋、連續鋼構件橋、T型鋼構橋、斜拉橋、懸索橋。林元培認為，還有一種"橋面系統和支承系統均受拉"的形式尚未出現，這是一種跨越能力更大的橋型，至少在二千米以上。他已經計算了這種橋型的方程式，"希望有機會自己親手去設計，再爭個世界第一。"

1993年通車的楊浦大橋，不僅跨徑世界第一，在造型上亦創造了不少第一。其鑽石型的主塔使拉索形成空間立體佈置；塔頂部的拉索區錨固是世界上未曾嘗試過的預應力錨固；更有構思精妙的錨梁錨箱令世人驚嘆。

亞洲開發銀行曾派遣專家，三赴楊浦大橋，對大橋設計作技術審查。結論是："楊浦大橋的設計不僅在技術上是合理的，而且代表了橋樑工藝的一個傑出進步。"斜拉橋歐洲流派代表人物斯文森更有精彩比喻，"一個發展中國家，能在短時間內建造一座世界紀錄的斜拉橋，這好比在奧運會上獲得半打金牌。"

其實，早在三年前，林元培受命設計黃浦江上第一座大橋"南浦大橋"時，已充分顯露了敢爭世界第一的勇氣和實力。

據林元培自述，有不少同行說他很自信。"其實，自信的背後是實力。沒有技術實力作後盾，自信就會變成自負。"

在设计南浦大桥时，有一个"80%与20%"的故事。

有着与巴黎塞纳河、伦敦泰晤士河一样闻名于世的黄浦江，在20世纪80年代以前的漫长岁月里，城区黄浦江上一直没有一座横跨两岸的大桥。清末小说家陆士谔曾写过一本名为《新中国》的小说，描述万国博览会在浦东举办，黄浦江上建起了大铁桥，小说主人公前去游玩，一跤跌醒，原来是南柯一梦。

中国桥梁设计师一直梦想在黄浦江上建一座中国人自己设计的大桥，历史的机遇落在林元培手上。

于是，林元培走进了当时任上海市市长的朱镕基的办公室。

"你有几分把握？"朱镕基盯视着已受命任总设计师的林元培。

"80%"，林元培没有回避那道沉静、严厉的目光。

"我那时想，说80%的把握是有根据的。而那20%的风险，我会用120%的努力去克服。"林元培如是说。

尽管在黄浦江上建造跨度达四百二十三米的迭合梁斜拉桥在中国桥梁史上可称"史无前例"，但为了这一天，林元培早已作了120%的准备。"那时，我已设计成功五座斜拉桥：松江泖江大桥、上海新客站恒丰路斜拉桥、广州海印大桥、广东西傲斜拉桥、重庆嘉陵江石门大桥。我每设计一座桥，都力求应用新技术，有所突破，有所提高，为日后有一天在黄浦江上建桥作技术积累和储备。"由此，林元培有本钱回答市长"我有80%的把握"。

但他同时亦坦陈，"设计南浦大桥，我有一种走在悬崖陡壁上的感觉。"

南浦大桥的风险性，在于它是中国第一座迭合梁斜拉桥。这样的桥，当时全世界只有两座，一座是加拿大的安娜西斯桥，另一座是印度的胡各利桥。

所谓迭合梁，就是在桥的钢梁上覆盖钢筋混凝土的桥面板，这是两种不同的材料，其迭合机理是中国桥梁设计师从未接触过的新领域。林元培一行去加拿大温哥华，实地考察当时世界第一迭合梁斜拉桥——跨径四百六十五

米的安娜西斯桥。在学习别人先进经验的同时亦发现当时技术水平尚未解决的难题：桥上有一百多条裂缝。"难道我设计的南浦大桥将来亦会这样裂缝纵横？""不！"林元培当时就在世界第一斜拉桥上回答了自己的问题。

一百多条裂缝，拍了一百多幅照片，带回上海细细研究。林元培把发生裂缝的状态归纳为四类，并制定相应措施，从容地解决了桥梁裂缝问题。现今南浦大桥通车已近四年，桥上没有出现裂缝。美国著名桥梁结构专家邓文中博士考察后承认，南浦大桥在设计初期虽曾参考过安娜西斯桥和美国贝当桥的设计，"但经林元培总工程师取长舍短的选择和改进，南浦大桥许多地方其实要比上述两桥更好。"

这是一名外国专家对中国同

行"120%的努力"表示的由衷赞许和敬佩。

记者曾和这位"敢争世界第一"的中国桥梁设计师讨论，"您的勇气和实力究竟来自何方？"

采访机忠实地录下了林元培的一大段"自白"。

"我1936年出生在上海，兄妹五人。小时候家境不好，但父亲常说：'人穷志不短。一个人给你一座银行，不如身怀绝技。'在父亲的影响下，我中学毕业后，报考了上海土木工程学校，一是为了学技术，亦是为了给家里分担困难。

"除了学习规定的课程以外，我还自学了工科大学的数学、力学课程。我非常景仰伽利略、哥白尼、牛顿创立的科学理论，立志走理科之路，做一个科学家。

"年轻时，我对爱因斯坦的相对论产生了浓厚兴趣，萌发研究它的念头。在钻研狭义相对论之后，我又无师自通地弄懂了广义相对论。此时，再回头看土木工程的种种理论问题，就有好似站在高山之巅俯瞰人间城廓之感觉。这就是科学知识的力量所在。

"是改革开放的时代，给了我们这一代知识分子施展本领的舞台。在这个舞台上，我担负的仅仅是自己应尽的责任。

"一个人本事再大，亦难以独立设计一座世界级大桥。完成南浦、杨浦这两座雄伟大桥设计的，是一个专家群体，我只是有幸被推上总设计师岗位。挂上那个'总'字，无非是多操一点心、多担一点责任。

"我对生活的要求并不高。手上如果有五万、十万，甚至更多的钱，在我看来是一样的，只要够用就可以了，千万不要把事业仅仅看作是换钱的手段。我总是把信任、荣誉、成就看作是动力和责任。"

林元培说，他现在最关心的是三件事：桥、儿子、身体。

桥，已经造了大大小小一百二十多座，黄浦江上第三座大桥"徐浦大桥"亦已开始。林元培放手让青年人挑重担，"我多把把关，做点理论研究工作。"

儿子，是胸外科医生。林元培担忧，"现在社会上有种不好的思潮，为了金钱能卖一切。我常对儿子说，年轻人不要有太多的实用主义，报酬高的工作对专业不一定有好处。"父亲鼓励儿子去攻读博士学位，告诫儿子"机遇加积累才能等于成功"。

身体，林元培已近六十岁，看上去气色不错，"但机器内部毛病不少，高血压、脑血栓"。林元培笑称，"要善待身体，因为还需要它干活。"近来，他常自问：倘再活二十年，干什么？"争取在建桥理论上有所建树"，他毫不掩饰自己的愿望。

林元培规划着在新的领域里再争几个世界第一。

曾　华(1995.9.27)

江欢成：天斧神工　明珠璀璨

站在四百六十八米高度的亚洲第一高塔上海"东方明珠"广播电视塔下，江欢成显得更加矮小了。本来他的个子就不高，一米六三的个头，瘦瘦的，站在人群中，你很难把他与这座雄伟的高塔联系在一起。

但他确实与这座高塔紧紧相连。

他是这座高塔平地而起的见证人。八年孕育，八年心血，作为上海"东方明珠"广播电视塔的总设计师，江欢成为此付出了艰辛的努力。他的工作单位"华东建筑设计研究院"坐落在浦西外滩，正对着电视塔；总设计师的"前敌指挥部"设在现场，抬头便可见一寸一寸长大的电视塔；江欢成的家，在市中心人民广场附近，可以隔

江相望电视塔。有时休息在家，他会呆呆地立窗前，脑海中盘算着、计算着。这三个角度、这三点一线，牢牢地拴住了江欢成，八年来时常搅得他寝食不安，直至今天。

此刻，是5月1日国际劳动节，上海"东方明珠"广播电视塔正在举行发射开播典礼。江欢成作为五名建设功臣之一，为电视塔开播剪彩。说起那一刻心情，江欢成称"可说是百感交集"。

明珠敢与日月争辉

上海"东方明珠"广播电视塔坐落在外滩对岸的陆家嘴嘴尖上，三面临江，傲然玉立。三根蛋青色的圆筒混凝土塔身，挑起十一只熠熠生辉的钢球。其中两颗被称

为上球、下球的巨大圆球格外醒目，光芒闪烁。最上面是一颗小银球，那是全封闭的太空舱。太空舱顶端是一根深灰色的方柱形天线直刺苍穹。

这是从极远处观望电视塔。

进入塔内，穿过大厅，乘电梯可直达高二百六十三米的上球观光城。

上球有九层共一万多平方米，其中五层为广播电视发射的机房，可发射九个电视频道和十

申城人物

套调频广播节目。另四层分别是室内、室外观光城、ＫＴＶ包房、旋转茶室。下球最大，直径五十米，将引进各种游乐设施，可建造世界最高的"迪斯尼乐园"。

在红色的上球与下球之间，有五级横梁，每级间嵌着五颗小球，这是一串空中旅馆，每个小球中有五套客房。此外，在下方支撑巨塔的三根斜柱上还挂着三颗装饰性的圆球。

十一颗大大小小的圆球，宛如一颗颗明珠镶嵌在浦江之岸，教人顿生疑是繁星落九天之感。

电视塔建成后，国外不少内行专程前去参观。惊叹之余，提出一连串问题"这真是中国人自己设计的?""斜柱如何竖起?圆球怎么做出?……"等等。

小个子的总设计师回答了这所有的问题。

大胆创新显风格

1987年，华东建筑设计院总工程师江欢成受命率领一批设计师，参与了电视塔建筑、结构、水、风、电、通讯的全部设计工作，构思代表华东院参与设计角逐的方案。当时，上海这座未来的电视塔该建成什么样，谁也不知道。设计师们只有一个心愿，要建世界一流的;要有强烈的标志性，能体现出上海这座国际大都市的风貌，且能经得住下个世纪的考验。

为此，华东院设计师们查阅了大量资料，先后设计出三四十套方案，选了其中五套参与角逐。其时，参与角逐的有十二套方案，供当权者选择，方案各有千秋。其中名为"东方明珠"的这套方案，以其标新立异的构思、雄伟壮美的造型赢得了专家的赞许；江泽民总书记亦高兴地称其为LAND-MARK（标志），因而拍板定案。

纵览世界各地的钢筋混凝土电视塔，基本模式大多是"单筒体加飞碟"，或者说"烟囱加葫芦"。1976年落成、世界最高的加拿大多伦多电视塔，总高五百五十三点三米，塔身为"肢腿单筒"，上方设一圆形太空舱，雄伟多姿；在此前九年问世、位居世界第二的莫斯科奥斯坦金电视塔，仅比"大姊"矮二十米，亦是修长俊美。但是，它们都没有超越"单筒体"的传统模式。

上海"东方明珠"电视塔的设计，采用当今世界超高建筑物新流派崇尚的巨型框架结构，而且是带斜撑、多球体的多筒式，把东方文化和现代科技完美地糅合于一体。其颇有独创意味的设计思想，令"东方明珠"在世界众多电视塔中，占有令人骄傲的一席。

对此，江欢成自谦"我只是方案构思的组织者，是实施这套方案的主持者。"

"主持者"曾为电视塔的设计、施工解决了十大技术难题，其中最得意的手笔是"三条腿、一只碗和一把伞"。

三条腿、一只碗和一把伞

"三条腿"是指支撑下球体、和地面成六十度角的三根斜撑。斜撑和立柱相交在九十三米高空中。从建筑力学角度看，有三条腿支撑，电视塔地基被升高到九十三米的高处，或者说，电视塔独立凌空的部分减少了九十三米，既可节省投资，又可提高安全程度。

如何把直径达七米、长度近一百零八米的三根斜撑从蓝图化为现实？世界第一塔多伦多电视塔、第二塔莫斯科电视塔均无用斜撑巨筒。江欢成和他的设计同伴却坚持要以最有创意、最富造型美的斜撑来抗击大风袭击，使巨塔岿然不动。

江欢成和设计组同仁设计了多套方案，最后决定采用"筒形劲性骨架方案"，既可做施工时钢筋模板的支承，又可做永久的受力骨架。江欢成向外行的记者解释，"就是把里面的钢笼先做好，然后再浇混凝土。"经设计者和建设者反复推敲，终于把斜撑巨筒高质量地浇了出来。

两个大球，是电视塔最引人注目的结构件。这是世界上离开地面最高的两个大球。江欢成根据不同的受力特点，巧妙的设计

了上、下两个大球的结构。他笑称是"一只碗、一把伞"。

直径五十米的下球，里面有七层楼面，它全部支撑在球下部的混凝土壳体上，那就是江欢成设计的一只碗，这碗上托起了一个大球。小个子的总设计师独创性的提出了"下球预应力壳体支撑"的结构体系。

上球更绝，江欢成把它设计成一把向外撑开的"巨伞"，有十二根重型钢桁架挑向空中。这把大伞悬挂在电视塔的水泥桅杆上，"巨伞"悬空后，再向下逐层吊挂，变成一个漂亮的圆球。这样的设计，在世界上是罕见的。

如此沉重的电视塔，将来会下沉变矮吗？江欢成坦率地承认"会的"，因为上海是软土地基。但由于采取了措施，沉降过程已得到控制。"东方明珠"电视塔总设

计载荷十万吨，预计沉降一百五十毫米，现仅沉降八十毫米，而且沉降均匀。

属牛的性格

江欢成有一张王牌："用个包罗万象的方法解决所有复杂问题，并以实验作为解决问题的依据。"常有人说"只有江欢成才敢那样干"，其实他的胆量来自自信。

1979年，英国向中国政府提供三十个奖学金名额。全国建筑系统推荐了三名，江欢成是其中之一，去大使馆面试后，选中了他。问他何以会被选中？江欢成笑答："可能因为我是清华优秀毕业生，又是在上海工作。"

80年代第一春，江欢成作为访问学者去了英国。他选择了"高层建筑的设计和分析"这一题目，心里想着国内改革开放必定带来经济建设的蓬勃发展，高层建筑的设计会显得很重要。当时，江欢成在OAP公司工作，这是一间著名的结构设计顾问公司，凡在那里工作过的人，业内人士对其都另眼相看。江欢成在英国一年又七个月；随后又去香港OAP公司，参与了香港交易广场大厦的设计。他称"在这段经历中，确实学到不少先进的东西，而最大的收获是树立了信心，发现自己并不比别人差，有些地方甚至比别人强。外国人能干的，中国人也完全能干。"

江欢成这样向记者介绍自己："生于1938年1月，今年五十七岁。属牛。有人说我的性格、脾气像牛，我高兴有人这样评价我。我心知，这里是包含着优点和缺点两个方面的。牛是踏踏实实地、勤劳、肯干，但是作为总工程师，还要会组织大家、带领大家一起前进。"

"我老家在广东，毕业于梅州中学，那是广东的一所重点学校。十九岁离开家乡，进入清华大学求学，专业是土木系工业与民用建筑。一学就是五年半。当时校长是蒋南翔，他期望把清华大学办成第一流的学校。"

这所第一流的学校培养了众多华夏俊彦，江

欢成便是其中之一。他以优秀毕业生的身份进入了华东建筑设计院，这所著名院所是当时建工部属下最重要的部门。能进入这个设计院，对年轻的江欢成而言，无疑是一种鞭策，亦有一种压力。

1963年进入大上海，两年后，响应国家号召主动报名参加内地建设，在贵州遵义干了三年。1968年回上海，正是文化大革命期间，很多人没事干，但江欢成没闲着，参加了"二二四工程"，建设一个"卫星接收地面站"。当时设备是美国的，美国人对上海能否完成这样的工程表示疑虑，提出如一定要建的话，就建到佘山，那里地基比较稳。但由于交通不方便，上海方面坚持要建在市区。这个任务就落到江欢成身上，他担任了主要设计人员。上海是软土地基。当时一般打桩只能打二十米，江欢成硬是打了三十米，卫星接收效果很好，设计受到表扬。在全国第一届科学大会上，这个项目得到奖励，同时还得到上海市科技进步奖、设计优秀奖等。

也许，当年那个"三十米天线"的项目，正是今天攀登四百六十八米高塔的基石？

中国知识分子最看重的是才学受到重视，成绩得到认可。江欢成认为"知识分子最乐意的莫过于此了，倒不在于能拿多少钱。"有些在国外的朋友对他说，像你这样的人，在我们这儿能赚好多钱，可以发大财，但江欢成说他的兴趣不在这儿。

江欢成曾获国家人事部"中青年有突出贡献专家"证书，是上海市第九、第十届人民代表，1994年上海市劳动模范。他还是英国土木工程学会和英国结构工程学会的资深会员，并由上海市提名为中国工程院院士候选人。

曾　华(1995.6.21)

陆吉安："桑塔纳"大功臣

80年代成立初期，"桑塔纳"被上海人戏称为"伤塌了"（上海方言），全车只有四个零部件：轮胎、收放机、天线等是国产的……

今天，"桑塔纳"的国产化已达到85.8%，年产二十万辆，销售额三百六十亿，"上汽"利润四十亿……

从50年代的"上海牌"轿车，到90年代的"桑塔纳"轿车，其中几番风雨，几多曲折。知情人都说，上海"桑塔纳"能有今天，陆吉安功不可没。

80年代初，上海与德国大众合资生产桑塔纳轿车。创业之初，困难重重，合资公司运作两年后，其主要功能仍为组装轿车，零部件国产化率仅为2.7%。

其时，陆吉安任上海市经济委员会副主任，是一名地地道道的政府官员。

当时的上海市市长汪道涵指令市经委，一定要把几个大项目搞好。这些大项目包括与美国合作生产麦道飞机、与德国合资生产桑塔纳轿车等，都是投入巨资的项目。谁都明白，这些大项目关系到上海经济发展的命脉。

可是80年代初，政策、制度诸方面还颇多束缚。"桑塔纳"项目被戏称为"伤塌了"，意谓伤透脑筋。

市经委作出决定，几位副主任每人分管一项。当时陆吉安正出差在外，"抓阄"时没在场。待他回沪后，留给他的便是最后一项——上海桑塔纳。

多年养成的习惯"服从组

(吴辉摄)

织",使陆吉安开始接触起上海汽车行业。他原是学纺织专业的,转行后,勤思勤学,先后用了一年多时间,对上海桑塔纳项目的方方面面作了基本了解,他自己称,"开始心中有数了"。

1987年5月,当时的国家经委副主任朱镕基,受宋平委托,率国家计委、经委、经贸部等一大群官员,专程为"桑塔纳"问题赴上海。素以"严厉"著称的朱镕基,开口便是非常严厉的批评:"你们从1983年搞到1987年,桑塔纳国产化率只有2.7%,一辆车子上只有轮胎、收放机、天线等四个零部件是国产的,你们在干什么?"

朱镕基还说,"你们一直靠组装赚钱,这不是方向。"

没过半年,朱镕基又来上海桑塔纳,仍是板着脸:"三年抓不上去,我引咎辞职。"

陆吉安说,朱镕基如引咎辞职了,我这个总裁还不引咎辞职?

当时,放在总裁面前最大的难题是:桑塔纳轿车的国产化率上不去。没人组织,厂家不肯做,因批量太小;合资方德国大众亦对实现零部件中国化表示忧虑。

陆吉安清醒地意识到,德方的忧虑是有道理的。中国的轿车工业,当时除少量"红旗牌"、"上海牌"之外,几乎是一片空白。

申城人物

陆吉安上任后，对几乎所有生产桑塔纳零部件的工厂都进行了技术改造或引进技术。他称："汽车公司要做的工作很多，但桑塔纳国产化上不去，其余事做得再好也等于零。"陆吉安告诫属下："零乘任何数还是零。"

国产化的重要性不言而喻。陆吉安毫不犹豫把95%的资金投入桑塔纳国产化中。他认为在一段时间内，必须集中所有财力、物力、人力打歼灭战。其工作量之大毋庸赘言：攻关、协作、技术改造、引进技术、资金调度，大量组织协调工作，陆吉安为此注入了全部心血。

经过几年奋斗，上海桑塔纳终于上了一个大台阶。国产化率已从2.7%到去年底的85.82%，从仅有四个零部件到今天的九千个国产零部件。

然后又上了第二台阶"批量生产"。当国产化达到60%以后，陆吉安适时转入抓规模生产。从年产三万辆起，逐步发展为年产六万辆、十万辆，去年底完成年产二十万辆规模的改造。这一抓真是锦上添花，轿车生产成本马上大幅度下降。陆吉安颇为得意："我的轿车价格有优势，别家争不过我。"

他又称："至1997年，上海桑塔纳轿车可年产三十万辆。"

上海汽车工业总公司去年销售额高达三百六十亿，利润四十亿元。作为公司总裁，陆吉安又为上海桑塔纳制订了攀登第三级台阶的规划。

他称："国产化使轿车生产成本下去了，批量生产又达到一定规模，但我们还有一个致命弱点，不会设计开发。中国汽车十年八

年一个面貌，什么原因?就是不会
开发。"

　　针对这个弱点，陆吉安建立
了现代化试验室，第一步拿出了
一亿二千万元投资，计划先开发
设计自己的面包车，然后开发家
用轿车。另外在每个零部件生产
厂都成立研究发展中心，再拿出
销售额的 2% 添置先进测试设备，
还将和国外进一步合作建立开发
中心。

　　陆吉安估计，这第三级台阶
是比较难上的，搞得好大致需要
五年时间。然后，"走完这第三级
台阶，上海汽车工业就能成为真
正的第一支柱。"陆吉安对上海汽
车工业的前景充满信心。

　　陆吉安 1933 年 11 月出生，祖
籍宁波，生于上海。

　　其父行医，祖父亦为当时知
名中医。七岁时丧父，后靠亲戚，

尤其是姐姐、姐夫接济。50 年代
初，考入华东纺织工学院，专业纺
织工艺。1954 年毕业后分配于上
海第四棉纺厂。大陆"文革"初，
调入上海纺织局"援外办公室"。
至今仍觉幸运："别人轰轰烈烈搞
运动，我却先后去了马耳他、也

门，实实在在学了技术，开了眼界。"

十多年"援外"，1979年与之告别。时逢改革开放，投身外贸，任上海手帕进出口公司技术经理。1983年"上升"至市经济委员会，先任副秘书长，后当副主任。

1987年因偶然因素，跨入汽车行业，从此一发不可收，越做越大。

家有贤妻及一儿一女。只是一双儿女都远在国外，儿子上海交大毕业后不安于轻闲工作，飞往加拿大多伦多大学，攻读硕士学位。女儿、女婿在澳大利亚从商。

太太王静贤已退休，老夫妻俩和睦相处。陆吉安在外当总裁，休息日在家，喜欢揩窗、打蜡，认为用力气亦是一种锻炼。

还特别喜欢音乐，尤爱古典音乐。疲倦时听一小时音乐，马上精神焕发。因此每次出国，花钱最多的就是购激光唱片。

上班步行，大致需花二十分钟时间。临睡前喜在房内原地跑几圈，以助睡眠。

性子急躁，但宅心厚道。每次检讨会总免不了检查一回，但"改正"不了。自称"可能是A型血型及高血压使然。"最讨厌的事是不负责任。看见这样的事或人免不了发脾气。

曾 华(1995.2.24)

黄贵显：上海证券市场拓荒者

上海证券市场是中国经济改革的产物，从无到有，从弱小到壮大。这其中，出现了无数个第一。黄贵显，就是亲身参与创造第一，且亲历市场成长的代表人物之一。

在市民大多已不明股票究为何物的80年代初，改革浪潮使中国刻板的金融体制开始松动，从中国人民银行脱钩出来的工商银行开办了办理银行外业务的信托投资公司。黄贵显当时任工行上海市信托投资公司静安分部经理。

黄贵显向记者介绍说，当时股份制已从农村发展到了城市，公司职能就是为企业筹集计划外资金，开始发行债券，进一步发展到发行股票。

承担发行首张股票

1984年11月18日，新中国成立三十多年来第一张公开发行的股票"飞乐音响"，在几乎无人关注的情况下悄悄诞生了。

黄贵显回忆道，当时唯一承担这张股票发行的就是他所在的工行上海市信托投资公司静安分部。原先按人行规定是定向发行，在职工内部集资的。但我们认为能够对内为何就不能对外？征得"飞乐音响"所属公司"大飞乐"领导的同意公开发行，我们静安分部那时设在西康路，地方太小，无法搞发行，我们就背着钱箱，来到"大飞乐"公司门口贴海报，卖股票，一共卖了一万股，共五十万元。

黄贵显他们当时根本没有想到，他们正在做着一件惊天动地的事情。中国开始正式公开发行股票，震动了世界，海外报纸纷纷于第二天以很大篇幅报道了此事。

1986年11月，世界上最大的证券商——美国证券交易所董事长约翰·凡尔霖来华访问，邓小平会见了他。作为礼物回赠给凡尔霖的，就是那张淡绿色的"飞乐音响"股票。

工行上海信托投资公司静安分部紧接着又发行了延中股份和电真空的股票。人们手头的股票却难以转让，当时的规定很死。许多急需换钱以解燃眉之急的投资者十分不满，一时怨言纷纷。

股票不能成为死钱

股票不能成为死钱，黄贵显和他的同事们开始深切地认识到这点：股票市场再不开放，股票就要失去生命力，失去信誉，中国企业向股份制前进的行程也将大受影响。他们多次打报告上去，向人民银行有关部门申请开放股票市场。

回忆起当时的情况,黄贵显笑着说:"1986年刚成立不久的上海体改办,听说有几个老头老是打报告,要求股票上市交易,就写了一份报告给当时任上海市委书记的江泽民。江泽民立即召集开会让我们去汇报。我当时不在,胡瑞荃副经理就去康平路会场作了很实在的汇报。股票交易很快被批准了。"

股民围住柜台不散

工行上海信托投资公司静安分部由此被正式改名为静安证券业务部,这是上海当时唯一的一家,也是日后赫赫有名的申银证券公司的前身。

黄贵显回忆起股票正式开始交易那天的情景,如在眼前。清晨

七时，门口就被围得水泄不通。九时整，交易开盘，人们涌到柜台前，柜台内很快售出许多，喧闹声震人耳膜。这天是1986年9月26日，静安证券业务部开设的全国第一个股票柜台交易的盛况。11月2日，该业务部编制的上海静安股价指数公布，这是中国证券市场首次编制发布股价。

首发股票与首次开市交易，这其中前因后果已被媒体多次探究与报道，当我问起首次发行B股股票的情况，黄贵显笑称，下面所述内情，你是记者中第一个知道的。他不无兴奋地回忆起，"上海股票发行和交易首开纪录后，媒体加以极大的关注，静安证券业务部海外名声远扬。1987年，连中国驻英大使冀朝铸回国也来参观。他当时向我谈起，海外华侨很想以购买股票形式，帮助祖国的

建设，冀大使建议我们吸收海外资金，发行对外的股票。"

1992年B股市场形成

黄贵显继续回忆道，后来上海中美合资的一家著名制药公司要扩大生产，中方无钱，考虑发股票。由英国巴林证券写计划，准备在上海、香港两地同时上市。但此事由于"六四"风波而告吹。后来电真空股份愿意向海外发行股票，并和我们业务部正式签订协定，当时海外三家承销商中，就有一家是香港新鸿基证券。1991年11月30日，上海市政府为这个签约举办了一个隆重的仪式。上海电真空人民币特种股票（B股）于第二年的2月份上市，中国B股市场开始形成。

回首往事，1949年之前就已

进入银行的老金融黄贵显不无感慨地笑言，是中国的改革开放大潮推着我们一步步这么走过来的，我曾经懊恼后悔过搞股票工作，来自方方面面的压力实在太大，老写检查，当时我瘦得像鬼一样。一直到海外报纸评论"中国改革到这个程度，不可能后退了"，我才觉得压力减轻，证券市场渐渐做大，我也渐渐胖了起来，但上海证券市场发展至今，规模之大是我们当时远不敢想像的。以当前趋势看来，上海不出几年就成为亚洲名列前茅的证券大市场。

当然，这些第一，是从无到有过程中稚嫩的第一，与世界上一些大证券市场相比，似乎微不足道，但幼苗正在长成参天大树。

最后，黄贵显郑重地对我表示，上海的股市有香港的影响和帮助，香港不少证券公司、联交所以及不少证券人士都在上海证券市场的发展过程中发挥了作用。他说，香港证券市场在效率、法律环境、资金、信息、管理等方面有不少优势，上海可向香港同行学习的地方还很多，双方互相合作的机会相信也会很多。

沈林森(2001.8.9)

陈逸飞：把画笔延伸到银幕上

近年来，中国旅美画家陈逸飞的画作屡创中国画家国内和国际的最高拍卖纪录；由他执导的电影也为他带来了许多荣誉，开始走向世界；他在上海创办的上海金马·逸飞文化影视传播有限公司的业务运作也已走向繁荣。在陈逸飞刚从台湾参加了金马奖颁奖活动抵沪的时候，记者在他上海的寓所采访了被称作"谜一样"的陈逸飞。

母　亲

陈逸飞1946年出生于一个化学工程师的家庭。他母亲还是位虔诚的天主教徒，这位在教会学校读过书的女性，曾当过修女。陈逸飞懂事的时期，母亲就带他去教堂，陈逸飞曾被教堂尖顶建筑迷住过，门顶与墙上的彩色琉璃瓦堆砌的各种图案，是他最早接触的美术氛围。那面容仁慈、栩栩如生的圣母塑像，连衣裙翠绸的纹褶也像在飘动，陈逸飞在这里感受着奇异的美的力量。教堂里悠扬的钟声与唱诗班歌者优美的歌声，给予陈逸飞音乐的灵感。

于是，在读书上课之余，陈逸飞开始爱上了绘画、音乐和电影。那时，离他家不远处有家电影院，放早场只要五分钱。星期天，陈逸飞就将积下的零用钱请弟妹们一起看电影，逐渐地，他开始为自己的将来定下了当电影导演的人生目标。

陈逸飞艺术的天分自他童年时就显露出来，还是在小学三四年级时，小逸飞就当起了"墙报委员"，为教室里的黑板报画报头、题饰和插图。升入上海浦光中学后，陈逸飞加入了美术兴趣小组，老师施南池是个画家，训练他素描、写生的基础。1960年，十四岁的陈逸飞从浦光中学初中毕业，他想报考上海电影专科学校，可

这一年电影学校却不招生。一位美术兴趣小组的同学劝他："绘画也是艺术，去考美校吧。"美术教师施南池也鼓励他去考美校。

他报考的是上海美术专科学校，考场的阵势把他吓了一跳：初试几千人中只取一百名，复试一百人中只取六人，三人学雕塑，三人学油画。结果陈逸飞过关斩将考取了油画系，受教于著名画家俞云阶、孟光教授。经过五年的发奋学习，陈逸飞以优异成绩毕业。1965年被分配到上海画院，成为油画雕塑创作室的专职画家。

周　庄

陈逸飞钟情于画架之前，他画鲁迅小说的插图，画江南水乡的故事，画人物形象，他的画作多次在全国美展中获奖。陈逸飞经

常下乡去江苏和上海交界处的周庄采风，周庄街景别致，小河迂回，石板桥几步一座，两岸搭着吊脚楼，风绕树梢，雨淋双桥，水乡情趣，勾人心魄。陈逸飞走到古色古香的双桥上，看河水潺潺而流，心灵此时也开始萌动，名画《双桥》早就在那时酝酿、构思。

去周庄写生作画，陈逸飞还常常借宿在水乡小镇上。入夜，小镇上灯火阑珊，一家茶楼里飘出

江南丝竹与娓娓动听的吴侬细韵的评弹唱词，陈逸飞赶忙挤进茶楼，看见身着绸衣的女子怀抱琵琶弹唱。这一眼印象，历久难忘，后来亦幻化到他创作的《浔阳夜韵》《夜宴》中去。周庄是陈逸飞的创作基地，这座古老的小镇由于陈逸飞的画与世沟通而名扬四海。

大陆十年动乱期间，当时被允许画的只有"红宝像"和工农兵，仅仅在私下里，陈逸飞才悄悄用油画的精致技法画一些细腻的女性肖像。十年动乱结束，陈逸飞立刻以一系列出色的大型油画"黄河颂"、"占领总统府"、"踱步"、"历史在这里沉思"等现实主义力作在画坛上脱颖而出，成为年轻一代写实主义画家的佼佼者之一。他的油画"占领

总统府"被中国人民军事博物馆收藏,他也被吸收为中国美术家协会会员,并擢升为上海画院油画组负责人。

1980年,陈逸飞的画被选送参加了纽约国际画展,并在康涅狄州鲁布克林新格兰现代艺术中心展出。陈逸飞并未因此满足,他想去看一看外面的世界。

美 梦

1981年,三十三岁的陈逸飞抱着看一看外面的世界,观摩一下西方艺术大师的原作的想法,去大洋彼岸的美国。临行前,陈逸飞先来到了香港,以前相识的两位香港电影界朋友知道他的到来后,立即与他联络,不仅盛情邀约,又为他介绍了几位影星画肖像。在香港住了二十多天,画了四五张肖像画,每张美金七百元至一千元左右,同时又接到两张定期的,一下子赚了三四千美金。于是,他开始了美国之行。

美国,却并不友好,陈逸飞到了美国纽约,下了飞机竟没有人接机;此时他又不会英语,辗转找到一位同乡朋友,但只能陪他半天,因为也是打工仔。陈逸飞只能怀揣地图乱逛。那一天,经过纽约57街,看到路旁有家富丽堂皇的大画廊,可门口却站着一位穿着制服的警卫,陈逸飞不敢进去,只能在门窗口从里张望陈列的油画。他一边看一边想,哪一天我也有机会在这样的画廊挂出我的作品。这是陈逸飞的美国梦。

梦,还很遥远,陈逸飞此刻更需要应付的是现实的艰难。自费留学,半工半读,他揽到了一个修画的工作,每天早上去打工,下午三点去上课，上完课，已是晚上九十点钟了，随便塞些东西填饱肚子算数。

依然很拮据。陈逸飞上的是纽约私立大学，学费交去一千六百多，租一间屋在布鲁克林区，房租又要二百，平时来回搭地铁，有时为节省三角五分地铁票，步行走过曼哈顿大桥。中午吃饭，连一罐可口可乐也不舍得喝，用两片面包夹一层花生酱算一顿午餐。陈逸飞告诉我，留美初期，这样的故事太多了，什么苦都尝过。

陈逸飞出国，原只为一睹美术大师的原作，当修画积蓄的一小笔钱刚够去一趟欧洲的旅费，他立刻倾囊前往。陈逸飞买了一张便宜的火车月票，从西班牙的马德里起步，一个月跑遍了法国、意大利、瑞士、德国、奥地利、卢森堡、比利时等十一个欧洲国家。陈逸飞说，那一个月，白天看博物馆、美术馆，晚上坐火车赶往另一个地方，火车成了旅馆，节约下了住宿费。那时正是初春，欧洲的天气还非常冷，尤其是半夜，陈逸飞感叹：那时也真有一股劲。

欧洲之旅，给他带来很大的收获。陈逸飞说这是他在绘画事业上的一个转折。回来后，陈逸飞马上收集资料、写生、画水彩、画水乡人物，然后投入油画创作。陈逸飞说，当时他根本不知道自己的画是不是能够卖掉。

哈 默

梦的实现，也许出自偶然的契机。当陈逸飞把周庄的小桥流水、波光潋影编进自己的画梦时，他对故国山水的梦幻却叩动了另一位海外游子的心扉。据陈逸飞介绍，他叫陈立家，是当时陈逸飞面对警卫没能进去的哈默画廊东方部主任，由他引荐，陈逸飞结识了实力雄厚的西方石油公司董事长阿曼德·哈默。

哈默替陈逸飞安置了画室，他成了哈默画廊的签约画家，从1983年起几乎每年在哈默画廊举办一次个人画展，每届画品都被定购一空。被称作艺术鉴赏家的哈默博士对陈逸飞的画作情有独钟，无疑是巨大的推动力。在哈默办公室墙上挂的唯一一幅画，就是陈逸飞的作品。1985年5月，这位投资中国开发山西平朔露天煤矿的美国石油大王访问北京时，向邓小平赠送的礼物，也是陈逸飞的油画"家乡的回忆"。

80年代中，陈逸飞的油画创作逐渐从景物画转向人物画。他于90年代初创作"风雅颂"系列人物画，成为国际艺术品收藏的热门。

1991年9月30日，当本港佳士得秋季拍卖会上的落锤砰然敲响，陈逸飞的一幅"浔阳遗韵"油画从底价二十万港元叫起，最终竟以一百三十五万五千港元成交，创出当时在世中国现代画家作品拍卖价的最高纪录。随之，一个"中国油画热"在全世界的画廊哄然兴起。1992年3月，陈逸飞的另一幅油画"夜宴"更以一百八十六万港元在佳士得拍卖成交，再次刷新纪录。1994年，在中国嘉德秋季拍卖会上，陈逸飞取自西藏题材的油画"山地风"则创下了二百八十六万元人民币的中国油画国内最高拍价。

陈逸飞的"美国梦"令人目眩，似乎真有无法解释的谜。陈逸飞告诉记者，我相信命运。当年在上海时，遇到一个算命先生，他说我要远走高飞，能够成为一个出人头地的名人，还说出门遇贵人等等。当时我一点也不在意，听过就算了，世上的事情，真是很奇怪。

陈逸飞还告诉记者说："运气好的时候，不要太神气活现；运气坏的时候，也不要太灰心丧气。我有一句话，也可算座右铭，叫'荣辱不惊'，荣也好，辱也好，都是过眼烟云，只要我把每一张画画好，让别人喜欢，做人也就成功了。"

相信命运的陈逸飞，迎接他的总是成功。签约美国玛勃洛画廊是许多画家事业突破的标志，陈逸飞于1995年6月1日和这家世界著名画廊签下三年合约，成为这间网罗众多世界顶级名家的画廊中第一位亚洲裔艺术家。据悉，他的推广计划由画廊老板亲自筹划，可见对他极为重视。

电 影

陈逸飞也许是目前华人画家中经济收益最高的一位，不说佳士德创纪录的拍卖价，单是应接不暇的肖像画起价就在五万美金以上。但陈逸飞却放下画笔拍起了电影。陈逸飞对记者称，拍电影是我的梦想，我不会放弃。现在，陈逸飞早上八点半至下午五点用来画画，晚上他就忙电影的事。他投资并亲自导演的第一部电影是《海上旧梦》，该片是说一个画家，一个现代人，去追寻古老的上海，那个画家就是陈逸飞。这部片子从筹划到摄制完成，前前后后用了一年多时间，总投资在三百万元以上。陈逸飞称，这部片对我一生是件非常重要的事，它是我把画笔延伸到银幕上去的尝试和体验，我从没想过要靠它把本收回来，把钱赚回来，因为我在预算时就把拍卖画作的所得用在了片子上。

陈逸飞在其电影事业的发展中，还不得不提到本港著名电影导演和制片人吴思远先生。吴先生对陈逸飞的艺术才华十分钦佩，1993年10月，在首届上海国际电影节上，两人相遇并一见如故。当陈逸飞执导的《海上旧梦》在上海首映时，吴思远特意去观摩，对陈逸飞天才的电影感觉深表惊讶，他十分赏识陈逸飞的导演才华，他对陈逸飞说，你的画面深邃，意味深长，电影语言的运用也高人一等，如果你愿意再执导一部电影，我们就合作，我愿意投资。爽快的允诺，显得那么真诚。于是，便有了陈逸飞的第二部电影《人约黄昏》。该片以其独特的镜头语言、浓郁的艺术风格，在海内外各

大影展中颇受好评，入围戛纳电影节。该片根据30年代小说家徐訏的小说《鬼恋》改编摄制，是陈逸飞拍摄"沙龙电影"电影《海上旧梦》后首次执导故事片。

据陈逸飞透露，目前他正准备与美国好莱坞合作，拍摄一部根据真人真事改编的，讲述20世纪初一个西方女子在中国川藏地区传奇经历的故事片，这部暂名为《天使》的故事片已进入剧本修改阶段，预计将于1996年6月在西藏开拍。

看来，陈逸飞在电影事业的路上亦会从容地走下去，画与电影，于陈逸飞来说同样重要。

"荣也好，辱也好，都是过眼烟云，只要我把每一张画画好，让别人喜欢，做人也就成功了。"

应明强

廖昌永：今夜星光灿烂

今夜，太平洋彼岸，上海音乐学院青年教师廖昌永拾级而上华盛顿歌剧院的排练舞台。又一颗新星正在世界乐坛冉冉升起。

为中国赢得过多项国际声乐大奖的廖昌永，是以"中国上海艺术家"的身份，应华盛顿歌剧院总监多明戈之特邀，主演威尔第经典歌剧《游吟诗人》，担纲贯穿三幕戏的男主角鲁纳伯爵。在世界一流高手云集的主演班子里，他是唯一的一张中国面孔。

这位乐坛难得一见的男中音，有着浑厚圆润富有磁性的歌喉，音色华美极具感染力；换声区了无痕迹，技巧已臻一流。更难得的，是他对音乐的理解，对剧情、感情的把握。在悉尼上海卫星双向传播音乐会上，他一曲费加罗歌剧《快给城里最忙的人让路》，技惊四座，掌声雷动。

面前的廖昌永风度翩翩，潇洒儒雅，犹如玉树临风。很难将之与一个四川农村娃联系起来。上海，可以将一个山村孩子脱胎换骨，成为上海文化的代言人，出征世界。上海的音乐事业有着深长的渊源，雄厚的基础，有着声乐教育家周小燕这样点石成金的国宝级大师，有着与世界文化相融合的氛围和底蕴。一大批人才脱颖而出，星汉灿烂，若出其里。

数十年来，上海音乐学院几乎成了国际乐坛金奖选手的孵化器。黄英、张建一、汤沐黎、高曼华、罗魏，一个个歌唱、指挥、演奏明星在国际大赛上崭露头角。

他们也几乎无一例外地远赴国外，定居，拿绿卡，活跃在世界各大剧院的舞台上，成为"上海免费培养，贡献世界发光"的最好注脚。有人戏称，上海某艺术团体出国的足可组成一个海外团。人才流失，当然远不仅仅在文艺界。

艺术、科学无国界，此言不算错。但一个艺术家、科学家的身份，即他代表哪个国家哪个地区哪个机构，却关乎一个国家一个地区一个机构的声誉，也关乎这个国家这个地区这个机构今后的发展。

如何留住人才，为我所用？

封闭时代的中国靠的是行政、靠户口。现在则要靠来去自由的自信、气度和相应的待遇，更要靠机制，靠发展的空间。

上海盖起了美仑美奂的大剧院，歌剧、芭蕾、音乐各路英豪在此一展身手。

超大景观歌剧《阿伊达》在上海搭起了世界最大的舞台，连国外人士也包机前来一睹盛况，最高价达数千元的四万五千张门票，在演出前半个月已销售一空。

英雄有用武之地，新星有闪光之机。廖昌永成为上海大剧院现仅有的两名签约演员之一，参与了国内多次重大演出。

在上海有关方面的支持下，廖昌永分得了一套相当宽敞的住房。在这次去美国之前，年仅三十二岁的他，又被破格任命为上音声乐系主任。

上音的行政领导很明智，歌剧毕竟是"进口艺术"，世界舞台更能淋漓尽致地展现一个歌剧艺术家的魅力，也更能开阔眼界，提升实力。他们和周小燕教授多次为廖昌永为青年教师出国演出联络。廖昌永被深深感动了，他说："是上海是上音培养了我，我的根基在上海，我要在世界舞台上为中国、为上海争光。"

世界需要中国高水准的人才，中国明星也要到世界舞台上亮相，和世界融为一体。这就需要为艺术家、科学家创造更宽松的环境，留和出和回辩证地待之，开阔有度，收放自如，为我所用。有了这样的机制和环境，没有出去的，会以上海艺术家、科学家的身份出国争光；出去的，会去而复归，为国一效赤子之诚。

已有不少艺术家科学家回到上海，其中包括著名画家陈逸飞，包括胡咏言、许忠等音乐家，还有很多科技高级人才。当然，不少属于国外、上海两头跑的类型。上海的文化艺术和科技也由此向世界一流水准靠拢。

上海，名人明星辈出。让上海之星闪耀，灿烂于世界星空，此其时也。

沈林森(2000.10.24)

图书在版编目(CIP)数据

缤纷上海:《大公报》记者写上海／杨祖坤主编.上海:
复旦大学出版社，2003.1
ISBN 7-309-03499-6
I.缤…II.杨…III.散文－作品集－中国－当代IV.I267
中国版本图书馆 CIP 数据核字(2002)第 098990 号

缤纷上海:《大公报》记者写上海

主编 杨祖坤　　执行主编 曾华　　编辑设计 孙晶 周进

出版发行　*復旦大學*出版社

上海市国权路 579 号　200433
86-21-65102941(发行部)　86-21-65642892(编辑部)
fupnet@fudanpress.com http://www.fudanpress.com

责任编辑　孙　晶　　装帧设计 周　进
总 编 辑　高若海
出 品 人　贺圣遂

印　　刷　上海华业装潢印刷厂
开　　本　890 × 1240　1/32
印　　张　11.25 插页 32 字数 230 千
版　　次　2003 年 1 月第一版　2003 年 1 月第一次印刷
书　　号　ISBN 7-309-03499-6/G·483
定　　价　30.00 元